GÜNTER VON LONSKI

# WeserStrudel

**MORD IN DER RATTENFÄNGERSTADT** Nachdem Hubert Wesemann, scharfsinniger und zuweilen chaotischer Rundfunk- und Pressejournalist, die Hochzeit mit seiner langjährigen Partnerin in den Sand gesetzt hat, vertreibt er sich die Zeit im neu eröffneten »KaFEEchen« in Hamelns Altstadt. Seinen trostlosen Alltag versüßen ihm die leckeren Tortenkreationen von Betreiberin Nela: Limettentorte, Whiskey-Trüffel-Torte, Ziegenkäse-Amarettini-Kuchen ... Auch KHK Marike Kalenberger ist hier Stammgast, seit sie von Hannover nach Hameln versetzt und direkt freigestellt wurde. Als ein paar Schritte die Straße hinauf der Inhaber eines Chinarestaurants tot in seinem Kühlkeller aufgefunden wird, nehmen die beiden die Ermittlungen auf, denn sie glauben nicht an einen tragischen Unfall. Schnell finden sie heraus: Der Tote musste nicht nur Schutzgeld bezahlen, sondern wurde offenbar erpresst. Und er ist nicht der einzige. Auch Nela ist Opfer eines Hackerangriffs geworden. Doch wer steckt hinter all dem?

© Britta Beutnagel

*Günter von Lonski, geboren 1943 in Duisburg, lebt in der Region Hannover. Er verbindet den Humor des Ruhrgebiets mit der Treffsicherheit des Nordens. Der Autor hat das Gymnasium durchlitten, Schriftsetzer gelernt, an der Universität der Künste Berlin studiert, war Texter sowie freier Werbeberater für Großunternehmen. Seit 1983 ist er freiberuflicher Schriftsteller, 2007 gründete er eine Theatergruppe mit Uraufführung eigener Stücke. Im Jahr 2010 erhielt er einen Literaturpreis für seine Kriminalgeschichten. Günter von Lonski schreibt Romane, Krimis, Theaterstücke, Musicals, Anthologien, Kinderbücher, Jugendbücher, Hörspiele, Satiren, Glossen und Schulbuchbeiträge.*

GÜNTER VON LONSKI

# WeserStrudel

KRIMINALROMAN

GMEINER

Personen und Handlung sind frei erfunden.
Ähnlichkeiten mit lebenden oder toten Personen
sind rein zufällig und nicht beabsichtigt.



MIX
Papier aus verantwortungsvollen Quellen
FSC® C083411
FSC
www.fsc.org

Besuchen Sie uns im Internet:
www.gmeiner-verlag.de


Im Ehnried 5, 88605 Meßkirch
Telefon 07575/2095-0
info@gmeiner-verlag.de

1. Auflage 2022

Herstellung: Mirjam Hecht
Umschlaggestaltung: U.O.R.G. Lutz Eberle, Stuttgart
unter Verwendung eines Fotos von: © sven h / stock.adobe.com
Druck: CPI books GmbH, Leck
Printed in Germany
ISBN 978-3-8392-0210-4

Bösewichte gut zu machen, wirft Wasser ins Meer.

*Miguel de Cervantes, 1547–1616*

*Alle im Text hervorgehobenen Kuchen und Torten sind Originalrezepte und wurden von Daniela Weibler, Finalistin der SAT1-Show »Das große Backen«, exklusiv für dieses Buch zur Verfügung gestellt.*

# HAUPTPERSONEN

| | |
|---|---|
| Hubert Wesemann | Rundfunkreporter; Ermittler wider Willen; Chaot |
| Karola Weber | Wesemanns schwärende Liebeswunde |
| Nela | Inhaberin des »KaFEEchens« in Hameln |
| Marike Kalenberger | Kriminalhauptkommissarin; nach Burn-out von Hannover zur Polizeiinspektion Hameln-Pyrmont/Holzminden versetzt |
| Pia Parasoli | Rheinländerin; drei Ehemänner überlebt |
| Tom Bosé | Bestattermeister; extrovertiert, exaltiert |
| Heiko Hahn | Inhaber eines Handyshops |
| Hiroshi Okazaki | Geschäftsführer des Chinarestaurants »Mayflower« |
| Lian Okazaki | Tochter von Hiroshi Okazaki |
| Harryboo | Motorradfan; angegraute Weste |
| Bob | IT-Spezialist |
| B. Baxmann | Chef des Privatsenders radioTOTAL |
| André Schmitz | amtlicher Name: Andreas Schmieder; Wesemanns Nachfolger bei radioTOTAL |

| | |
|---|---|
| Morton Dexter | Wesemanns Kollege von der schreibenden Zunft |
| Carmen | kann nicht ohne Liebe leben; Stammplatz am Hamelner Hafen |
| HK Bertram | Hauptkommissar der Polizeiinspektion Hameln-Pyrmont/Holzminden |
| Vadim Wisz | Unternehmer Textilrecycling |
| Wanda Wisz | Ehefrau von Vadim Wisz |
| Brockmann | Bootsmann auf der »Pluto« |

# EINS

Nela poliert ihre sündhaft teure Kaffeemaschine. Privat nutzt sie einen Espressokocher auf dem Gasherd. Aber fürs Café muss es das Beste sein – oder zumindest den Eindruck machen.

Nela ist eine sportliche junge Frau, hat dreieinhalb Kilo zu viel – nach eigener Einschätzung –, kurzes hennarotes Haar, trägt heute Jeans mit weißer Bluse, ist unauffällig, doch immer ein bisschen mehr als langweilig.

Draußen vor dem Schaufenster in der Wendenstraße Regenschirme, bunte Kinderschirme, Plastiktüten. Nela überlegt, ob mieses Wetter gut oder schlecht ist für ihren Laden. Sie hat einfach noch zu wenig Erfahrung.

Sie stapelt die Espressotassen neben der Kaffeemaschine, als sie draußen eine störende Bewegung in dem Menschengewusel wahrnimmt. Plötzlich geschieht alles im Zeitraffer: Sie erkennt Herrn Okazaki, Inhaber des Chinarestaurants, ein Stück die Wendenstraße runter. Er kommt aus dem Dekoladen gegenüber – neue Ideen für Tisch, Stuhl und Fenster – und sieht sich zögernd um. Eine Gestalt in einer Kapuzenjacke nähert sich auf einem dunklen Fahrrad von der Sudetenstraße her. Herr Okazaki tritt auf das Kopfsteinpflaster, er übersieht den Radfahrer. Dieser bremst nicht ab, obwohl er Zeit genug gehabt hätte, und fährt Herrn Okazaki in die Beine. Herr Okazaki gerät ins Straucheln, macht zwei hektische Schritte, stürzt aufs Pflaster. Der Radfahrer hält nicht einmal an.

Nela schreit auf, vor Schreck fällt ihr eine Espressotasse runter. Sie lässt alles stehen und liegen und rennt zur Tür. Eine Frau mit einem Kind an der Hand will ins »KaFEEchen«, Nela schiebt sie zur Seite, springt mitten auf die schmale Straße. Von Herrn Okazaki ist nichts mehr zu sehen. Nela reckt sich, zu viele Touristen unterwegs, da entdeckt sie Herrn Okazaki, der schon fast oben an der Bäckerstraße angekommen ist.

Er scheint sich verletzt zu haben, humpelt, sieht sich immer wieder um. Nela will ihm helfen, läuft hinterher, greift, als sie ihn erreicht hat, nach seinem Arm. Herr Okazaki dreht sich panisch um, reißt Nelas Hand von seinem Oberarm.

»Haben Sie sich wehgetan?«, fragt Nela. »Kann ich Ihnen helfen?«

Er blutet an der Stirn. »Nichts, nein, gar nichts. Alles in Ordnung!« Er will nur weg.

Nichts? Ihm steht das blanke Entsetzen ins Gesicht geschrieben. Auch scheint er sich die linke Hand verstaucht zu haben, er massiert sich mit der rechten das Handgelenk. Wie leicht hätte er sich bei dem Sturz etwas brechen können! Er humpelt weiter.

Nela schaut ihm hinterher, überlegt kurz. Soll sie ihm folgen? Da fällt ihr die offene Tür ihres »KaFEEchens« ein und sie hastet zurück.

Doch im Café ist alles da, wo es hingehört, die Kaffeemaschine glänzt und blitzt, selbst vom angebotenen Schokoladenkuchen fehlt nur ein Stück. Die Frau mit dem Kind wollte wohl nicht länger warten. Die beiden kauen mit Genuss, die Mutter macht Nela mit Gesten auf ihr eigenmächtiges Handeln aufmerksam.

»Geht aufs Haus!«, sagt Nela.

Das Kind hustet einen matschigen Bissen in die Hand, die Mutter greift zur Serviette.

Nela setzt sich und atmet durch. Erst vor wenigen Wochen hat sie ihr »KaFEEchen« unter roten Herz-Luftballons und Regenbogengirlanden in der anheimelnden Fachwerkstraße eröffnet. Ihr lang ersehnter Traum von Selbstständigkeit und Vorwärtskommen hat sich damit erfüllt.

Ein bisschen eng ist es schon. Es gibt einen mickrigen Privatraum, den sie als Abstellraum und Zusatzküche nutzt, daneben eine kleine Toilette, vorne das Café, fünf Tische mit Secondhand-Stühlen, ein Schaufenster mit Aussicht auf die lebhafte Szene, die sie sich in ihrem heimatlichen Hameln nicht hätte vorstellen können.

Die Eingangstür wird aufgedrückt, mit einem leichten Luftzug weht der Duft von Gyros und Erbsensuppe herein. Nela blickt auf.

»Morgen.«

Sie erhebt sich. »Was gibt's Neues?«

»Die Polizei hat mal wieder die Drogenszene kontrolliert, schreibt die Dewezet. Dabei kam im Bereich des Weserufers auch eine Hundestaffel zum Einsatz. Nach Beschwerden über die offene Drogenszene im Bereich der Weserwiesen entschied sich die Polizeiinspektion für eine gezielte Aktion entlang der Weser zwischen Thiewall- und Münsterbrücke und so weiter und so weiter …«

»Erfolgreich?«

»Die einen sagen so, die anderen so.«

»Und du?«

»Wie man's nimmt.« Hubert Wesemann stellt seine abgegriffene Fototasche unter den kleinen Tisch in der Ecke, stöhnt dabei wie Atlas unter der Last des Himmelsgewölbes. »Ich möchte bloß mal wieder eine Nacht durchschlafen.«

»Das hast du dir selber zuzuschreiben.«

»Der Geist ist willig, aber das Fleisch … ist von Edeka.«

»Versuch's doch mal mit Joggen! Milchkaffee?«

»Hm.«

Wesemann ist etwas kurz geraten, grauer Schnauzer, lichter Haarkranz, randlose Brille, chaotischer Zahnsatz, schwarze Lederjacke, Marke Ebay, normale bis mäßige Gebrauchsspuren – Wesemann und die Lederjacke. Aber die Stimme, diese Stimme – ein Gedicht! Sonor, emotional und wohlartikuliert. Ein Mann für Telefonsex.

Er hängt die Jacke über die Stuhllehne, schwitzt wie immer ein wenig unter den Armen, trägt seit Neuestem Poloshirts statt Hemden. Aushängen statt bügeln. Er setzt sich.

Nelas Kaffeemaschine zischt und blubbert. Sie gießt heiße Milch auf den Kaffee in die Tasse, bringt sie Wesemann an den Tisch und geht zurück, die zwei knarrenden Stufen hinauf zu ihrer Küche, die vom Durchgang aus einsehbar ist.

»Und sonst?«, will Nela wissen.

»Fängst du schon wieder davon an?«

»Ich dachte nur.« Sie hat mehrmals versucht, etwas mehr über Wesemanns ungewöhnliche Lebenswendung zu erfahren. Beiläufig kennen sie sich bereits eine ganze Weile, und seine Flughafenposse war Stadtgespräch in Hameln. Man kennt Wesemann als rührigen Journalisten für die Zeitung und den Privat-Rundfunk. Er schlägt überall auf, wo etwas los ist, sei es, dass nur der Wasserhahn tropft, und macht einen empathischen Bericht daraus.

»Tja …« Wesemann hebt seinen Blick und starrt auf die Sammlung von alten Kaffeekannen. Er fühlt mit ihnen, im

Café herrscht so eine merkwürdig melancholische Stimmung. »Es war …«, beginnt Wesemann.

Nela setzt sich ihm gegenüber auf die Stuhlkante.

»Es war ein schönes, reizvolles Leben mit Karola.« Er spricht so leise, dass er kaum zu verstehen ist. »Für mich hätte es so bleiben können, doch Karola wollte unbedingt richtig heiraten. Mit Brautkleid, Fototermin und Festessen.«

Die Tür des »KaFEEchens« geht auf, eine energische Frau mittleren Alters mit kurzem blauschwarzem Haar kommt herein. Sie ist in Jeans und eine wild gemusterte Jacke gekleidet, die ihr bis Mitte Oberschenkel reicht.

»Schlecht im Moment«, sagt Nela.

»Dann hole ich mir rasch noch ein paar Zeitschriften und komme gleich noch mal vorbei.« Schon ist die Frau wieder verschwunden.

»Eines Tages kam der Point of no Return – heiraten oder gehen. Ich habe mich ergeben. Blieb die Frage nach dem festlichen Rahmen. Wilhelmstein im Steinhuder Meer oder ein paar Tage in Hörnum auf Sylt? Karola wollte in Las Vegas heiraten. Natürlich war mir klar, dass man da nicht zu Fuß hinkommt, sondern fliegen muss, was ich unter allen Umständen verhindern wollte. Ich habe mehrere Anläufe genommen, um mich zu wehren, aber Karola war so umwerfend glücklich, dass ich es einfach nicht übers Herz brachte. Es kam also der Tag, an dem wir nach Las Vegas fliegen sollten. Flughafen Hannover. Als der Flug über Amsterdam in die Staaten aufgerufen wurde, war ich raus.«

»Raus?«

»Meine Scheißflugangst hat zugeschlagen. Ich bin zur Toilette gerannt, und als ich mich schließlich erleichtert hatte, war Karola abgeflogen. Ich hätte schwören können, dass ich höchstens eine Viertelstunde … Aber die Uhren zeigten anderthalb.«

»Hätte ich auch persönlich genommen.«

»Ich wollte das nicht, Schuld war meine Flugangst. Ich kann mich nicht mal bei ihr entschuldigen. Für Karola bin ich nicht mehr vorhanden, eine Persona non grata. Aber ihre Hochzeitsausgaben soll ich ihr ersetzen. Hat mir ihr Anwalt geschrieben.«

»Das ist auch das Mindeste!«

»Karola hat es falsch verstanden, es war, beim heiligen Bonifatius, kein Statement gegen die Ehe an sich.«

»Was dann?«

»Flugangst.«

»Ist klar!« Nela steht auf, geht hinter die Theke, legt ein Stück der verführerisch duftenden ***Zwiebeltarte*** auf einen Teller und stellt ihn vor Wesemann. »Bitte schön. Zur Stärkung für den Master of Disaster!«

Wesemann denkt an Karola. Mit dem Fauxpas am Flughafen verflüchtigte sich sein früherer Lebensinhalt. Bis dahin hatte Karola an erster Stelle gestanden, erst danach kamen seine Zeitungsberichte, Radioreportagen und die eher zufälligen Verwicklungen in beunruhigende Kriminalfälle, die ihm meist zufällig vor die Füße fielen, von denen er bis zu ihrer Aufklärung aber nicht mehr lassen konnte. Im »KaFEEchen« ist er Stammgast, seit er drei Tage nach Eröffnung zum ersten Mal hier aufschlug, angelockt durch die roten Luftballonherzen, und überrascht feststellte, dass Nela und er sich kannten.

Die Tür des Cafés geht auf und reißt Wesemann aus seinen Erinnerungen. Die Frau mit dem blauschwarzen Haar ist zurück. Sie stellt sich zu Nela an die Theke. Es scheint, als wolle sie ihr etwas schmackhaft machen.

Nela lehnt entschieden ab. »Es bleibt bei zwei Tippreihen!«

Die Abgewiesene sieht sich um, ihr Blick fällt auf Wesemann. Er ist mittlerweile der einzige Gast, die Mutter und ihr Kind haben das Café vorhin verlassen. Sie bestellt sich einen Latte Macchiato und steuert mit einem strahlenden Lächeln den Tisch von Wesemann an. »Ich habe Sie hier schon ein paarmal gesehen, Sie sind doch Hubert Wesemann? Ich kenne Ihre Rundfunkberichte und habe auch den einen oder anderen Zeitungsbericht gelesen. Wie schön, Sie persönlich kennenzulernen. Mein Name ist übrigens Pia Parasoli.« Sie reicht ihm die Hand und setzt sich auf einen altersschwachen Stuhl.

Nela bringt ihr den Kaffee.

»Sie sind doch bestimmt ein Mann, der seinem Glück nicht im Wege stehen will.« Frau Parasoli legt eine kleine schwarze Mappe auf den Tisch, unten links in der Ecke ein eingeprägtes Lotto-Logo. »Manche Leute laufen an ihrem Glück vorbei, aber so einer sind Sie nicht. Sie sind ein Mann der Tat, das merkt eine empfindsame Frau sofort.«

»Meine letzte Aktion beim Lottospielen ist, um es bildlich auszudrücken, ganz schön in die Hose gegangen.«

»Pech im Spiel, Glück in der Liebe, heißt es doch. Schön, wenn Sie wenigstens privat Ihr Glück gefunden haben.«

Nela gluckst und geht zurück zur Theke.

Wesemann winkt ab und schüttelt den Kopf.

»Und wenn wir es miteinander versuchen?«

Nela presst die Lippen aufeinander und wischt sich mit dem Handrücken zwei, drei Lachtränen aus den Augen, faltet dann die Servietten.

»Soll ich das als einen Antrag werten?«, fragt Wesemann.

Frau Parasoli stutzt, weiß nicht, ob sie belustigt oder beleidigt sein soll, schaut Wesemann intensiv in die Augen, nimmt ihre schwarze Mappe, steht auf und meint vorwurfsvoll: »Wofür interessieren Sie sich denn außer für Hamelns Klatsch und Tratsch?«

Wesemann: »Nun ja, sehr für Unentdecktes.«

»Ich liebe die Natur«, sagt Pia.

»Ich auch, ich auch«, beeilt sich Wesemann zu bestätigen, »besonders den Biergarten auf der Werderinsel. Ein saftiges argentinisches Rumpsteak vom Grill, dazu ein Merlot mit zartem Pflaumenaroma, das ist Natur pur.«

»Begleiten Sie mich doch mal auf einem Spaziergang durch Wald und Flur, da genießen Sie die richtige Natur und erweitern ganz nebenbei Ihren Wissensstand.«

»Die gerillten Spareribs sind auch zu empfehlen, dazu ein Herforder Pils.«

»Genau! Wir könnten eine kleine Pilzexkursion starten. Auch so früh im Jahr kann man den einen oder anderen Leckerbissen entdecken.«

»Pilze sind nur spannend, wenn sie nach dem Zufallsprinzip zusammengesammelt und stänkernden Nachbarn vorsetzt werden.«

»Ach, Herr Wesemann. Sie kennen doch den Fliegenpilz?« Pia Parasoli setzt sich wieder.

»Hm.«

»Was wissen Sie zum Beispiel über diesen bekannten, ungewöhnlichen Pilz?«

»Will ich überhaupt etwas darüber wissen?«

»Sollten Sie, weil Sie allein aus beruflichen Gründen neugierig sein müssen. Der Fliegenpilz – und das wird Sie jetzt überraschen – wurde bis weit nach dem Zweiten Weltkrieg in einigen Restaurants hier in Norddeutschland angeboten.

Nur die Huthaut wurde abgezogen, alles andere wanderte auf den Teller. In Russland ist es durchaus noch Sitte, Fliegenpilze in Wodka einzulegen und als Aufgesetzten zu trinken. Nur Wanzen sterben an dem edlen Tropfen. Darum bestreicht man die Bettgestelle mit der wirksamen Tinktur. Obwohl ich eher glaube, dass es eine Schutzbehauptung der Ehemänner ist, wenn schon wieder eine Flasche leer ist.«

»Kein Tropfen würde mir von dem Gesöff über die Lippen kommen.«

»Ich sehe, wir verstehen uns.« Frau Parasoli erhebt sich. »Und da wir uns jetzt so vertraut sind, sagen Sie doch Pia zu mir.«

Wesemann überlegt krampfhaft. Ihm will nicht einfallen, wann er sie »Frau Parasoli« genannt hat, aber »Pia« klingt wirklich nicht unangenehm.

»Kochen kann ich auch ganz leidlich. Ich darf doch Hubert sagen?«

»Dann lieber Du und Wesemann.«

»Darf ich dich mal zu einem kleinen Schnitzel mit Pommes und Waldpilzen einladen?«

»Waldpilzen?«

»Vom Markt, nicht selbst gesammelt!«

Was soll er darauf antworten? Nichts. Nur gewinnend lächeln.

»Wie auch immer. Wir sehen uns, Huppi!« Weg ist sie.

Wie kommt sie auf »Huppi«?

»Ciao!«, ruft ihr Nela hinterher, »ich schreib's an.« Und an Wesemann gewandt: »Noch einen Milchkaffee oder einen Latte?«

»Eine Schokolade mit einem doppelten Cognac.«

»Gleich ein doppelter?« Nela nimmt eine große Tasse von der aufgeschichteten Tassenpyramide.

»Ich brauche etwas für meinen verwirrten Magen. Ich spür schon, das wird eine ausgewachsene Magen-Darm-Grippe.«

»Bevor du dich in ein neues Abenteuer stürzt: Pia Parasoli war bereits dreimal verheiratet, und keiner ihrer Männer hat die Ehe überlebt.«

»Und ich scherze noch über Pilze!«

# ZWEI

Die Eingangstür wird aufgedrückt, eine kräftige Frau Mitte 50 betritt das Café. Marike Kalenberger, Stammgast, hat im öffentlichen Dienst in Hannover gearbeitet und ist wegen persönlicher Differenzen nach Hameln versetzt worden. Sie kommt aus dem Regen, nass, kalt, sie schüttelt sich. »Wie Weihnachten, bloß ohne Michael Bublé.«

»Sie werden schon sehnsüchtig erwartet«, sagt Wesemann.

»Von wem?« Kalenberger quetscht ihren Taschenschirm in den Schirmständer.

»Von mir!« Nela löst ihre Schürze. »Kannst du für ein Viertelstündchen übernehmen?«

Kommentarlos löst Kalenberger Nela ab. Sie bindet sich Nelas Schürze um, interessiert sich für das letzte Stück Schokokuchen mit Orangenmousse und Rosmarin in der Kühltheke und versteckt es hinter dem Käsekuchen von gestern.

Nela zieht ihren Laptop unter der Kasse hervor und setzt sich an den Tisch zu Wesemann.

»Wie weit bist du?«, fragt Wesemann.

»In zehn Wochen kommt der dicke Mann im roten Outfit, und ich bin erst bei Rezept Nummer 14.«

»Geht doch voran.«

»Muss.« Nela fährt den Computer hoch, will den Ordner mit den Backrezepten öffnen. Es dauert eine Weile – als hätte ihr Laptop Arthrose. Sie trommelt vor Ungeduld mit den Fingern auf die Tischplatte und schreckt plötzlich zurück. »Was soll das denn?«

»Probleme?« Wesemann liebt Nelas Probleme.

»Ich komme nicht an meine Daten. Kann nichts anklicken, umblättern oder öffnen.«

»Einfach wegklicken.«

»Geht nicht. Schau doch selber!« Nela dreht den Laptop zu Wesemann.

»Das haben wir gleich.« Wesemann ist optimistisch. Ein roter Kasten prangt auf dem Bildschirm, die Einblendung sieht fast wie eine Abrechnung oder Mahnung aus. »Nela, Nela!« Tatsächlich tut sich nichts auf dem Bildschirm, es geht weder vor noch zurück. »Ich starte den Computer neu«, meint Wesemann, »das hilft bei Windows fast immer.«

»Mach, was du willst«, sagt Nela, »aber bring den Kasten wieder zum Laufen.«

Von draußen ist ein dumpfes Grollen zu hören. Ein Gewitter zu dieser Jahreszeit? Die Welt ist völlig durcheinander! Der Regen wird heftiger, der Neon-Schriftzug »Open« im Schaufenster flackert. Nela wechselt wieder hinter die Theke. Bei elektrischen Störungen erfasst sie neben der Angst vor dem Einschlag eine tiefe Sorge um ihre Kaffeemaschine.

Der Computer wird neu gestartet. Surrt einwandfrei. Das Bild baut sich auf, Wesemann starrt auf den Bildschirm. Starrt und starrt.

»Sag schon was!«

»Hmm, ich weiß nicht«, murmelt Wesemann. »Du hast deine Daten bestimmt gesichert, oder?«

»Ich muss arbeiten und hab für so was keine Zeit.«

»Dann wird's schwierig!«

»Was wird schwierig?« Nela kommt an den Tisch, schaut Wesemann über die Schulter. »Das ist doch derselbe Kasten wie vorhin!«

Wesemann reanimiert sein schütteres Schulenglisch und liest stockend: »Uuups, your important files are encrypted. Your important files encryption produced on this computer: photos, videos, documents etc. Here is a complete list …«

»Was heißt das denn?«

»Versteh ich auch nicht so genau, man müsste es übersetzen lassen. Da gibt es im Internet recht nützliche Programme.«

»Ich komme ja nicht ins Internet!«

»Das geht auch mit dem Handy«, meint Kalenberger von der Theke her, »eine Übersetzungs-App aufrufen und …«

»Stimmt«, sagt Nela und zückt ihr Handy. Sie tippt den Text in die Übersetzungs-App ein, starrt eine Weile auf das Handydisplay und sagt: »Scheiße!« Sie schiebt Wesemann das Handy zu.

Wesemann ist es peinlich, laut vorzulesen wie in der Schule.

Kalenberger wird neugierig, kommt herüber und stellt sich neben Nela.

Wesemann beginnt nochmal von vorn: »Uuups, Ihre wichtigen Dateien sind verschlüsselt. Ihre wichtigen Dateien auf diesem Computer werden verschlüsselt: Fotos, Videos, Dokumente etc. Hier ist eine vollständige Liste der verschlüsselten Dateien, Sie können dies persönlich überprüfen. Die Verschlüsselung wurde unter Verwendung eines eindeutigen öffentlichen Schlüssels RSA-2048 erzeugt, der für diesen Computer generiert wurde. Um die Dateien zu entschlüsseln, müssen Sie den privaten

Schlüssel erhalten. Die einzige Kopie des privaten Schlüssels, mit dem Sie die Dateien entschlüsseln können, befindet sich auf einem geheimen Server im Internet. Der Server vernichtet den Schlüssel nach der in diesem Fenster festgelegten Zeit. Danach wird niemand in der Lage sein, die Dateien wiederherzustellen. Um den privaten Schlüssel für diesen Computer zu erhalten, der automatisch die Dateien entschlüsselt, müssen Sie 600 USD / 500 EUR / ähnlicher Betrag in einer anderen Währung bezahlen.«

»500 Euro?«, mault Nela. »Das Gerät spinnt. Gelegentlich lohnt es sich wohl doch, Markenartikel zu kaufen.«

»Moment, nur noch ein paar Zeilen«, unterbricht Wesemann und liest weiter: »Klicken Sie auf ›Weiter‹, um die Zahlungsmethode und die Währung auszuwählen. Jeder Versuch, diese Software zu entfernen oder zu beschädigen, führt zur sofortigen Zerstörung des privaten Schlüssels durch den Server. Privater Schlüssel wird zerstört in 54:15:15.«

»500 Euro!«

»Der Computer wurde gehackt.« Wesemann schaut ziemlich ratlos. »Glaube ich zumindest.«

»Das kann doch nur ein schlechter Scherz von so einem Neidhammel aus der Nachbarschaft sein«, macht sich Nela selber Mut.

»Glaube ich nicht«, sagt Kalenberger. Sie zieht die Schürze aus und hängt sie über Wesemanns Stuhllehne. »Das hört sich ganz nach einem professionellen Hackerangriff an.«

»Woher wollen Sie das wissen?«

»Liest man doch gelegentlich.«

»Was liest man?«

»Über die dunklen Seiten des Internets.«

»Ich kaufe fast nichts im Internet.« Wesemann lenkt seine Aufmerksamkeit zurück auf den Bildschirm. »Ganz unten ist ein Eingabefeld, mit dem eine Datei zur Probe zurückgeholt werden kann.«

»Probier es aus!«

Wesemann bearbeitet die Tastatur, wartet, tippt erneut – auf dem Bildschirm erscheint eine Datei mit einem einzelnen Kuchenrezept, in Frakturschrift.

»Was soll ich mit einem einzigen Rezept?«, fragt Nela.

»Mach ein Handyfoto vom Bildschirm und geh zur Polizei«, sagt Kalenberger.

»Und die holen mir dann meine Rezepte zurück?«

»Wohl kaum.« Wesemann macht auf überlegenen Zyniker.

»Also 500 Euro?« Nelas Gesicht hat mittlerweile die Farbe ihrer Preiselbeersahnetorte von vorgestern angenommen. »Ich wollte nie mehr meine Eltern um etwas bitten müssen.«

»Erpressungen sollte man niemals nachgeben, Erpresser hören nicht auf, Erpresser kassieren und machen weiter.« Kalenbergers ruhige Stimme kann sich kaum gegen Nelas Erregungspegel behaupten.

»Schön, schön, wir sind die Guten, ich kloppe meinen Laptop in die Tonne, und das war's mit meinem Backbuch.« Nela hat Tränen in den Augen.

»Ich muss los«, sagt Kalenberger, »habe einen Arzttermin. Bis morgen!«

Eine Gruppe junger Mädchen stürmt das Café, sie suchen sich Kuchen am Büfett aus und bestellen dazu Cola light, Sprite oder einen Pott Schokolade. Nela hat alle Hände voll zu tun, um den Wünschen der Mädchen nachzukommen und ihnen alles zum Mitnehmen einzupacken.

»Warst du schon mal im Darknet?«, wendet sich Nela an Wesemann, als die Gruppe wieder draußen ist.

»Wie man's nimmt.«

»Mal wieder so eine Antwort, mit der ich nichts anfangen kann.«

Wesemann schaut hinaus auf die Straße, drei Touristen nähern sich von rechts, die beiden Erwachsenen im Anorak-Partnerlook, der Sohn in Spiderman-Regenjacke und mit Lichtschwert. Gleich laufen sie der jungen südländischen Frau, hochschwanger und mit einem Kind am Rockzipfel, in die Arme, sie wird jede Stunde von einem alten Sack im SUV abkassiert.

Vor dem Steuerberaterbüro drei Häuser weiter werden die fahrbaren Angebotsständer mit Schnickschnack und Krimskrams aus China herausgestellt. Alles massentauglich. Laufkundschaft dort gegen Stammkundschaft hier. Ein Polizeiwagen mit eingeschaltetem Blaulicht, aber ohne Signal, schleicht entgegen der Fahrtrichtung die Wendenstraße hinauf. Ladendiebstahl oder Kreditkartenbetrug? Oder wird die Schwangere schon wieder kontrolliert? Sie wird sich trotzdem nicht vertreiben lassen.

Als Journalist ist Wesemann ein Meister des opulenten Halbwissens. Darknet hin, Darknet her, Menschlichkeit ist sein Kapital. Empathie. »Ich lasse dich nicht hängen, das ist nicht meine Art.« Er erhebt sich, zieht seine Lederjacke über und nimmt die Fototasche. »Ich muss mich zurückziehen, konzentrieren, das Darknet ist nichts für holterdiepolter.« Er lächelt Nela an, verabschiedet sich mit einem Luftküsschen rechts und links.

Nela seufzt und murmelt: »Verbrecher. Alles Verbrecher.«

*

»Der sogenannte Fortschritt bringt uns noch alle um«, mault Wesemann im Auto, »da sind unkontrollierte Kräfte am Werk, die uns weit voraus sind. Wir haben ein Empfinden für Recht und Ordnung wie zur Zeit der Pferdekutschen. Andere agieren bereits im interplanetaren Raum ohne jegliche moralische Schranken! Arme Nela.«

Was für eine fundamentale Erkenntnis, vielleicht das Konzept für ein neues Feature. Der Sender wird es ihm aus der Hand reißen. Also weiter: »Wie bei jeder gesellschaftlichen Entwicklung gibt es auch bei der Digitalisierung kaum kontrollierbare Randbereiche, die von besonders cleveren Personen zur kriminellen Gewinnmaximierung ausgenutzt werden. Für den Einzelnen scheint es oft nur noch die Wahl zwischen Pest und Cholera zu geben. Doch außerhalb des persönlichen Nutzens hat unsere Gesellschaft eine Moral, um ihre Errungenschaften mit Anstand an die nächste Generation weitergeben zu können. Dazu zählt, Erpressern nicht nachzugeben, auch wenn es zu persönlichen Nachteilen kommt.« Was für ein Gedankengang. Fantastisch, intellektuell, gigantisch – mit dem Zeug zum Schulbucheintrag. Das muss er gleich dem Sender antragen. Die Gelegenheit zur Rückkehr! Denn nach seiner Hochzeitskatastrophe hat er eine Auszeit gebraucht, während der er höchstens für einen Besuch im »KaFEEchen« oder zum Einkaufen das Haus verlassen hat. Mittlerweile geht es ihm besser. Eigentlich wollte er erst in ein paar Tagen in die Redaktion. Aber mit dieser Idee … Warum noch warten?

Wesemann hält in der Parkbucht für Linienbusse an, um seine Gedanken schriftlich zu fixieren. Doch da hupt schon der Linienbus hinter ihm, er muss weiterfahren, und die Gedanken sind verflogen.

Bei radioTOTAL steuert er den für die Chefredaktion reservierten Parkplatz an. Der ist allerdings blockiert von einem schnieken rubinroten Peugeot Cabrio. Das kann nur eine Sie sein, und die Parkbucht hat sie wohl für einen Frauenparkplatz gehalten.

Kaum hat Wesemann die Eingangstür des Senders aufgestoßen, da kommt ihm Baxmann, der Chef des Radiosenders, mit einem schiefen Lächeln entgegen. »Auch mal wieder im Lande?«

In seinem Windschatten ein Mann kurz vor dem Rentenalter in jugendlichem Outfit, zu den überseriösen Jeans modisch ausgefallene schwarze Sneaker und Socken mit buntem Donald-Duck-Aufdruck im Knöchelbereich. Albern! Das muss der Cabrio-Fahrer sein.

»Darf ich Ihnen André Schmitz vorstellen?« Baxmann triefend, schwammig. »Ein Urgestein der Journalistenzunft. Schreibt über alles, bestens vernetzt, eloquent. Ihr Nachfolger.«

Das hellblonde, weißliche Haar des »Urgesteins« ist zum schütteren Nackenschwänzchen gebunden, der Mann trägt ein beiges Jackett mit lila Strunztuch. Die Nasenspitze rotbläulich angelaufen, unter den Augen dreifach gestufte Tränensäcke, dazu Hängebacken rötlicher Farbe, die nicht von der Temperatur im Eingangsbereich des Senders herrühren können. Vielleicht eine ausgeprägte Neigung zu Hochprozentigem? Joggingrunden im Bürgergarten an der frischen Luft werden kaum die Ursache sein.

Wesemann gibt Schmitz die Hand, schaut aber Baxmann an. »Eloquent?«

»Er weiß, wo es langgeht.« Baxmanns eigenwillige Fremdwortinterpretation.

»Aber wieso ›Nachfolger‹?« Wesemann versucht, Baxmanns Aufmerksamkeit zu gewinnen. »Ich bin doch gar nicht weg.«

»Eben, eben.« Baxmann schüttelt den Kopf. »Wären Sie nur weggeblieben, bis Gras über die Sache mit ihrer versemmelten Hochzeit gewachsen wäre. Aber so ... Wesemann, wir sind hier nicht beim Öffentlich-Rechtlichen, wir sind von unseren Werbekunden abhängig. Und da sind alle einer Meinung: dass Sie sich schofelig verhalten haben. Einer Frau über Jahre Hoffnung zu machen, um dann zu kneifen. Das haben unsere Kunden gar nicht gern gesehen.«

»Vielleicht versuchen Sie es mal mit Parship?« Schmitz grinst süffisant. »Immer noch besser als nichts.«

»Wesemann, verstehen Sie uns.« Baxmann schaut gequält. »Wir müssen Sie aus der vordersten Front zurückziehen. Dem Gegner sozusagen die Angriffsfläche nehmen.«

»Sie können mich doch nach all den Jahren nicht ...«

»Mir wurde die Pistole auf die Brust gesetzt. Im letzten Monat Rückgang der Werbeeinnahmen um 12,8 Prozent, ich kann Ihnen die genauen Zahlen ausdrucken.«

»Nicht nötig. Ich bin also raus?«

»Wesemann, wir wollen nicht gleich übertreiben. Es geht nur um die aktuelle Berichterstattung. Wir wissen doch, was wir an Ihnen haben.«

»Aber meine ...«

»Sicher, Ihre Beiträge wurden immer gern gehört, auch wenn Ihre Fans allmählich überaltern. Sie müssen sich in Zukunft nach ungewöhnlichen Spezialthemen umsehen.«

»Spezialthemen? Wie Parship? Dafür haben Sie jetzt ja Ihren Möchte-gern-Ulrich-Wickert.«

»Papperlapapp. Da wäre zum Beispiel das U-Boot vom Steinhuder Meer oder das Rätsel der Pyramide auf der Hämelschenburg oder ...«

Die Tür zum Schneideraum geht auf. Eine Frau kommt rückwärts heraus, redet noch mit jemandem im Inneren, ganz in Weiß, durchaus ansehnlich, obwohl Wesemann bisher nur ihre Rückenansicht sieht. Zum figurbetonten Hosenanzug mittelhohe High Heels und eine blonde Löwenmähne.

Wesemanns Herz pocht wie auf Kommando bis hinter die Ohren.

Sie dreht sich um.

Karola! Gleichgültiger Blick, neu sind die Brille mit schwarz-weißem Zebragestell und ihre Frisur, eher Berlin als Hameln.

Wesemanns Knie zittern.

Karola schaut nur Baxmann an. »Der Termin mit der neuen Leitung des Jugendamts ist gecancelt.« Sie verlässt den Empfang durch die Tür zum Besprechungsraum. Da wurden einst die ersten zaghaften Liebesfäden zwischen ihnen gesponnen. Ein lautes Lachen dringt durch die geschlossene Tür.

»U-Boot im Steinhuder Meer?« Wesemann kann den Blick nicht von der Tür zum Besprechungsraum wenden.

»Tolles Thema«, sagt Baxmann, und Schmitz grinst. »Der ›Steinhuder Hecht‹«, fährt Baxmann fort, »1762 als Entwurf Graf Wilhelm zu Schaumburg-Lippe vorgelegt. Eine Variante davon soll zwölf Minuten im Steinhuder Meer getaucht sein.«

»Im Steinhuder Meer? Das ist an keiner Stelle tiefer als drei Meter.«

Wieder dieses Lachen aus dem Nachbarraum.

»Da riskieren die Schaumburger eine zu große Lippe. Ich nicht. Ich bin raus.« Wesemann geht ohne Verabschiedung, so viel Strafe muss sein.

*

Kalenberger schwänzt den Arzttermin. Immer dieselben Vorhaltungen, immer dieselben Ratschläge, und abnehmen solle sie auch. Sie braucht neue Schuhe. Bequeme Schuhe, die ihre Füße das jahrzehntelange Stehen wenigstens kurzzeitig vergessen lassen. Robust sollten sie sein und elegant, obwohl sich die Kombination meist widerspricht. Schuhkauf tröstet. Sie sollte nach Hannover, S5, 45 Minuten, und zu Schuh-Neumann gehen, dem Schuhgeschäft ihres Vertrauens in der City. Statt in diesem Hameln die Schuhgeschäfte abzuklappern. Gedankenverloren schlendert sie durch Hamelns Altstadt.

Eigentlich könnte sie froh sein, die Kriminalfachinspektion 1, kurz KFI 1, in Hannovers Waterloostraße hinter sich zu haben. Doch nicht mit diesem Abgang! Wegen posttraumatischer Belastungsstörung zur Polizeiinspektion Hameln-Pyrmont/Holzminden versetzt. Von heute auf morgen, nach oberflächlicher medizinischer Begutachtung. Dabei haben nur ihre Konzentrationsfähigkeit und der Glaube an den Sinn von Überstunden gelitten. Es gab keine Aussprache, nur eine Mitteilung über eine zeitlich unbefristete Freistellung vom Dienst, dann war sie weg. Sie hat es als persönliche Schmach empfunden und spürt den Tritt ins Kreuz noch immer. Das bedeutet Verzicht auf Lebensqualität.

An einem Café beschließt sie, sich einen Eiskaffee zu gönnen. Einen großen mit doppelter Sahne. Als sie sich gerade an den letzten freien Tisch gesetzt hat und die Speisekarte studiert – sie ist inzwischen hungrig geworden –, wird sie von einem Gast angesprochen.

»Hallo!«

»Der Platz ist besetzt«, sagt Kalenberger, ohne aufzublicken, und deutet dabei auf den zweiten Stuhl am Tisch.

»Ähhh … Moin auch.«

Die Stimme kennt sie doch … Unwillig schaut sie auf und ist angenehm überrascht.

»Harryboo, du hier?«

Groß, Glatze, Kutte, Springerstiefel – eine Seele von Mensch. Mit Ecken und Kanten, nicht jedermanns Freund. Sie kennen sich aus Hannover. Kalenberger hat ihm aus einer misslichen Lage geholfen, und er hat einen verunglückten Motorraddeal von Kalenbergers früherem Kollegen Obanczek ohne großes Aufsehen korrigiert. Ihr Kollege verkaufte einem Biker aus Harryboos Gang ein Motorrad, bei dem der Kilometerstand mit den tatsächlich gefahrenen Kilometern nicht einmal annähernd übereinstimmte. Harryboo vermittelte, und Obanczek kam mit halbwegs heiler Haut aus der Sache heraus.

»Wie geht's denn so?« Harryboo, der sich inzwischen gesetzt hat, bestellt sich einen doppelten Espresso.

»Und selbst?«

Harryboo grinst. »Alles legal, keine Ausreißer mehr, und Steuern bezahle ich auch.«

Kalenberger nickt anerkennend. Harryboo ist ein begnadeter Bastler und Schrauber, nicht nur an Motorrädern, sondern auch im IT-Bereich. Nur habe er seine Fähigkeiten nicht gerade systemkonform angewandt, munkelt man. Seine Spezialität soll das Verticken illegaler Musikvideos gewesen sein. Aber dann kamen die Streamingdienste, und die brachten ihn auf Hartz IV.

»Ich bin nicht mehr so hibbelig und raste auch nicht gleich aus, wenn mir einer krumm kommt. So fällt das Leben leichter.« Harryboo trinkt seinen Espresso mit einem Schluck aus und bestellt über die Tische hinweg ein Weizen.

»Alkohol? Fährst du etwa S-Bahn?«

»So tief bin ich noch nicht gesunken.« Harryboo grinst. »Meine Harley habe ich vorschriftsmäßig in der Tiefgarage geparkt.«

»Das kostet Parkgebühr.« Kalenberger grinst. »Kannst du dir von Hartz IV doch gar nicht leisten.«

»Nach ein paar Fortbildungskursen biete ich meine IT-Kenntnisse interessierten Firmen und Privatpersonen an, die ihr Netzwerk optimieren wollen. Da ich gut bin, kann ich mich vor Anfragen kaum retten.«

»Hast du einen Auftrag im Weserbergland oder warum bist du hier?« Kalenbergers verhaltenes Lächeln soll gleichzeitig Vertrauen und Neugierde signalisieren. In unzähligen Verhören erprobt.

»Eine absichtslose Spritztour von der Leine an die Weser und in die Berge. Mein zweirädriges Mädel braucht ein bisschen Abwechslung.« Harryboo sieht sich um.

Kalenberger möchte das Gespräch noch nicht beenden. Sie bestellt sich ein Mineralwasser, spontan fällt ihr nichts anderes ein. »Und wie geht's sonst?«

»Schon. Insgesamt. Also allgemein.«

»Und dem Moped?« Kalenberger outet sich als Insiderin.

»Neuer Auspuff, volle Power. Man muss sich auch mal was gönnen.« Harryboo schaut auf Kalenbergers Plastiktüte mit dem Aufdruck eines Kaufhauses und grinst. »Siehst du auch so, oder?«

Kalenberger wird rot. Gerade meldet sich abrupt ein fast verkümmerter Gedanke. Längst verdrängt und überwunden. »Ich würde gerne den Motorradführerschein machen.« Hat sie das jetzt gesagt?

Harryboos Grinsen wird nachdenklicher.

»Oder gibt es da eine Altersbeschränkung?«

»Ich kann dir das Motorradfahren beibringen ...« Harryboo schaut verklärt einer üppigen Oberweite hinterher, spricht jedoch gleichzeitig weiter – männliches Multitasking. »Aber den formellen Kram musst du selber erledigen.«

»Darf nur nicht zu teuer werden.« Sie wird in Zukunft wieder ein bisschen mehr auf sich achten, und Oberweite hat sie auch.

*

Für Wesemann kann's nicht schlimmer kommen? Doch! Seit der Trennung hat er in einem kleinen Pensionszimmer gehaust, er konnte die gemeinsamen vier Wände nicht ertragen. Doch das wurde auf Dauer zu teuer. Heute Morgen hat er das Zimmer endgültig verlassen und muss nun zurück in die gemeinsame Wohnung. Gemeinsam sind allerdings nur noch die Schlüssel und die Kiste Rotwein von der Ahr, Schnäppchenangebot einer Zeitschriftenbeilage. Ansonsten hat Karola fast alles ausgeräumt. Nur das Notwendigste ist Wesemann geblieben.

Ans Essen hat er nicht gedacht, deshalb macht er sich noch einmal auf den Weg und steuert den Discounter an. Hühnertopf mit Nudeln und Geflügelklößchen oder Erbseneintopf mit Würstchen? Wesemann entscheidet sich für Spaghetti in Tomatensoße. Gut und günstig.

Der Briefkasten kann das Überangebot an neuen Küchen, italienischen Wochen, Hundefutter und Lichterketten mit wechselndem Farbspiel kaum fassen. Dazwischen eine Mitteilung von Karolas Anwalt. Eine Kostenaufstellung über 4.200 Euro, zahlbar bis ... Hoffentlich haben die Stadtwerke den Strom noch nicht abgestellt.

Nur die Sicherungen hat Karola vorsichtshalber ausgeknipst. Zack, zack und das Licht brennt. Fremdheit, Leere, Nichts. Bloß nicht unterkriegen lassen, Wesemann! Du hast Zukunft! Spaghetti aufwärmen, Laptop auf den Küchentisch, eine Flasche Wasser daneben. Ein kühles Veltins wäre ihm lieber. An was soll er denn noch alles denken?

Er schaltet den Laptop ein, gabelt nebenbei seine Spaghetti, lauwarme Matschepatsche, und sucht im Netz nach Interneterpressungen. Bald wird er auf einen Trojaner aufmerksam, der zu Nelas Problem passen könnte. Er liest sich den Eintrag genauer durch:

*Locky ist eine gefährliche Ransomware, die persönliche Dateien der Computerbenutzer sperrt und ein Lösegeld fordert, um diese wiederherzustellen. Der Locky-Trojaner ersetzt die Dateinamen durch eine einzigartige, aus 16 Buchstaben und Zahlen bestehende Kombination und fügt die Dateierweiterung ».locky« hinzu. Für die Entsperrung der Dateien wird ein Entschlüsselungscode benötigt. Obwohl es mehrere Möglichkeiten gibt, den Trojaner zu verbreiten, werden meist E-Mails verwendet. Wird in der E-Mail ein Word-Dokument geöffnet, sind nur sinnlose Wortgebilde zu lesen, die verschlüsselt sind. Damit aktiviert sich der im Dokument enthaltene Code und infiziert den Computer. Der Trojaner wird automatisch auf dem Computer gespeichert. Die gespeicherte Datei agiert als Downloader, der die Bestandteile für die Infektion herunterlädt. Die betroffenen Dateien werden von der Ransomware mit der ».locky«-Erweiterung verschlüsselt. Sobald die befallene Datei vom Locky-Trojaner gesperrt ist, wird der Desktop-Hintergrund durch eine Nachricht ersetzt. Darin wird angegeben, wie viel gezahlt werden muss, häufig in Bitcoins, um den Entschlüsselungscode zu erhalten. Das Schadprogramm erstellt zusätzlich eine Textdatei mit derselben Nachricht. Die Locky-Malware löscht alle Schattenkopien, was es noch schwieriger macht, die Dateien wiederherzustellen.*

*Öffnen Sie niemals Anhänge von unbekannten Absendern …*

»Die ganze Welt ist voller Trojaner! – Da soll einer durchsteigen«, schimpft Wesemann. Er ärgert sich über sich selbst. Nela setzt auf ihn, und was macht er? Ist überfordert. Sie wird ihre Daten für immer verlieren.

Wesemann wird melancholisch und grenzenlos müde, und plötzlich ist sie wieder da, diese unbändige Sehnsucht nach ihr. Karola. Nur mit ihr hat er sich vollständig gefühlt. Er wird alles daransetzen … Selbst bei 30 Euro am 18. für den Rest des Monats. Er kann es nicht ändern. Ein Anruf wäre sicher zu früh, würde das Gras niederwalzen, das gerade beginnt, über die Flughafensache zu wachsen.

Doch erneut auf der Couch sitzen und bei irgendwelchen blöden Fernsehprogrammen den Schlaf erwarten? Mit jeder einsamen Nacht kommt er einer Einweisung in die Psychiatrie näher. Er braucht jemanden um sich.

Wesemann wendet sich seinem Laptop zu, sucht, sucht weiter, findet: »Anspruchsvoller Begleitservice ist eine Leidenschaft, der man als Begleitagentur, aber auch als Begleitdame mit viel Hingabe nachgehen sollte. Nur etwas Erotik werden Sie bei uns …«

Noch bezahlt Wesemann nicht für zärtliche Liebesbeweise.

Und schon fällt ihm Hanni ein! Hanni! Sie hatten mal unbezahlten Spaß mit seinem Schluckauf. Wesemann hat sogar ein Theaterstück für sie begonnen.

Begonnen!

Er sucht in seiner Adressliste nach »Innah«, dem Tarnnamen, den er ihr gegeben hat.

»Ach nee«, meldet sich Hanni, »Sie leben noch?«

»Waren wir nicht beim Du?«

»Ich kann mich nicht erinnern.« Aufgelegt.

Wenn er jetzt in die Kneipe geht, besäuft er sich. Nach einem kurzen Vergessen wären die restliche Nacht und der nächste Tag versaut. Also besser nicht.

Eine Chance hat er noch. Wördeholz, das gelbe Haus und die Gänseliesel. Sie hat ihm das Leben gerettet, als er bei einer Verfolgungsjagd die Einfassungsmauer vor ihrem Haus kontaktierte. Sie ist gut für Tee, Cognac und Verständnis. Er wird sie überraschen.

# DREI

»Sie haben gewonnen!« In der Tür vom »KaFEEchen« steht eine eindrucksvolle Person, nein, Persönlichkeit. Groß, schlank, ganz in Schwarz gekleidet, die Frisur gewissenhaft gestylt, rechte Seite glatt rasiert, linke Seite mehr als schulterlang mit roten, braunen und blonden Strähnen. Um den Hals drei dezente, aber sorgfältig aufeinander abgestimmte dünne Ketten. Jede Menge Freundschaftsarmbänder am linken Handgelenk zeugen von einem größeren Freundeskreis. Entgegen des Aufzuges ist der Mann jedoch dem Teenager-Alter längst entwachsen.

Nela überlegt. Könnte das ein Bote der Lottogesellschaft sein, und sie wird endlich mit einem Hauptgewinn belohnt?

»Endlich ein Café, das sich weder mit Zehn-Euro-Stühlen schmückt noch Pizza aus der Mikrowelle anbietet.«

»Schön«, sagt Nela. Sie ist ein wenig enttäuscht, aber nur über den entgangenen Lottogewinn. »Was darf ich Ihnen anbieten?«

»Was passt denn zu mir?« Seine Augen funkeln sie unternehmungslustig an.

»Ich nehme an, es soll so früh am Tag nichts Übermächtiges sein? Vielleicht eine gesunde Nascherei?«

»Großartig!«, sagt der Unbekannte. »Darf ich mich zu Ihnen in die Küche setzen?«

»Ähm, das wäre mir …«

»Danke!« Und schon sitzt er seitlich hinter der Küchentür. »Hier ist es anheimelnd und gemütlich, das könnte mein zweites Zuhause werden.«

»Ich vermiete nicht, erst recht nicht an Unbekannte!«

Wie ertappt springt der Mann mittleren Alters auf. »Entschuldigung. Mein Name ist Tom Bosé. Können Sie sich leicht merken, denken Sie einfach an Thrombose. Und gleichzeitig sind Sie fast bei meiner beruflichen Tätigkeit.«

»Arzt?«, fragt Nela.

»Bestatter!« Beide lachen und Bosé setzt sich wieder auf den wackeligen Küchenstuhl. »Bestattermeister!« Er bestellt sich nach kurzer Überlegung ein Stück von der ***Whiskey-Trüffel-Torte***.

»Passt zu Ihnen!«

Der Bestatter schlürft mit spitzem Mündchen seinen Kaffee, schwarz, stark und ohne Schnickschnack, und sticht sich ein Stück von der Torte ab.

»Köstlich, köstlich, einfach deliziös!« Des Bestatters Bemerkung lässt sich auf die ungewöhnliche Torte, Nelas Kaffee oder ihre gute Laune beziehen. »Ich werde sie ›Bestattertorte‹ nennen.«

Für einen Moment treffen sich ihre durchdringenden Blicke.

»Jetzt ein falsches Wort«, warnt Nela, »und das war's mit dem Stammcafé.«

»Okay. Eigentlich bin ich hier, um Sie um Ihre Hilfe zu bitten.«

»Der eine braucht meine Hilfe und will sie nicht, der andere braucht sie und bekommt sie nicht.«

»Mal ganz ohne Frotzeleien: Ich bin auf der Suche nach einer lebhaften Frau mit kurzem blauschwarzem Haar.

Und ich sage Ihnen auch, warum. Auf einer Beisetzung neulich in Extertal hat sie eine beeindruckende Trauerrede gehalten. Klar, mitfühlend, ohne Schmand. Ich bin da mehr der Ausschweifende, aber sie ist überzeugend in Wort und Ausdruck. Ich könnte mir vorstellen, dass wir uns geschäftlich hervorragend ergänzen und darum …«

»Sie sollten Aushänge an Bäumen und Laternen anbringen: ›Mitfühlende Frau für lukrativen Job gesucht‹.«

»Die Discounter machen sich auch in meiner Branche breit, da wird man leicht überrollt. Ihnen ist niemand bekannt, auf den meine Beschreibung passt?«

»Mit einem Prosecco könnte ich meinem Gedächtnis vielleicht ein wenig nachhelfen.«

»Gebongt, geht auf Betriebskosten.«

»Jeder bezahlt seinen Teil.« Nela begibt sich ungern in Abhängigkeiten.

*

Als Wesemann am Morgen aufwacht, ist er sicher, keine halbe Stunde geschlafen zu haben. Der Überraschungsbesuch bei der Gänseliesel ging bis tief in die Nacht hinein. Er quält sich aus dem Bett, putzt sich die mobilen und stationären Zähne, schaut im Internet nach den neuesten Meldungen. Ein Mann hat im Internet einen Rasenmäher bestellt und vorab mehr als 600 Euro bezahlt. Auf das Gerät wartete er jedoch vergeblich. Eine Frau erschien beim Polizeikommissariat, da sie über eine Dating-App eine Kopie ihres Personalausweises an ihren Datingkontakt geschickt hatte, danach wurden Verträge auf ihren Namen abgeschlossen und Bestellungen aufgegeben. Von der Polizei wurde eine Strafanzeige aufgenommen …

Wesemann zieht seine Jacke an und geht in die Innenstadt, zum Leutegucken.

Etwas weiter die Bäckerstraße hinunter stehen zwei Einsatzfahrzeuge der Polizei, eins davon ein Kastenwagen. Nicht vor der Modeboutique, sondern direkt unter dem feuerspeienden Drachen des Restaurants »Mayflower«. Wahrscheinlich bestellen die Ordnungshüter Speisen und Getränke für ein Beförderungsbüffet in der Polizeiinspektion Zentralstraße: Schweinefleisch süß-sauer; Rindfleisch-Chop Suey mit verschiedenen Gemüsen; geröstete Ente mit Paprika, Bambus und chinesischen Morcheln, scharf; Fischfilet gebacken mit Gemüse in schwarzer Bohnensoße. Obwohl – eher kein Fischfilet, aber Limonade, gaaannz viel Limonade.

Wesemann betritt das »KaFEEchen«.

»Sie könnte durchaus Pressesprecherin bei einer Bank oder einem Verband gewesen sein oder so.«

Nela spricht mit einem Neuen in der Küche, wechselt bei Wesemanns Eintreten jedoch sofort das Thema. »Kaffee to go oder Kaffee to bleib?«

»Ich muss los«, sagt der Neue, »hab ungeduldige Kunden.« Er tritt in den Flur. Eine große schillernde Gestalt, bunt behängt an Hals und Arm.

»Die laufen dir nicht mehr weg.« Nela lacht, ihr Gast verabschiedet sich mit Küsschen und kommt die beiden Stufen in den Flur herunter.

Wesemann stutzt: »dir«? Zwei Luftküsschen? Und zwei zurück?

Doch der Mann ist bereits zur Tür hinaus.

»Vor dem Chinesen steht die Polizei mit einem schwarzen Kastenwagen«, meldet sich Wesemann. »Ich trau keinem Chop Suey, und ich weiß auch ganz genau, warum.«

»Warum?«, fragt Nela.

»Die Chinesen verspeisen alles, was …«

»Lass die blöden Sprüche«, sagt Nela, »sonst kannst du in die Stadtgalerie gehen und dir dort einen Kaffee to go holen.«

Heiko Hahn kommt herein.

»Den Typen hätten Sie gerne umrennen können«, murmelt Wesemann.

»Sie sprechen in Rätseln.«

»Schon gut, Sie kommen gerade recht«, sagt Wesemann. »Sie haben doch beruflich mit der modernen Mobilfunktechnik zu tun, da kennen Sie sich bestimmt auch mit Computern aus. »Ich … wir haben da nämlich ein Problem.«

Heiko Hahn vom Handyladen ein paar Häuser weiter schaut etwas missmutig, hat sich die Begrüßung wohl ein bisschen freundlicher vorgestellt. Schnell serviert Nela ihm seinen üblichen Kaffee und bemerkt aus den Augenwinkeln, dass Heikos Tasse leicht zittert, als er sie an den Mund führt. Der Arme, vielleicht sollte sie doch mal mit ihm ins Kino gehen. Oder in den Pyrmonter Zoo, dort könnte sie sich notfalls besser verdrücken.

»Was ist denn das Problem?« Heiko setzt sich zu Wesemann an den Tisch.

»Also …« Wesemann schaut verstohlen zu Nela hinüber.

Sie hebt nach dem Motto »Tu, was du nicht lassen kannst« die Schultern.

Wesemann wendet sich wieder Heiko zu. »Jemand hat Nelas Laptop gehackt und will 500 Euro, um die Daten freizugeben.«

»Nur 500? Dann ist dieser Jemand entweder ein Anfänger oder ein Menschenfreund!« Heiko lacht. »Normalerweise werden ganz andere Summen gefordert – wie man so liest.«

»500 sind 500 zu viel.«

»Ist vielleicht nur als Anzahlung gedacht. Das steigert sich von Attacke zu Attacke. Ich kann nur raten, den Computer mit ’nem dicken Hammer zu bearbeiten und anschließend zu entsorgen.«

»Und die Daten?«

»Sind natürlich weg. Werden sowieso meist überschätzt, diese gespeicherten Daten.« Heiko dreht sich zur Tür.

Wesemann hält ihn am Arm fest. »Nela braucht ihre Daten. Darunter sind ihre besten Tortenrezepte, die sie in einem Backbuch veröffentlichen will. Einen Verlag hat sie bereits in Aussicht.«

Nela schaut Wesemann missbilligend an, Wesemann grinst unsicher.

»Wenn das so ist ...«, sagt Heiko und setzt sich. »Ich habe allerdings nicht allzu viel Ahnung. Die neuen Smartphone-Tarife blockieren mich bis in die letzten Gehirnwindungen.«

Nela nimmt ihre Chipkarte aus der Kasse und richtet die Aufsteller mit dem Kuchenangebot parallel zur Tischkante aus. »Viel Spaß. Ich werde in der Zeit die Dekoration für die Tische frisch machen. Ihr wisst, wo ihr mich findet.«

»Setz dich doch zu uns, ich erzähle euch, was ich weiß. Technik kann ganz schön spannend sein«, sagt Heiko.

»Auf die Spannung kann ich gut verzichten.« Nela verschwindet durch eine hintere Tür.

»Also los«, wendet sich Heiko an Wesemann, »wo fangen wir an?«

»Wenn ich das wüsste ...«

»Schon mal was vom Darknet gehört?«

»Nur so am Rande, hat mich nie interessiert.«

»Technisch gesehen ist das Darknet eine Kommunikationsschnittstelle in einem Netzwerk, das private Computer miteinander verbindet und gleichzeitig unsichtbar macht. Im Gegensatz zum üblichen Internet gibt es keinen zentralen Server zum Datenabruf. Das Darknet entsteht erst über den Zusammenschluss privater Computer, dabei können über jeden angeschlossenen Computer die verschlüsselten Daten abgerufen, weitergeleitet und bereitgestellt werden. Ziel ist die Anonymisierung von Verbindungsdaten und der Schutz vor dem Ausspähen des eigenen Datenverkehrs. Kriminelle, aber auch politische Aktivisten, Blogger, Whistleblower oder Oppositionelle in totalitären Staaten nutzen den anonymisierten, gesicherten Datenverkehr.«

»Auswendig gelernt? Schade, dass Nela das nicht mehr gehört hat.« Wesemann grinst.

Heikos gute Laune schwindet. »Das kann man alles nachlesen, ellenlange Artikel in allen möglichen Computerzeitschriften.«

»Ich bin mehr der akustische Typ.«

»Viel gibt es nicht mehr zu hören. Für den Zugang zum Darknet finden sich im Internet einige Hilfsprogramme, das einfachste ist wohl das ›Tor Browser Bundle‹. Alles verstanden?«

»Achten Sie nicht auf das Geschwätz eines alten Mannes«, versucht Wesemann, seine Verständnislosigkeit zu kaschieren, »machen Sie einfach weiter.«

»Bin gleich fertig mit dem, was ich weiß.«

»Tun Sie's für Nela.«

»Für wen denn sonst?«

»Für die Welt der Dummen.«

»Ich hab keine Zeit mehr.« Heiko erhebt sich abrupt. »Der Paketbote kommt immer um diese Zeit. Ciao, Nela!«, ruft er in den hinteren Raum.

Nela erscheint, putzt sich die Hände an einem karierten Küchenhandtuch ab. »Alles geklärt?«

»Herr Wesemann wird das schon hinbekommen mit seinem Geschick fürs Technische.« Er zwinkert Nela zu.

Wesemann überhört die Gemeinheit.

»Wenn's größere Probleme gibt, melde dich.« Heiko kann sich schlecht trennen. »Allerdings bin ich kein Profi in Sachen Internetkriminalität.«

»Wenn ich meine Daten zurückbekomme, reicht's mir schon.«

»Mir schon lange«, murmelt Wesemann fast unhörbar.

Nach Küsschen auf die Wangen links und rechts eilt der Handyshopbetreiber hinaus, ohne Wesemann noch eines Blickes zu würdigen.

Zwei Polizisten auf Fahrrädern radeln die Wendenstraße hinunter. Die Ordnungshüter verrenken sich die Hälse, um ins »KaFEEchen« zu schauen, drehen dann um und rollen die Straße zurück. Ordnungshüter dürfen das!

Nela hätte noch ein verunglücktes Stück von der Zitronenrolle für Wesemann. Er lehnt jedoch dankend ab, ihm ist der Alkohol bei der Gänseliesel gestern Nacht auf den Magen geschlagen. »Morgen lasse ich mir von Herrn Hahn die Überweisungstechnik im Darknet erklären.« Er hängt sich die Fototasche über die Schulter. »Dann geht die Sache ratzfatz ihren Gang.«

»Hoffentlich«, sagt Nela, »zwei Halbweise sind schließlich noch lange nicht ganz weise.«

*

Wesemann will den Kopf frei bekommen, setzt sich ins Auto und fährt ohne Sinn und Ziel durchs Weserbergland. Wälder, Felder, Felsen, Wasser, Fachwerk, Burgen, Schlösser, Motorräder, Motorräder und noch einmal Motorräder.

Nach gut zwei Stunden beschließt er die Rückkehr, obwohl sein Kopf noch lange nicht frei ist. Über die B83 geht es zurück nach Hameln in seine fremdelnde Wohnung zu Bratheringsfilets in feinwürziger Marinade oder Sülzkotelett. Spitzenqualität von Aldi.

Die Zeit vergeht so langsam wie ein Gewitter im Wesertal. Die Rotweinflasche ist fast geleert. Wesemann schaut seit Stunden Herzschmerz, Leid und Erlösung im Fernsehen, aber davon bekommt er seit Längerem nichts mehr mit. Sein Blick ist auf die Lampe über dem Fernsehgerät gerichtet. Eine gemeinsame Anschaffung mit Karola auf dem Flohmarkt am Weserufer. Angeblich Art déco, wohl eher eine Art Deko.

Ist Nela eine Option? Vielleicht, aber für sie müsste er sich enorm anstrengen, mit Friseur, neuen Klamotten und hippen Aktivitäten, Speisen mit fünf Gängen, Disco bis nachts um drei, Konzerte, Märkte und Veranstaltungen mitnehmen. Möglichst alles an einem Tag. Das gibt seine Kondition nicht mehr her.

Er will nicht mehr erobern, er will gesucht und gefunden werden. Doch dafür müsste er auf sich aufmerksam machen. Womit? Womit fällt man auf? Mit schriller Kleidung, einem außergewöhnlichen Auto oder einem ungewöhnlichen Hund. Ersteres ist nicht sein Stil, Zweiteres zu teuer und Letzteres zu aufwendig, nicht zu vergessen seine Canophobie – Angst vor Hunden.

Er wird Nela mit vollem Einsatz aus der Bredouille helfen, das wird sich herumsprechen. Das einzige Problem sind die 500 Euro. Er könnte morgen zur Sparkassenfiliale gehen und Nela das Geld geben. Wenn sein Konto allerdings nicht mehr gedeckt wäre, stünde er dumm da und alle schauten zu. Er muss in einen direkten Dialog mit einem unbeobachteten Automaten treten, jetzt. Oder doch erst …

Wesemann trinkt den letzten Schluck Rotwein. Energisch steht er auf. Osterstraße! Sparkassenfiliale.

So spät am Abend sind noch überraschend viele Flaneure unterwegs. Wesemann ist kein Bummelant. Er steuert den Pferdemarkt an. Hier ist noch mehr los. Wesemann setzt sich auf eine der Bänke, beobachtet die Vorbeischlendernden. Einzelgänger, Freunde, Liebespaare.

Schon den ganzen Abend hat er einen Ohrwurm von der Arie des Kerkermeisters Rocco in Beethovens »Fidelio«:

*Wenn sich nichts mit nichts verbindet,*
*ist und bleibt die Summe klein;*
*wer bei Tisch nur Liebe findet,*
*wird nach Tische hungrig sein.*
*Drum lächle der Zufall euch gnädig und hold,*
*und segne und lenk euer Streben,*
*das Liebchen im Arme, im Beutel das Gold,*
*so mögt ihr viel Jahre durchleben.*
*Das Glück dient wie ein Knecht für Sold,*
*es ist ein mächtig Ding, das Gold.*

Wesemanns zweitliebstes Musikdrama gleich hinter »Hoffmanns Erzählungen« von Jacques Offenbach. Er seufzt, steht auf.

Leicht benebelt von der Flasche Merlot betritt er das Beratungscenter – jetzt natürlich ohne Berater. Er steuert entschlossen einen Auszahlungsautomaten an. Schaut sich gewissenhaft um. An einem Kontoauszugsdrucker steht neben einem Werbeaufsteller eine Frau und studiert jedes einzelne Blatt genauestens. Weder sie noch sonst irgendjemand beobachten ihn.

Mit unsicheren Fingern fischt Wesemann nach seiner Mastercard, wendet sich dem Automaten zu, drückt sich an der freien Hand selbst den Daumen und schiebt mit der anderen seine Karte in den Schlitz. Auszahlung. 5.000. Die Bankkarte kommt sofort beleidigt zurück. Vertippt. Noch mal von vorn. Auszahlung. 500. Bestätigen und … Wesemann starrt auf den Kartenschlitz.

Wieder spuckt der Automat die Karte angewidert aus. Wesemann steckt sie resignierend ins Portemonnaie, will sich umdrehen und gehen, da hört er, wie der Automat das Geld abzählt und sich die Klappe der Geldausgabe öffnet. Er entnimmt dem Geldfach nach einer Schrecksekunde 500 Euro in ziemlich kleinen Scheinen. Deshalb hat der Automat so lange gebraucht, musste ein paarmal nachzählen. Wesemann entfährt ein säuerlich dumpfer Rülpser. Die Frau mit den Kontoauszügen blickt nicht auf.

Bevor Wesemann die Schalterhalle verlässt, schaut er sich noch einmal prüfend um. Nur die Frau, aber neben ihren Füßen, halb verdeckt von dem Werbeaufsteller, zweifelsfrei zwei Hände, die etwas unbeholfen eine Schleife in den Schnürsenkel eines Turnschuhs binden. An der Tür wirft Wesemann einen möglichst unauffälligen Blick zurück. Jetzt ist nur noch die Frau zu sehen, neben ihr der Werbeaufsteller. Sie studiert den Aushang der Daxnotierungen.

Von den 500 könnte er einen kleinen Schein abzweigen

und sich im »Grünen Reiter« ein Jägerschnitzel leisten. Aber er widersteht der Versuchung und geht auf direktem Weg nach Hause. Der Fernseher läuft noch immer, Wesemann lässt sich auf die Couch fallen und schaltet den stumpfsinnigen Quatsch ab.

Er ist angekommen im richtigen Leben und will die nächsten Schritte durchdenken. *Es ist ein mächtig Ding, das Gold* … Gleich morgen wird er …

Das Klingeln des Telefons schreckt ihn auf. Er hat geträumt, mit Karola in einem Kanu zu sitzen und die Weser hinunterzugleiten. Sie vorne, er hinten. Sah aus wie Bodenwerder, die Münchhausenstadt.

Das Telefon klingelt noch immer. Wesemann erhebt sich mit einem Ächzen. »Ja?«

Ein Rauschen im Telefon, leise Verkehrsgeräusche, ein energisches »Hallo«. Eine unbekannte männliche Stimme.

»Hallo? Wer ist da?«

Im Hintergrund Helene Fischer, kein besonderer Musikgeschmack.

»Ich habe Ihre Telefonnummer von, Moment, ich hab es mir aufgeschrieben …«

»Sie sollten den Telefonanbieter wechseln, Sie sind kaum zu verstehen.«

»… da hab ich's, von Frau Karola Weber. Sie hat mir ihre Visitenkarte ausgehändigt.«

»Meine Visitenkarte?«

»Ihre eigene natürlich.«

»Worum geht es?«

»Eine heikle Angelegenheit. Sehr heikel. Frau Weber hat vor zwei Stunden mit ihrem Auto einen leichten Verkehrsunfall verursacht.«

Wesemann aufgebracht: »Ist Karola etwas passiert?«

»Keine Panik! Frau Weber hat sich nur das Handgelenk verstaucht, kühlt es gerade, morgen ist alles wieder gut.«

»Für den materiellen Schaden hat sie ihre Haftpflichtversicherung. Die Unterlagen hat sie längst … müssten sich bei ihr befinden. Warum also rufen Sie an?«

»Frau Weber, nun ja, hat wohl ein paar Gläschen getrunken und ist mir hinten aufs Auto gekracht. Ich wollte die Polizei aus dem Spiel lassen, um die Sache privat zu regeln.«

»Was wollen Sie? Ich habe keine Kfz-Werkstatt.«

»Ich hätte gern die Reparaturkosten ersetzt, auf einen mir zustehenden Wertausgleich würde ich gegenüber einer solch attraktiven Frau sogar verzichten.«

»Lange Rede, kurze Frage: Was fordern Sie?«

»3.000. In den nächsten zwei Stunden, sonst erstatte ich Anzeige wegen eines Unfalls mit Fahrerflucht.«

»Wie käme ich dazu?«

»Sie wurden mir als Vertrauensperson mit Namen, Anschrift und Telefonnummer angegeben. Frau Weber hat mich um eine Vermittlung gebeten, da sie nach einem privaten Desaster etwas klamm bei Kasse sei. Sie würden schon verstehen.«

»Ich bin noch klammer als klamm.«

»2.500 hat Frau Weber bereits aufgebracht. Es fehlen noch 500 Euro, auf die ich nicht verzichten will und kann.«

500. Wieso ausgerechnet 500? Wesemann überlegt angestrengt. Sparkasse! Die Frau am Kontoauszugsdrucker oder die Person hinter dem Werbeaufsteller? Oder beide zusammen? Sie haben ihn unauffällig beobachtet!

Plötzlich der Geistesblitz. Wesemann hat vor Monaten für radioTOTAL einen Bericht über den sogenannten Enkeltrick gemacht. Ältere oder hilfsbedürftige Menschen werden gnadenlos abgezockt, indem man die Notsituation eines nahen Verwandten oder Bekannten vortäuscht. Der Erfinder des Enkeltricks, Arkadiusz »Hoss« Lakatosz, ist nie verurteilt worden.

Aber nicht mit Wesemann! Ein aktualisierter Bericht mit Originalfall könnte sein Neustart bei radioTOTAL sein. Nur ... Er wurde also in der Sparkasse beobachtet. Das muss eine zufällige Beobachtung gewesen sein, denn eine halbe Stunde vorher wusste er selber noch nichts von seinem Sparkassenbesuch. Seltsam. Wie aber konnten die so schnell die Verbindung zwischen ihm und Karola herausfinden? Okay, er ist in Hameln nicht ganz unbekannt. Man könnte sagen, er zählt zu den bekannteren Gesichtern. Die Ganoven könnten in der Sparkasse auf ein Opfer gelauert haben, ihn beim Geldabheben beobachtet, beim Hinausgehen erkannt und sofort auf das Desaster mit der geplatzten Hochzeit geschlossen haben. Denn das hat sich herumgesprochen.

Wesemann wird konkret. »Es tut mir so leid für Frau Weber, ich werde sie natürlich nicht im Stich lassen.«

»Dann besorgen Sie schnellstens die 500!«

»Sagen Sie Karola, sie braucht sich mit dem Abholen nicht zu beeilen. Sie soll sich erst beruhigen, ich warte auf sie. Wenn es sein muss, die ganze Nacht.«

»Frau Weber ist nicht in der Lage, Ihnen gegenüberzutreten, sie wird eine Person ihres Vertrauens schicken, die das Geld in einer halben Stunde abholt.«

Geldgier macht hirnlos. »Halt, nein, das geht nicht!« Er wird den Erpresser bestimmt nicht in seine Wohnung lassen! »Ich stehe unter ständiger Beobachtung der Nachbarn. Nebenan, gegenüber, vom Dachfenster ...«

»Die Person wird sich unauffällig bewegen.«

»Keine Geldübergabe in der Wohnung.« Jetzt muss ihm schnell etwas einfallen, ein Ort, der abseits liegt, aber gut zu erreichen ist und den er bestens kennt. »Wehrberger Warte in einer halben Stunde!«

»Wehrberger Warte? Wo ist das denn?«

»Sie werden es schon finden!« Wesemann legt auf. Wie ist er bloß spontan auf Wehrberger Warte gekommen? Karola, Harmonie, an drei Sonntagen hintereinander Flugentenbrust mit heißen Pflaumen, Apfelrotkraut, Salzkartoffeln und einer Soße … Damals, zur Hochzeit mit Karola. Hoch-Zeit, nicht Hochzeit. Obwohl, ein leckeres Essen in der Wehrberger Warte hätte er sich nach der Eheschließung auch …

Er muss sich beeilen.

*

Wesemann ist es ein wenig mulmig, als er sein Auto abstellt, die Hauptstraße überquert und zur Wehrberger Warte hinuntergeht. Niemand ist zu sehen, links Licht aus den Fenstern der Gaststätte, auf dem Parkplatz sechs bis sieben Autos. Der Blödmann wird sich doch nicht ins Lokal gesetzt haben?

Ein Schatten an einem der dicken dunklen Bäume. Ist da jemand? Wesemann schaut genauer hin und erkennt einen Mann, der jedoch nicht auf ihn zukommt und ihn nicht beachtet. Sicher ein Spinner, ein Psychopath, ein Entflohener. Mit ihm wird sich Wesemann nicht abgeben. Er wendet sich zum Lokal.

»Schöne Grüße von Karola!«, tönt es seltsam metallisch vom Baum her.

Gerade verlassen vier Personen die Gaststätte. Eine Frau knöpft sich auf der Treppe den Mantel zu, hat wohl ein falsches Knopfloch erwischt, lacht, beginnt noch einmal von vorne, ein ausgelassenes helles Gekicher. Sie hakt sich bei ihrem Begleiter unter.

Ohne Vorwarnung zieht der Erpresser Wesemann ins Dickicht, dirigiert ihn neben sich eine kurze Strecke den Pfad zur Weser hinunter. Er hat eine Taschenlampe dabei, die er gelegentlich aufflammen lässt, um den Boden nach Stolperhindernissen abzusuchen.

Wesemanns Kombinationsgabe geht auf die Suche und wird fündig: Sein Erpresser hält in der einen Hand die Taschenlampe, natürlich, in der anderen einen Gegenstand, den Wesemann nicht genau identifizieren kann. Klein, eckig, handlich. Das wäre ein ungewöhnliches Mordwerkzeug. Vielleicht ein neuartiger, hocheffizienter Elektroschocker? Ohne Abzug, Griff oder Spitze. Es könnte … Plötzlich ahnt Wesemann, warum die Stimme vorhin so metallisch klang. Der Scheißkerl benutzt einen Stimmverzerrer. Dieser Scheißkerl, mit allen Wassern gewaschen! Wesemann bleibt stehen, dreht sich um. Auf dem Parkplatz wendet ein Auto, die Scheinwerfer streifen kurz das bleierne Grau der Weser hinter ihm.

»Her mit den Scheinchen!«

»Sprechen Sie doch etwas lauter, ich kann Sie kaum verstehen.«

»Haben Sie was mit den Ohren?«

Allmählich haben sich Wesemanns Augen an die Dunkelheit gewöhnt, er kann Details der Umgebung erahnen. Bäume, Büsche und eine ihm zugewandte schmale Gestalt, einen halben Kopf größer als Wesemann.

Der Erpresser sieht sich kurz um, schaut dann wieder Wesemann an. Der Schein seiner Taschenlampe fällt auf seine Füße. Zwischen Schuhen und Hose sind veilchenfarbene Socken erkennbar.

»Sind Sie überhaupt berechtigt, das Geld entgegenzunehmen?«

Die dunkle Gestalt kommt ein, zwei Schritte auf Wesemann zu. Die untere Gesichtshälfte wird von einem voluminösen Bart und dem hohen Mantelkragen verdeckt, die obere verbirgt die in die Stirn gezogene Schirmmütze.

»Haben Sie das Geld?«

Wesemann hat die Scheine in die Innentasche seiner Jacke gesteckt und den Reißverschluss fest zugezogen. Eine spontane, aber richtige Entscheidung. Ansonsten ein Schlag, ein Griff und weg wäre die Kohle. Wesemann sucht umständlich seine Taschen ab.

»Das dauert mir zu lange. Arrivederci – Sie hören von Karola.«

Schnell zieht Wesemann den Briefumschlag mit dem Geld aus seiner Jacke, blättert die Scheine auf. »Ich brauche eine Quittung – für die Steuer.«

Der Typ streckt die Hand aus. »Geben Sie mir die Scheine, ich muss prüfen, ob es kein Falschgeld ist.«

»So nicht!« Wesemann wird wütend. Er will den Umschlag in seiner Jackentasche verschwinden lassen, doch da steht sein Widersacher direkt vor ihm und greift danach. Wesemann lässt nicht los, der Angreifer setzt zu einem Kopfstoß an. Instinktiv reißt Wesemann seine Arme hoch, packt den Kopf des Mannes, ohne den Umschlag loszulassen. Er bekommt den Bart des Angreifers zu fassen und hält ihn plötzlich in der Hand. Trotz der Dunkelheit erkennt Wesemann augenblicklich den Mann hinter der Maskerade. Sein Nachfolger bei radioTOTAL mit dem Mädchenauto!

»Du dämliches Arschloch kommst mir gerade recht. Lass bloß die Finger von Karola!«

»Eifersüchtig? Allerdings weiß Karola, was sie an mir hat!« Er weicht einen Schritt zurück. »Sicher mehr als an dir! Du Schlappschwanz!«

Eine unbändige Wut steigt in Wesemann auf. Dieses Schwein macht sich an Karola ran? Wesemann konzentriert sich, nimmt drei, vier Schritte Anlauf und rennt in seinen Rivalen hinein.

Der wird von dem Angriff überrascht, ruft noch »Memme« und fällt hinterrücks in die Weser. Ein lautes »Hilfe«, Geplansche, zwei, drei vergurgelte Schreie, dann ist alles still.

Wesemann tapst die drei Stufen vom Grasabhang zum Wasser hinunter, schaut flussabwärts und glaubt für einen Augenblick, einen hochgereckten Arm zu sehen. Eine Sekunde später läuft das Wasser ausschließlich seinen eigenen Wellen hinterher.

Wesemann lauscht, nichts. Entfernt hört er das Grundrauschen des Verkehrs auf der B83. Verstört geht er zum Parkplatz zurück.

Im Restaurant sind nur noch zwei Fenster erleuchtet. Er läuft den seitlichen Zufahrtsweg an den Gebäuden entlang zur Wehrberger Hauptstraße. Der Rotkohl riecht streng aus den weit geöffneten Fenstern. Was jetzt? Was macht man in solchen Fällen? Er muss die Rettungskräfte alarmieren. Aber wie? Sein Handy kann auch bei Rufnummernunterdrückung zu ihm zurückverfolgt werden. Und öffentliche Telefonhäuschen gibt es nicht mehr. Mein Gott, der arme Kerl treibt bestimmt schon hinter dem Weserbogen, wenn er nicht von irgendwelchen Schilfgürteln festgehalten wurde.

Wesemann lässt sich ins Auto fallen. Gott sei Dank hat er das Geld behalten. Er hat doch mal einen Bericht über die letzten Telefonzellen in Hameln gemacht … Er sucht in seinem Handyarchiv. Richtig, an der Bushaltestelle Wehrbergen in der Hauptstraße, zwischen Fischerweg und Fährweg, gibt es noch eine. Nur einen guten Kilometer von hier.

Wesemann parkt am Ortseingang und geht den Rest zu Fuß. Die Telefonzelle ist unbeleuchtet. Er wählt den Notruf, gibt anonym an, beobachtet zu haben, wie ein Mann an der Wehrberger Warte in die Weser gefallen sei, legt auf und fährt nach Hause.

In seinem Herzen hofft er, dass sein Widersacher nur nass geworden ist. Und sich zumindest einen grässlichen Schnupfen bei der Aktion zugezogen hat.

# VIER

An Schlafen ist in dieser Nacht kaum zu denken. Irgendwann schwebt Wesemann aber doch in einen unruhigen Dämmerzustand hinüber, aus dem er kurz darauf aufschreckt und plötzlich hellwach und schweißgebadet mit der Erkenntnis im Bett sitzt: Er ist ein Mörder, hat einen verhassten Rivalen im Streit über Geldzahlungen vorsätzlich in die Weser gestoßen. So würde es jedenfalls die Staatsanwaltschaft sehen, da hat Wesemann genügend Erfahrung aus seinen kriminalistischen Recherchen.

Er schaltet den Fernseher an, geht gleichzeitig ins Internet, ruft seine Facebook-Seite auf. Viel Stress in der Welt, auch in Hameln mehrere Stresschen – aber nichts über einen Vorfall in Wehrbergen. Oder ist sein abgetriebener Erpresser bis Hessisch Oldendorf gekommen, vielleicht sogar bis Rinteln?

Die Supermärkte öffnen früh, Wesemann macht sich auf den Weg und kauft alle Zeitungen mit einem lokalen Teil von Hameln bis Porta Westfalica.

Nichts. Zeitungen sind von gestern.

Also den Ball flach halten. Vielleicht … vielleicht ist Schmitz auch allein aus dem Wasser gestiegen und schon in der Redaktion? Wesemann hat eine Idee, wie er das herausfinden könnte. Er verlässt erneut seine Wohnung und ruft von der Telefonzelle Deisterallee, Ecke Kastanienwall seinen Radiosender auf der anderen Straßenseite an.

Karola ist am Apparat. Wesemanns Stimme zittert und ist heiser, weshalb Karola ihn nicht erkennt. Er fragt nach seinem Nachfolger. André Schmitz sei noch nicht anwesend, aber das sei bei einem Star-Journalisten nichts Außergewöhnliches, morgens sei er meist auf Recherchetour für den Sender. Ob sie ihm einen Zettel mit der Nummer des Anrufers auf den Schreibtisch legen solle?

Wesemann lehnt ab, bedankt sich, Karola sagt: »Moment, wer sind Sie?« Aber da hat Wesemann das Gespräch bereits beendet.

Im »KaFEEchen« wird Wesemann mit einem launigen »Hey« von Nela und Kalenberger begrüßt. Sie bestücken gerade die Kuchen- und Tortentheke mit bunten Verführungsköstlichkeiten zwischen Weidenkätzchen, dezent akzentuiert mit weißen Buschwindröschen und violetten Tulpen.

Nela blickt kurz auf. »Hier ist ein Paket für dich angekommen.«

»Danke!«

»Ich hab's gern getan, doch als dauerhafte Paketstation möchte ich nicht für dich bereitstehen. Nachher nehme ich etwas an, was du gar nicht bestellt hast oder haben willst.«

»Ich könnte dir Bescheid sagen, wenn ich etwas …«

»Nein!« Eine klare Ansage von Nela.

»Ist schon recht.« Wesemann wirft einen Blick auf das Paket und wird ein wenig verlegen. »Ich denke, ich weiß, was da drin ist.«

Nela stellt das durchaus handliche Paket vor Wesemann auf den Tisch.

»Danke«, wiederholt Wesemann, »es ist nichts Dringliches, ich nehme es nachher mit.«

»So geht das aber nicht«, sagt Kalenberger mit einem

Augenzwinkern in Nelas Richtung. »Erst alle neugierig machen und sich dann klammheimlich verdrücken.«

»Es ist wirklich nichts Interessantes.« Wenn Wesemann das Paket öffnen würde, käme es mit Sicherheit zu einer hämischen Diskussion. Das Internet ist und bleibt anonym. Niemanden geht es etwas an, wie weit er sich auf das Gebiet der kosmetischen Verschönerung vorwagt. Immerhin verspricht das Birkin-Haarwasser, in die Kopfhaut einmassiert, die Durchblutung anzuregen und das Haarwachstum zu fördern.

»Feigling«, sagt Kalenberger.

»Ich tippe auf neue Schuhe.« Nela grinst.

»Männerzeitschriften«, Kalenberger schaut zum Fenster hinaus, »mit spannenden Berichten und intelligenten Interviews.« Sie hat ihre Mimik im Griff.

»Oder es sind Unterhosen.« Nela stellt sich neben sie mit Blick auf die Straße. »Wenn mein Vater Klamotten im Internet bestellt hat, waren es Unterhosen oder Socken.«

»Soll das jetzt stundenlang so weitergehen?«, fragt Wesemann grantig.

»Den ganzen Nachmittag.« Nela stößt Kalenberger mit dem Ellbogen an.

»Wenn es sein muss, bis zum Feierabend«, ergänzt Kalenberger.

»Na schön«, sagt Wesemann, »ihr habt es geschafft. Dann habt eben euer Vergnügen auf meine Kosten!« Er holt ein kleines Taschenmesser aus seiner Fototasche, Gekicher als Antwort. Wesemann schlitzt das Paket auf und klappt die Deckellaschen zur Seite.

Die beiden Damen treten an den Tisch, Nela zieht eine von mehreren ziemlich großen Flaschen aus der Verpackung. »Biskin-Öl! Was willst du denn damit?«

»Vielleicht macht er eine Diät!« Jetzt können sich die beiden vor Lachen nicht mehr halten, Kalenberger zieht sich sogar einen Stuhl heran und setzt sich.

»Biskin-Öl?«, fragt Wesemann total verdattert.

Nela und Kalenberger ahnen nach kurzem Besinnen fast gleichzeitig, dass er Birkin mit Biskin verwechselt hat. Aber den Dolchstoß will ihm keine verpassen. »Dann gibt es in den nächsten Wochen bei dir wohl Pommes mit Pommes und Pommes«, versucht Nela einen frohgelaunten Ausweg.

»Das hat alles seinen durchdachten Sinn.« Wesemann erkämpft sich Oberwasser. »Es ist nicht mehr lange bis Ostern. Wir könnten in der Osterwoche vor dem ›KaFEEchen‹ einen kleinen Stand aufbauen und Poffertjes verkaufen. Das macht ordentlich Umsatz.«

»Poffertjes?«, fragt Kalenberger.

»Schmalzgebackene Quarkbällchen«, erläutert Nela.

»Sie denken wirklich an alles«, meint Kalenberger spöttisch. »Aber wohin jetzt mit dem ganzen Öl?«

»Sei nicht so kleinlich!«, sagt Nela.

Wesemann schmollt.

»Das war sehr vorausschauend«, lobt Kalenberger grinsend. »Ich habe Ostern noch gar nicht auf dem Schirm.«

»Eine willkommene Anerkennung«, sagt Wesemann.

Kalenberger wird trotz der guten Stimmung alles zu eng, das kommt seit ihrem Burn-out immer wieder plötzlich vor. Sie atmet bewusst ein und aus. »Ich brauche eine Pause!« Sie muss raus und etwas für sich tun, für Leib und Seele. Durchatmen, auch Harryboo anrufen und die erste Fahrübung mit ihm vereinbaren. Ihr ist angst und bange, aber das war ihr schon öfter, und sie hat es überlebt.

Harryboo geht nicht ans Handy.

Ihr Blick wandert zum Chinarestaurant. Schon wieder steht dort ein schwarzer Kastenwagen. Den hat sie gestern schon am Rande wahrgenommen, sich jedoch nichts dabei gedacht. Jetzt aber wird ihr schlagartig bewusst: Das ist ein Wagen der Kriminaltechnik, eine Erinnerung an die Vergangenheit. Beängstigend. Bedrückend. Wie damals Kriminalfachinspektion 1, zuständig für Mord und Totschlag.

Bilder kreuzen ihre Gedanken, längst verdrängte Gesichter, Tatorte, Blut, gebrochene Augen, Tränen, Entsetzen, Gleichgültigkeit, Hass, Bedrohungen, Obanczeks Glatze, ein Teller mit Königsbergern und Rote Bete in der Kantine.

Schnell weg hier, in Sicherheit. Ihre neue Wohnung im Ruschenbrink ist ihr schon Heimat und Zufluchtsort geworden. Jetzt bloß keine Begegnungen. Sie greift sich ihr Fahrrad, schiebt es fast panisch durch schlendernde Touristengruppen und verpeilte Schülergrüppchen.

Endlich zu Hause angekommen. Sie schleicht die Treppe hinauf, Einliegerwohnung, verschließt hinter sich die Tür und zieht die Vorhänge vor die Fenster. Sie lässt sich auf die Couch fallen, schluckt trocken. Da ist wieder dieses diffuse Verlangen, sich wegzuducken, sich von der Dunkelheit überfluten zu lassen und den Abend im schwarzen Nichts zu verbringen.

Sie braucht etwas zu trinken, holt eine Flasche Mineralwasser aus dem Kühlschrank, von der Anrichte im Wohnzimmer ein Glas und wie unter Zwang die zu zwei Drittel gefüllte Cognacflasche. Während ihrer Berufstätigkeit wäre sie nie auf den Gedanken gekommen, ihre bedrängenden Gedanken mit Alkohol wegzuspülen. Jetzt hat sie nicht die Kraft, sich dagegen zu wehren.

Sie füllt das Wasserglas drei Fingerbreit mit Cognac und trinkt es in einem Zug aus. Sie schließt die Augen, will sich entspannen, doch ihre Finger umklammern das Glas, als wollten sie es zerdrücken. Das Durcheinander in ihrem Kopf verzieht sich in den Hintergrund, die Panik löst sich von ihrer Brust. Sie weiß, dass es so nicht geht. Bald muss sie wieder die volle Stundenzahl im Dienst sein. Sie muss mit dem Trinken aufhören. Nicht heute, morgen vielleicht, aber bestimmt recht bald.

*

Als Wesemann heute Morgen nach dem Besuch im Café in seine Wohnung zurückkehrte, nahm er sich des Darknets und der Überweisung an. Die 500 Euro hatte er noch gestern Abend sicherheitshalber wieder auf sein Konto eingezahlt, statt sie Nela zu geben. So konnte er die Überweisung selbst veranlassen, dazu noch einen Teil der überfälligen Stromrechnung.

Gerade als er alles erledigt hat, fällt der Strom aus. Anruf bei den Stadtwerken, sie würden sich melden, sagt die Frau am Telefon.

Er braucht jetzt aber dringend eine Steckdose, der Akku von seinem Handy ist leer. Also Ladekabel einpacken. Rasieren sollte er sich mal wieder, sonst sieht er ganz schnell aus wie ein verwilderter Rattenfänger. Gut, dass dieser Akku noch Saft hat.

Sicherheitshalber steckt er die Ladekabel für sein Equipment auch ein, das kann er bei der Gelegenheit gleich aufladen, ist ja nicht viel, nur sein Handrekorder und sein Fotoapparat. Wer weiß, wie lange das mit dem Strom dauert.

Dann macht er sich zum zweiten Mal an dem Tag auf den Weg ins »KaFEEchen«.

»Auf den Inhalt kommt es an, nur auf den Inhalt!«, sagt er zu sich selbst, als er die Tür aufstößt.

»Mit wem sprichst du?«, fragt Nela.

»Mit jedem, der es hören will.«

»Und sonst?«

»Einen Milchkaffee und ein Schokohörnchen.«

»Wann kann ich endlich wieder an meine Daten?«

Wesemann seufzt, er muss es ein wenig spannend machen, dann klappt es vielleicht auch mit den Wangenküsschen. Aber Liebe wäre das nicht, eher Zuneigung aus Abhängigkeit. »Wir werden sehen.«

Nela kommt mit Milchkaffee und Laptop an Wesemanns Tisch. Wesemann setzt sich, Nela steigt zur Küche hinauf. Das Telefon klingelt, hörbar im ganzen Haus.

Nela meldet sich, hört einen Augenblick zu, legt auf. »Marike Kalenberger. Sie hat Magen-Darm und wird heute nicht mehr kommen. Keine Daten, keine Hilfe, Scheißtag!«

»Das Leben ist wie ein Galopprennen, man muss sich immer genau ansehen, auf wen man setzt.« Wesemann mal wieder mit einer seiner nebulösen Äußerungen.

»Ich habe auf niemanden gesetzt und kann deshalb nicht enttäuscht werden.«

»Genau diese Entschlusslosigkeit ist der Fehler!« Wesemann klappt Nelas Laptop auf. »Ich habe mich heute Nacht durchs Darknet gekämpft und die 500 per Sofortüberweisung vorgeschossen.«

»Was hast du?«, fragt sie von der Küchentür aus.

»Vorgeschossen!« Wesemann dreht den Laptop in Nelas Richtung.

Sie kommt die beiden Steinstufen herunter und gibt ihr Kennwort ein. Dann dauert es und dauert … Endlich sind die Programme geladen, Nela öffnet den Ordner mit ihren Rezepten. »Alle wieder da! Du bist ein Schatz!«

»Sofort auf einem USB-Stick abspeichern!«

»Ich habe keinen hier. Das mache ich, sobald ich zu Hause bin.« Nelas Wangen haben sich vor Aufregung gerötet. Sie lächelt Wesemann an. Dankbar, kameradschaftlich, kein bisschen mehr.

Wesemann will sein Wangenküsschen noch nicht aufgeben. »Wer ist der Schatz?«

»Ist das so schwer zu erraten?«

Eine Frau mit einem quirligen Schulanfänger betritt das Café. Der Junge möchte einen Kakao und ein Stück Streuselkuchen. Ohne Streusel. Die Mutter lacht, bestellt sich einen Cappuccino und kratzt ihrem Sohn die Streusel vom Kuchen, als Nela ihn serviert hat. »Sie kitzeln ihn im Mund – die Streusel.«

Nela schüttelt den Kopf.

»Ist jetzt jemand aus dem Chinarestaurant tot?«, fragt der Junge seine Mutter, während er den nackten Kuchen mampft.

»Das interessiert uns nicht. Schmeckt dir der Kuchen?«

»Aber die Polizei war da, und die kommt nur, wenn was passiert ist.«

»Vielleicht war es ein Fehlalarm, ausgelöst durch einen Defekt in einer elektrischen Leitung.«

»Das große schwarze Auto ist ein Leichenwagen oder das Auto von denen, die alles genau untersuchen, wenn jemand ermordet wurde, das weiß ich aus dem Fernsehen.«

»Was du alles weißt.«

»Ich schau nachher ins Internet, ob ich was über den Polizeieinsatz finde.«

»Schon vergessen? Du hast Internetverbot wegen der Auseinandersetzung auf dem Schulhof.«

Der Junge grinst, schluckt den Kuchenbissen herunter. »Aber ich habe gewonnen!«

»Genau darum hast du Internetverbot.«

»Pöh, dann geh ich zu Sven, der hat Eltern ohne Internetverbot!«

»Noch einen Kaffee?« wendet sich Nela an Wesemann, nachdem der forsche Junge überraschend geflohen und seiner Mutter in die Fußgängerzone entwischt ist.

»Hm«, meint Wesemann, »ich glaube, ich muss mal etwas nachschauen.«

Nela stutzt, blickt Wesemann an, Wesemann nickt der enteilenden Mutter nach, rutscht nach vorne an die Stuhlkante.

»Das glaube ich jetzt nicht«, sagt Nela. »Hast du den Ermittler in dir nicht längst in die Wüste geschickt? Du wolltest dich doch nie, nie wieder in irgendetwas einmischen.«

»Ich mische mich auch nicht ein.« Wesemann hält es nicht mehr auf dem Stuhl. »Mir schlafen nur die Beine vom langen Sitzen langsam ein.«

»Soll ich dir den Kaffee in der Kochkiste warmstellen oder zum Eiskaffee abkühlen lassen?«

»Bitte halb und halb.« Wesemann hat gute Laune. Gerade bekam er von den Stadtwerken die Nachricht, dass sie ihm für drei Monate den Strom in der Gartenstraße wieder aktiviert haben.

Er verlässt das »KaFEEchen« und geht Richtung Chinarestaurant »Mayflower«. Wesemann will vorbeischauen und sich ein eigenes Bild machen. Was ist da passiert? Gestern der Kastenwagen und die Polizei, heute der Junge, der von einem Leichenwagen sprach …

Direkt hinter der unverschlossenen Eingangstür steht eine junge Frau mit einem runden Gesicht wie ein Vollmond. Als Wesemann sie anspricht, versucht sie zu lächeln, doch der Mond weint hinter der Fassade.

Wesemann wird verlegen, er kann sie nicht einfach nach den Vorkommnissen befragen. Sicher, er kennt Herrn Okazaki, den Inhaber des Restaurants.

Die junge Frau schaut ihn unsicher an. Wesemann stellt sich als Mann der Presse vor, die junge Frau kleinlaut als Tochter des Restaurantinhabers. Wesemann erinnert sich, er hat sie ein paarmal als zurückhaltende Bedienung im Lokal gesehen.

»Kommen Sie rein.« Die Tochter führt ihn in den Speisesaal, vorbei an der Theke aus gediegenem dunklem Holz, zumindest scheinbar, goldene Applikationen, weiße Tischtücher, Kerzen und Blümchen – aber keine Gäste.

Mit einer Handbewegung lässt sie Wesemann die freie Platzwahl. Er setzt sich an den zweiten Tisch auf den Stuhl am Gang.

»Wir haben heute geschlossen. Wollen Sie trotzdem eine Kleinigkeit essen?« Sie reicht ihm, ohne eine Antwort abzuwarten, die Speisekarte und zieht sich fast schwebend zurück.

Wesemann hat nur noch acht Euro im Portemonnaie, das weiß er, ohne nachzusehen. Er bestellt eine Wan-Tan-Suppe mit Nudeltaschen, gefüllt mit Hühnerfleisch, Garnelen und Gemüse zu 2,90. Der Rest ist Trinkgeld, wenn auch ein großzügiges. Die Suppe ist wahrscheinlich aus der Dose, denn hat der Junge recht, kann der Meister den Kochlöffel nicht mehr selber schwingen.

Die Tochter kommt nach ein paar Minuten mit der Suppe und setzt sich zu ihm.

»Ich habe Gerüchte gehört…« Wesemann überlegt, wie er am besten vorgeht. »Ich bin häufiger in Ihrem Restaurant und kenne Ihren Vater. Ist ihm etwas passiert? Geht es ihm gut?«

»Er ist tot.«

»Was? Das ist ja fürchterlich! Er war doch so vital.«

»War anderthalb Tage eingeschlossen im Gefrierraum. Gestern Nachmittag habe ich ihn tot gefunden. Schrecklich!«

»Das tut mir sehr, sehr leid.«

»Wird schon weitergehen!«

Der Chinese an sich ist nicht gern konkret, weiß Wesemann. Nachdem er seine Suppe gegessen und bezahlt hat, lässt er sich den Weg zur Toilette zeigen, obwohl das Hinweisschild im Restaurant nicht zu übersehen ist. Er steigt die Treppe hinunter, lauscht nach oben, kein Geräusch zu hören. Er öffnet die Tür, die mit »Privat« Unbefugte vom Betreten abhalten soll, und findet einen kurzen Flur mit drei Türen – zwei normale Holztüren auf der linken Seite, im Hintergrund auf der rechten Seite eine geöffnete Stahltür.

Von oben sind Stimmen zu hören. Wesemann will sich schon zurückziehen, da entnimmt er den Gesprächsfetzen, dass es sich um Nachbarn handelt, die kondolieren wollen. Das verschafft ihm etwas Zeit und er betritt den Flur.

Deckenlicht flammt auf, er steuert direkt die Tür zum Gefrierraum an, der Raum wurde bereits ausgeräumt, nur noch kahle Wände mit blauen Stahlregalen. Wesemann schaut sich um, nichts Auffälliges zu entdecken. Kripo und Spurensicherung scheinen ihre Arbeit schon getan zu haben. Denn untersucht wurde das bestimmt, keiner bleibt schließlich freiwillig anderthalb Tage in einem Gefrierraum.

Es sei denn, er war nicht bei Bewusstsein und konnte den Raum nicht verlassen.

Beim Verlassen des Gefrierraums prüft Wesemann mit einem Blick die Tür nach Auffälligkeiten. Ein modernes digitales Schloss, wohl mit einer Schlüsselkarte zu öffnen. Das Schloss scheint unversehrt, und die Tür lässt sich von innen ganz normal mit einer Klinke öffnen. Hat Herr Okazaki einen Schwächeanfall oder einen Herzinfarkt erlitten und dann anderthalb Tage in dem Gefrierraum gelegen? Aber warum hat ihn niemand vermisst?

Wesemann nimmt sein Handy aus der Tasche und macht Fotos vom Gang. Man kann nie wissen. Schnell noch ein paar Fotos vom Gefrierraum und zurück ins Restaurant, sonst denkt die Tochter noch, es hätte an der Wan-Tan-Suppe gelegen.

*

Zurück im »KaFEEchen«, klingelt Wesemanns Handy. Der Akku hat sich dank Nelas Stromversorgung erholt. Baxmann! Jetzt nicht. Nela stellt gerade eine neue Torte in die Kühltheke, auf dem Schildchen steht »***Chai-Kuchen*** – Gebackene Gelassenheit«.

Für was soll sich Wesemann entscheiden, Torte oder Tortur? Wesemann zeigt auf die Kühltheke, macht einen bittenden Schmollmund. Nela schüttelt den Kopf und Wesemann wählt die Tortur. Er nimmt den Anruf an.

»Wesemann hier.«

»Wie schön, dass Sie sich gleich melden. Das nenne ich Stallgeruch.«

»Wie geht es denn so?« Eine Stimme aus dem Hintergrund, mit der Wesemann ums Verrecken nicht gerechnet hat. Die Stimme jetzt klarer, direkt am Mikrofon: »Wussten Sie nicht, dass ich Deutscher Jugendmeister im Langstreckenschwimmen war?«

André Schmitz! Wesemann verschlägt es die Sprache.

»Im Augenblick ist das Training fürs Nachtschwimmen Hameln–Rinteln angesagt.«

Wesemann sieht André Schmitz' fettes Grinsen geradezu vor sich, bringt kein Wort heraus, kann nur noch schnaufen. Vielleicht war er einfach zu großzügig, ihm nur einen heftigen Schnupfen zu wünschen. Schlagartig im Kopf: Pia Parasoli! Pilzexpertin!

»Machen Sie doch mit, Wesemann, die Gegend dürfte Ihnen bekannt sein. Ein Vorteil gegenüber der Konkurrenz.«

»Ich, äh, gerade ist ein wichtiger Anruf auf der anderen Leitung eingegangen. Ich muss das Gespräch beenden.«

»Halt!« Baxmann. »Warten Sie doch. Wo stecken Sie gerade?« Dann leiser, mit leger abgedecktem Mikrofon: »André, das Telefongespräch würde ich gern ohne Mithörer führen.«

Nach einem Augenblick, einem unfreundlichen Gemurmel im Hintergrund und einer zugeschlagenen Tür wieder Baxmann. »Sind Sie noch da, Wesemann?«

»Ich habe wenig Zeit. Gerade ist ein Auftrag des Norddeutschen Rundfunks reingekommen.«

»Wie schön für Sie, aber Spaß beiseite. Ich habe mir überlegt, dass Ihnen radioTOTAL ein Angebot machen sollte. Wir haben so lange fruchtbar zusammengearbeitet, da …«

»Fruchtbar oder furchtbar?«

»Außerdem haben sich ein paar Hörer nach Ihnen erkundigt. So fünf, sechs. Doch unsere Hörer sind mir heilig. Darum möchte ich Ihnen ein Angebot machen.«

»Fünf, sechs?«
»Vorab muss eins reichen.«
»Sie müssen wissen, was Sie tun.«
»Oh ja, Wesemann. In der aktuellen Berichterstattung möchte ich Sie vorerst nicht wieder einsetzen, noch haben sich die Wogen in Hameln nicht geglättet.«
»Soll ich den Keller aufräumen oder die Fenster putzen?«
»Haha, humorvoll und fidel wie immer! Nein, ich habe gestern einen interessanten Fernsehbericht über eine mögliche Wolfssichtung im Ith oder bei Aerzen gesehen, und da ist mir die Idee gekommen, wir könnten eine Naturschutzreihe machen: ›Das wilde Weserbergland‹ oder so.«
»Genau das richtige Umfeld zur Platzierung Ihrer Matratzen-Reklame und der Autowäsche-Öffnungszeiten.«
»Wesemann, Sie sind nicht in Form. Sie müssen das globaler sehen. Der heutige Mensch will alles von allem wissen und eine fundierte Stellung dazu beziehen. Geschichte, Umwelt, Natur. Machen Sie sich dran, Wesemann, suchen Sie sich weitere Themenfelder, ich gebe Ihnen die nötige Sendezeit. Damit sind Sie aus dem Stadtgespräch und haben trotzdem eine Zukunft!«
»Ich weiß nicht …«
Da hat Baxmann schon aufgelegt.

# FÜNF

Kalenberger könnte sich wunderbar über die Touristen, den Lieferverkehr und die Knöllchenschreiber in der Innenstadt aufregen, wenn sie nicht schon so aufgeregt wäre. Andererseits hat sie jetzt eine Entschuldigung für ihre leichte Verspätung.

Sie schlägt sich zum Busbahnhof durch, sieht sich um, nichts. Doch. Busse, Schulkinder, eine ältere Frau mit einer Topfblume, leicht vertrocknet, Sonderangebot von Rewe. Werbeplakate: »Sparen mit Stil«, »Einfach mehr Frische bei Aldi«, »Wer einmal den Löffel abgibt – Bestattungen Bosé« ... Originell, aber verfrüht.

Die Hintertür der Sparkassenfiliale wird geöffnet, Harryboo erscheint. Er kommt mit strahlendem Lächeln auf Kalenberger zu, Wangenküsschen links, Wangenküsschen rechts – das fängt ja gut an. Beiläufig registriert sie seinen Blick, der sie wohlwollend von Kopf bis Fuß umarmt.

»Das Moped steht auf dem Sparkassen-Parkplatz in der Tiefgarage.«

Natürlich quer. Das wundert Kalenberger kein bisschen, als sie in der Tiefgarage ankommen.

Ein Škoda-Fahrer lässt das Seitenfenster herunter, immerhin elektrisch, und wendet sich an Kalenberger und Harryboo, will sich wohl mit ihnen anlegen. »Sind Sie auch Kunden der Sparkasse?«

Harryboo macht einen Schritt auf den Škoda-Fahrer zu, den Harryboos Statur erkennbar beeindruckt.

»Guter Service!« Das elektrische Fenster fährt wieder hoch.

Kalenberger grinst, Harryboos Gesichtsausdruck bleibt gleichgültig, sicher ausgiebig geübt. »Und?«, fragt er in Richtung zweier grauer Ratten, die hurtig ihren Weg kreuzen. Ratten? Hameln? Kein Grund zur Aufregung. »Wo hast du deinen Helm versteckt? Ohne Helm geht gar nichts!«

Das war's, Kalenberger! Alle kühnen Träume ausgeträumt!

»Nun mach mal keinen auf Dackel«, lacht Harryboo, »ich lass dich doch in dieser gefährlichen Gegend nicht allein zurück, zumal sich der Rattenfänger wieder in der Fußgängerzone austobt.«

Sie sind am Motorrad angekommen, es blinkt, blitzt, ist makellos poliert. Harryboo schließt die Plastikbox hinter der kurzen Sitzbank auf, nimmt einen zweiten Helm heraus und will ihn Kalenberger auf den Kopf setzen. Doch sie macht es lieber selbst.

Als sich Harryboo seinen Helm anzieht, fragt sich Kalenberger, wo sie eigentlich sitzen soll. Er hat am Telefon nur etwas von einer Fahrt durchs Calenberger Land und über den Deister gesagt. Sie kann doch nicht sofort selber fahren!

Harryboo schaut ihr in die Augen. »Du sollst einfach das Fahrgefühl auf einem Motorrad aufnehmen. Halt dich fest, wehr dich nicht und geh die Bewegungen der Maschine locker mit.« Er schmeißt die Maschine an, besetzt den Sitz, zwei Handbreit Platz bleiben hinter ihm frei.

Kalenberger atmet tief durch und quetscht sich entschlossen hinter ihn.

Das Motorrad rollt langsam an, beschleunigt auf der Rampe zum Straßenniveau. Wo festhalten? Wooo?

Sie legt die Arme um Harryboos Lederjacke, versucht verkrampft, locker zu bleiben. Anstrengend, sehr anstrengend, die Selbstkontrolle zu behalten. Rechts, links, links, beschleunigen, die Bäume fliegen vorbei, schon sind sie zwischen Wehrbergen und Hess. In Oldendorf löst sich Kalenbergers Anspannung. Was sind schon gut 20 Jahre Altersunterschied? Sie lehnt sich entschlossen an Harryboos Oberkörper, schlingt die Arme fest um ihn und legt den Kopf an seine Schulter. Nur der Helm stört.

Kalenberger gibt sich ihren Träumen hin, ihre Erstarrung schwindet, bald folgt sie automatisch den sanften Bewegungen des Motorrads und ihr ist, als würde sie einen langsamen Walzer tanzen. Sie summt eine frei erfundene Melodie und schmiegt sich noch enger an Harryboo.

Die Zeit verfliegt. Kalenberger ist überrascht, als Harryboo nach links abbiegt und seine Maschine ganz sanft ausrollen lässt, absteigt und Kalenberger hilft, wieder Boden unter die Füße zu bekommen. Fürsorglich nimmt er ihr den Helm ab, bleibt ganz dicht vor ihr stehen. Auch Kalenberger weicht keinen Schritt zurück. Harryboo schaut ihr tief in die Augen …

»Es ist zu früh, viel zu früh«, stottert Kalenberger. Sie will Harryboo zum Abschied einen flüchtigen Kuss auf die Wange drücken, doch im letzten Augenblick reißt Harryboo seinen Kopf herum und sie trifft seine Lippen, erschrickt, erstarrt. »Dann also bis zum nächsten Mal!«, sagt sie, dreht sich abrupt um und geht, ohne noch einmal zurückzuschauen.

*

Wesemann sucht nach seinem Schlüssel. Der kann doch nur … Ist er aber nicht. Der Tag fängt schon wieder gut an.

Der Schlüssel könnte von der Garderobe in einen Schuh gefallen sein. Ist er aber nicht, auch im Badezimmer keine Spur. Er braucht eine neue Wohnung, kleiner und mit klaren Zuständigkeiten der einzelnen Bereiche und Einrichtungsgegenstände.

Wo könnte der Schlüssel denn sein? Im Brotkasten? Den Schlüssel findet er darin zwar nicht. Dennoch gut, einen Blick hineingeworfen zu haben. Noch zwei Tage, und das Brot wäre auf eigenen Füßen in die Entsorgung gewandert.

Er wird sich ein Müsli leisten, bevor er sich weiter aufregt. Allerdings mit Mineralwasser, der Rest Milch hat sich mit dem Brot solidarisch erklärt. Im Kühlschrank, aus dem er die Milch holt, findet er seinen Schlüssel auf der Butterdose.

Von dem Mineralwassermüsli wird er nicht satt. Mal sehen, was Nela an leckeren Backwaren bereithält.

Im »KaFEEchen« entscheidet er sich für zwei Schweineohren und ein Rosinenbrötchen, bestellt sich einen Milchkaffee dazu und setzt sich an seinen Tisch. Er zählt den ersten Bissen aus, das Rosinenbrötchen gewinnt, Wesemann öffnet den Mund. Da geht die Tür auf, und Wesemann legt das Rosinenbrötchen zurück auf die Serviette.

Morton Dexter kommt herein, Journalist bei der lokalen Zeitung. Dreitagebart, Haartolle nach links, blaue Augen, zweifarbige Brille und Teilzeitkollege.

Den könnte ich fragen, überlegt Wesemann. Dexter wohnt im Hamelner Hafen auf einem Hausboot. Allein, hat Wesemann erst kürzlich erfahren.

Dexter grüßt herüber, holt sich am Tresen einen Espresso mit Makrönchen und setzt sich zu Wesemann an den Tisch. »Und?«

»Wie immer. Und selbst?«

»Frag nicht.«

»Ich frage dich aber.« Dexter schlürft seinen Espresso. »Ich bin eben ein empathischer Mensch.«

»Mehr überleben als leben.« Vielleicht kann er Dexters Empathie nutzen. »Im Augenblick kommt nicht viel rein, und außerdem suche ich eine Wohnung.«

»Hm. Wirst du leicht seekrank?«

»Nicht, dass ich wüsste.« Er hat angebissen!

»Ich werde mich mal umhören.«

»Was verschlägt dich ins ›KaFEEchen‹, ist doch eigentlich nicht dein Revier?«

»Dumme Sache das – Kondolenzbesuch.«

»Privat oder von allgemeinem Interesse?«

»Privat. Sehr privat. Es geht um Hiroshi Okazaki. Von seinem tragischen Tod hast du sicher gehört. Schrecklich, einfach schrecklich. Seine Witwe musste gestern trotz allem nach Tulln an der Donau in der Nähe von Wien abreisen, um das ›Mayflower‹ Tulln zu übernehmen.«

»Also kein Privatleben, wie bei vielen Geschäftsleuten, vor allem, wenn man es zu etwas bringen will.«

»Es ist recht kompliziert, aber darüber ein andermal mehr.« Dexter zieht sein Portemonnaie heraus. »Ich muss los, greife Lian Okazaki, der Tochter, ein wenig unter die Arme. Bildlich gesprochen. Sie ist völlig überfordert von der Situation, plötzlich so allein zu sein und den ganzen Laden managen zu müssen.«

Wesemann spürt, dass da mehr ist als ein unverbindliches Hilfsangebot. »Und wie kommst du zu der Ehre?«

Dexter schaut gedankenverloren auf seine Espressotasse. »Zufall. Alles Zufall.« Er schließt seine Jacke und streicht seine Locke in Fasson. »Wie das Leben eben so spielt. Ich habe mein neues Zuhause in den Hafen schleppen lassen, abends haben wir feuchtfröhlich Schiffstaufe gefeiert. Und da ich erst vor Kurzem auf dem Jakobsweg gewandert bin und ein paar Zeitungsartikel darüber abgeliefert habe, kamen wir bei erhöhtem Alkoholgenuss auf den Namen ›Mayflower‹. Wegen dem Wandern, Auswandern und so.«

»Wie originell!« Wesemann spürt die Seelenverwandtschaft.

»Bis dahin kannte ich das Chinarestaurant ›Mayflower‹ gar nicht von innen.«

»Das ließ sich dann aber schnellstens ändern.«

»So ist es! – Bis zum nächsten Mal.« Dexter zögert einen Moment, grinst. »Was ich noch sagen wollte ...«

Wenn er jetzt nach Karola fragt, wird ihn Wesemann in Zukunft wieder siezen.

Doch Dexter sagt nur »Zàijiàn!« und fügt auf Wesemanns fragenden Blick grinsend hinzu: »Versteht in China jeder, fast jeder. Heißt so viel wie ›Bis bald!‹.« Im Hinausgehen stößt er fast mit Pia Parasoli zusammen, er hat etwas anderes im Kopf.

*

»Ist denn schon wieder Freitag?« Nela seufzt. »In meiner Kasse sieht es aus wie Montag, der erste.«

»Mach dir nichts draus.« Pia fährt sich mit den Fingerspitzen durch den Haaransatz. »Das Geld wird sowieso bald abgeschafft, es wird dann nur noch zwischen den Banken hin und her geschoben. Aber Lottospielen lohnt sich immer. Diesmal sind sogar 17 Millionen im Jackpot.«

»Für mich?«

Pia schaut sich um. »Wie ich sehe, hast du einiges zu tun. Ich muss gleich wieder los.«

»Verbreite mal keine Panik, davon ist schon genug im Umlauf.« Nela hat Wesemanns Stammtisch, nachdem dieser das Café verlassen hat, mit Zeitungspapier abgedeckt und streicht darauf einen Stuhl. Es soll doch alles appetitlich aussehen. Die Farbe hat sie aus dem Gartenhaus ihrer Eltern, den Universalpinsel von »Gernart« in der Bahnhofstraße. »Ein schönes Grün, findest du nicht auch?«

»Grün?« Pias linke Augenbraue zuckt ganz leicht. »Es sieht aus wie Matschgrau.«

»Dunkelgrün! Von mir aus auch Moosgrün, aber auf keinen Fall ...«

»Lass es, ein Streit darüber lohnt sich nicht. Hauptsache, die Farbe trocknet gut und man bleibt nicht mit dem Hintern auf dem Stuhl kleben.« Sie zieht ihre leichte Lederjacke aus und hängt sie über einen Stuhl am Stammtisch, nicht Wesemanns Stuhl, obwohl der unbesetzt ist. »Hast du einen Eiskaffee für mich?«

»Noch nicht, so in einer bis anderthalb Stunden. Wenn du ihn jetzt bestellst, ist er bis dahin im Kühlschrank abgekühlt.« So, das musste sein.

»Dann nehme ich lieber einen Latte.«

»Schon in Arbeit. Mit Milch oder Sahne?«

»Lass dir Zeit, streich erst einmal die Rückenlehne fertig. Vielleicht hellt sie sich ja mit dem Trocknen auf.«

»Noch ein Wort ...!« Von Nelas Pinsel tropft Farbe auf den Tisch, haarscharf neben die Zeitung. »Scheiße!«

»Könnte hinkommen, wenn du gestern Spinat gegessen hast.«

Wütend schaut Nela zu Pia hinüber, und wie auf Kommando lachen beide los. »Was gibt es Neues?«, fragt Nela und legt den Pinsel auf dem Rand der Farbdose ab.

»Was interessiert dich besonders? Illegales Autorennen

auf der B217, 170.000 Euro Schaden beim Brand im Industriegebiet, Passat kracht gegen Baum – zwei Insassen tot, Kontrolle durch falschen …«

»Hört sich an wie auswendig gelernt. Woher hast du das alles?«

»Aus deiner Zeitung auf dem Tisch. Über dein Horoskop kann ich dich leider nicht aufklären, auf den entscheidenden Zeilen prangt ein moosgrüner Farbklecks.«

Nela bringt zwei Latte, setzt sich zu Pia. »Gehen aufs Haus.«

»Eine spannende Neuigkeit habe ich, aber nur unter dem Siegel der absoluten Verschwiegenheit.«

»Klar!«

»Du kennst doch die ehemalige Kurie Jerusalem an der Alten Marktstraße …«

»Das heutige Kinderspielhaus? Ein Speichergebäude der Stiftskurie des Bonifatiusstifts, Fachwerk in gotischer Bauweise mit imposanter Balkenkonstruktion und zurückhaltender Verzierung, um 1500 errichtet und seit 1976 nach umfassender Restaurierung im Zuge der Altstadtsanierung als Kinder- und Jugendeinrichtung genutzt – wenn ich Wesemanns engagierte Unterrichtung korrekt behalten habe.«

»Genau. Das Haus soll an einen Investor mit dicker Hose verkauft werden.«

Eine ältere Dame mit auffälliger Handtasche in violettem Krokoleder betritt das »KaFEEchen«, kauft zwei Stücke von der Buchweizentorte mit Preiselbeeren, bezahlt und geht ohne Gruß.

»Passend zu ihrer Hermès Kelly«, sagt Pia.

»Woher weißt du das?«

»Wird doch im Augenblick in jeder Frauenzeitschrift promotet.«

»Ich meine das mit dem Verkauf der Kurie an der Alten Marktstraße.«

»Man hört so einiges.« Pia klimpert übertrieben mit den Augenlidern. »Ich hatte gestern ein Blind Date im ›Ambrosia‹. Das Essen war superb, das Date eher ein Reinfall. Er im öffentlichen Dienst mit Mercedes SUV und Arroganz-Flatrate. Dreimal hat er mir seine Handynummer aufgeschrieben. Ich habe sein Fragen nach meiner Nummer geflissentlich überhört.«

»Und was ist mit der Kurie?«

»Zu Chardonnay an köstlichem Lammbraten musste ich mir die streng geheime Planung anhören, die nur er und ein paar auserwählte Stadtobere kennen. Soviel ich verstanden habe, soll auf den drei oberen Etagen eine zweite Hameler City Mall mit kleinen Inhabergeschäften entstehen.«

Wesemann trifft ein und schaut ziemlich beleidigt, als er die Belegung des Stammtischs durch Nelas Arbeitseifer sieht.

»Noch ist es mein Café«, sagt Nela. »Setz dich für eine halbe Stunde mal woanders hin, du wirst schon nicht daran sterben.«

Wesemann schmollt, studiert ausgiebigst die Karte.

»Ich bringe dir gleich deinen Milchkaffee«, sagt Nela.

Wesemann nimmt endlich auf einem Stuhl gegenüber von Pias Jacke Platz.

Der Handyshopbesitzer Heiko Hahn kommt herein, grüßt Pia und Wesemann mit einer lässigen Handbewegung, stellt sich an den Tresen und hofft auf Nelas Interesse an seiner Anwesenheit.

Sie lächelt ihm zu und stellt sich neben ihn vor den Tresen.

Pia beugt sich zu Wesemann. »Sauteure Sneakers! Aus Velourleder. Bestimmt direkt aus Italien.«

»Hm«, brummt Wesemann.

»Der Mann weiß, wie man dezent auffällt.«

»Und ich?«, fragt Wesemann.

»Wie man's nimmt, da zählen wohl mehr die inneren Werte. Ich kannte mal einen Angler, der hat bei ›inneren Werten‹ … Na ja, lassen wir das.«

»Ist auch besser!« Wesemann reduziert den Abstand zu Pia Parasoli mit drei Stuhlhopsern. »Ich frage mal aus Neugierde: Hatten Sie in letzter Zeit auch so einen perfiden Hackerangriff auf Ihren Computer wie Nela?«

»Bei ›Sie‹ kann ich nicht denken und bin nur beleidigt.«

»Wenn mich nicht alles täuscht, habe ich mir als Eselsbrücke den argentinischen Bandoneonspieler Piazzolla gemerkt. Ha – und schon hab ich's! Pia!« Wesemann grinst verstohlen.

»Banause!«, sagt Pia Parasoli. »Ich erinnere mich genau an unsere vertrauensbildende Übereinkunft, Huppi!«

Wesemann rückt noch ein Stück näher an Pia Parasoli heran, ihr Parfüm steigt ihm in die Nase, recht intensiv, aber nicht abstoßend.

»Um deine Frage zu beantworten: Nein, bei mir gab es keinen Hackerangriff.« Pia Parasoli nimmt Abstand. So nicht, Huppi, so nicht! »Ich hatte Pech oder Glück, wie man's nimmt. Mein PC brauchte einen neuen Lüfter, und ich bin noch nicht zum Einbauen gekommen.«

Wesemann schaut so überrascht, als hätte man ihm von Schellfischen in der Weser erzählt. »Ich habe mich unauffällig in Hameln umgehört. Es scheint mehrere Angriffe auf die Hamelner Geschäftswelt gegeben zu haben. Alle jedoch mit weitaus höheren Geldforderungen als bei Nela.«

»Seltsam. Ob der Erpresser Nela kennt? Oder es steckt jemand anderer dahinter als bei den restlichen Erpressungen. Du solltest dich weiter umhören.«

»Ich habe eine Hypothese.«

Die Unterhaltung am Tresen stockt, Heiko Hahn verliert seinen Gesprächsfaden, reckt den Kopf leicht in Wesemanns Richtung und entzieht Nela unbewusst sein Interesse – was keine Frau hinnimmt.

So auch Nela. Sie dreht sich enttäuscht um, stellt sich hinter den Tresen und dekoriert die Kuchen in neuer Reihenfolge.

»Und?«, fragt Heiko Richtung Wesemann.

»Es ist noch zu früh, darüber zu reden. Sobald ich was Konkretes habe …«

Nichts Neues also. Heiko wendet sich wieder Nela zu, lobt ihre Torte mit Schmetterlingen überschwänglich.

»Schön, dass sie dir gefällt«, sagt Nela, dreht sich um und verschwindet hinter dem Küchenvorhang.

*

Eine melancholische Stimmung liegt über dem Deister. Endlich einmal scheint die Sonne in diesem verregneten Frühjahr und lässt dicke Dunstschwaden über den bewaldeten Hängen aufsteigen, im Südwesten die weiße Säule über den Kühltürmen des Atomkraftwerks Grohnde.

Wesemann will eine Entscheidung über sein Lebensende treffen. Etwas zu fetten Fleischkäse gestern Abend gegessen, schlecht geschlafen, im Traum Heimsuchung durch seine bekannten Freunde aus der Geisterwelt – und schon sieht er sein Ende nahen. Er hat sich auf den Weg zum Ruheforst Deister gemacht. Hat er schon öfter, aber jedes Mal ist ihm im letzten Moment etwas dazwischengekommen: ein Bier auf einer sonnenbeschienen Restaurantterrasse oder die kurzfristige Order eines Radioberichts über

Nachwuchs im Saupark Springe. Heute wird er alle Ausreden unterdrücken. Außerdem hat er seinem Gewissen eine halb amtliche Recherche als Motivation anzubieten. Schließlich hat der Bestatter durchblicken lassen, dass er den Ruheforst als Pächter übernehmen wolle. Nela hat Wesemann von Bosés Besuch und seinem Interesse für Pia erzählt. Vielleicht will er Pia mit dem Gerede über die Pacht nur imponieren? Aber man weiß nie. Wesemann kennt den Bestatter flüchtig und findet ihn sehr undurchsichtig.

Wesemann ist also fest entschlossen, den Ruheforst heute aufzusuchen und eine Entscheidung zu treffen. Doch schon der Weg von Hameln nach Wennigsen hat seine Tücken. Fast jede Abzweigung von der B217 lockt mit erkundenswerten Versprechen: Hasperde, Hohnsen, Hachmühlen, Hagebaumarkt, Brullsen, Brünninghausen, Bredenbeck – aber Wesemann bleibt standhaft.

Der Friede der Provinz besänftigt Wesemanns Nerven. Ruheforst, Seelenforst. »Die Möglichkeit, in der natürlichen Umgebung des Waldes beigesetzt zu werden, ist für viele Menschen eine würdevolle Art des Abschieds. Ruhe, Harmonie und ständiger Wandel der Natur spenden Angehörigen und Freunden Trost.« So hat er es auf der Homepage des Ruheforsts gelesen. Alte, naturbelassene Waldbestände als letzte Ruhestätte: Der Welt so fern, dem Himmel so nah.

Nichts stört die ländliche Idylle, nicht mal der protzige SUV im Rückspiegel. Fährt viel zu dicht auf. Vielleicht hat er es besonders eilig? Wesemann verlangsamt seine ohnehin nicht rasende Fahrt, hält sich so weit wie möglich am rechten Fahrbahnrand. Der schwarze Protz überholt, viel zu knapp, Wesemann hält krampfhaft Ausschau nach einem Feldweg, in den er einbiegen kann. Da ist der schwere Wagen schon auf gleicher Höhe, bremst Wesemann aus, sein weißer Corsa gerät ins Schlingern, das schwarze Ungeheuer blockiert die Fahrbahn, das kleine Auto rutscht in den Graben, rollt aufs Dach, und Wesemann verliert neben der Orientierung auch die Besinnung.

Es dauert eine Weile, bis Wesemann allmählich wieder zu sich findet. Der Kopf fühlt sich an wie gematschte Bregenwurst, sein rechter Arm schmerzt höllisch und auf seinem linken Fuß muss ein Elefant stehen.

Vorsichtig, ganz vorsichtig öffnet er ein Auge, sieht nur Schatten, schließt das Auge wieder und versucht es mit dem anderen. Der gleiche Eindruck: Hier kennt er sich nicht aus. Woher kommt er? Wo wollte er hin? Er friert, seine Hose ist im Schritt durchnässt. Der Schock? Oder war die Wasserflasche neben der Handbremse nicht ordentlich verschlossen? So wird es sein. So muss es sein!

Wesemann fühlt seine Kräfte in geschwächter Ausführung zurückkehren. Er muss hier raus, muss sich um Hilfe bemühen, bevor noch mehr Wasser aus der Flasche ausläuft. Er stützt sich am Autohimmel ab, zieht mit der freien Hand das verletzte Bein aus den Pedalaufhängungen, hält die Luft an und tritt gegen die Seitentür. Die öffnet sich nicht, stattdessen fällt das Seitenfenster aus der Führung und rutscht neben den Corsa.

Für einen Augenblick wird die Anstrengung zu groß, Wesemann muss innehalten, tief ein- und ausatmen.

Wesemann dreht sich in eine Lage mit Blick aus der seitlichen Fensteraussparung. Er schaut und sucht in seiner benebelten Erinnerung, bekommt nichts in Einklang, fühlt sich fremd, aber keineswegs unwohl. Die Schmerzen haben nachgelassen, wenn nur die Hose nicht so nass wäre.

Plötzlich wird ihm klar: Er muss tot sein, nicht mehr von dieser Welt. Ein himmlisches Wesen beugt sich zu ihm ins Wageninnere – mit einem ausdrucksvollen Gesichtchen, großen neugierigen Augen und lieblichen Wimpern. Wie unschuldig und liebevoll ihn der Engel anschaut, mit Respekt und ohne jegliche Vorurteile. Ein leicht spöttischer Ausdruck um die vollen, sinnlichen Lippen und eine quietschfidele Frisur vervollständigen die angenehme Erscheinung.

»Hallo, leben Sie noch? Der Rettungswagen ist unterwegs. Wir könnten gemeinsam versuchen, Sie aus dem Auto zu befreien.«

Wesemann fragt sich, ob ein Engel nicht übersinnliche Kräfte besitzt, doch der vor ihm ist wohl zu verschämt, um seine helfende Hand einem Unbekannten zu reichen. Vielleicht hat er noch nie einen leiblichen Mann berührt. Wesemann, ach, Wesemann, was für Aussichten! Das muss Liebe auf den ersten Blick sein.

Die Eindrücke überfordern ihn, ihm wird übel. Er spürt eine feste Hand, die an ihm zerrt, und stemmt sich gegen etwas Unbewegliches.

»Auf drei!«, hört er die entfernte Stimme. »Na endlich!«

Und erneut der totale Bild- und Tonausfall.

»Da sind Sie ja wieder!«

Eine bekannte Stimme, die Wesemann dem Engel zuordnet. Er spürt von Sekunde zu Sekunde mehr die irdische Schwere, jeder Knochen schmerzt ihn, doch entschlossen öffnet er die Augen, er will diesen Engel wiedersehen, muss ihn wiedersehen.

Ein pickliges Jungmännergesicht grinst ihn an. »Da haben wir wohl noch einmal Glück gehabt.«

»Das ist doch unverantwortlich. Ab einem gewissen Alter müsste jeder zur ärztlichen Kontrolle.« Eine weitere Person.

»Die Polizei wird sicher eine Blutprobe veranlassen.«

»Wo ist sie?«, flüstert Wesemann und erkennt seine eigene Stimme kaum. Ein Stück der Goldfolie ist ihm vom Körper über den Mund geweht.

»Wer?«

»Die Schöne mit den ausdrucksvollen Augen und der frechen Frisur.«

»Haben Sie jemanden in seiner Begleitung gesehen?«, fragt der Picklige und verschwindet für einen Augenblick aus Wesemanns Blickfeld.

In einiger Entfernung ist das Martinshorn der Polizei auszumachen. Über Wesemann ein blauer Himmel und kleine Schäfchenwolken. Da fällt ihm sein Denkfehler auf: Wäre er bereits im Jenseits, könnte er das Jenseits nicht sehen – oder?

Plötzlich ein heftiges Kichern. »Ich ahne, wen er meint.«

Leider kann Wesemann in seiner Fixierung den Kopf nicht drehen, um die Stimme zu materialisieren.

»Er meint bestimmt Alpacina, unsere Herzensbrecherin.«

Wesemann wird schwarz vor Augen.

Das Martinshorn wird immer lauter und erstirbt mitten in einer Tonfolge.

*

»Kundschaft?«, murmelt Tom Bosé sarkastisch.

Die Abfahrt Bredenbeck der B217 ist gesperrt, der Bestatter hält an, um sich zu informieren.

»Nichts Schlimmes«, sagt der junge Beamte, der die Ausfahrt sichert. »In spätestens einer halben Stunde ist alles wieder frei.«

»Wie schön.« Bosé hat den spöttischen Gesichtsausdruck noch nicht abgelegt.

Der Polizist fasst ihn falsch auf. »Sie können so lange warten und dabei helfen, die Sperren an die Seite zu stellen, die Straßenmeisterei hat keine freie Kapazität.«

»Ich will mich nicht in Ihre Arbeit einmischen. Wir fahren zur nächsten Ausfahrt.« Er tätschelt den Oberschenkel seiner Beifahrerin.

»Das Berühren der Figüren mit den Pfoten ist verboten.« Die Beifahrerin nimmt seine Hand und legt sie auf sein Knie zurück.

»Ach, gnä' Frau«, sagt der Bestatter. »Bevor es da zu einem Zerwürfnis kommt, möchte ich unter dem Siegel der Verschwiegenheit etwas klarstellen.«

»Wenn's denn sein muss …« Pia hasst solche Gesprächseröffnungen, meist folgt ein Drama.

»Kurz und bündig: Von mir haben Sie nichts zu befürchten, ich stehe nicht auf Frauen.«

»Das trifft sich gut, über alles andere lässt sich reden.«

»Dann steht unserer geschäftlichen Verbindung nichts mehr im Wege!«

Sie legt dem Bestatter ihre Hand beiläufig auf den Oberschenkel, lächelt ihn an, nichts passiert, der Mann hält, was er verspricht. »Also weiter!«

Sie fahren bis zur Kreuzung in Holtensen, dann Bredenbecker Straße. Ein Abschleppwagen des ADAC kommt ihnen entgegen. Pia schaut ihn kurz an, dreht sich um, als er an ihnen vorbeifährt, und wirkt verstört. »Fährt nicht Huppi so einen alten Corsa?«

»Wer ist Huppi?«

»Huppi ist ... Ach, egal, Hauptsache, er saß nicht in dem Auto.« Pia richtet sich wieder in Fahrtrichtung aus. »Sein Auto ist auch nicht weiß, glaube ich, sondern silbern.«

Wennigser Straße, dann rechts Lavesstraße, gleich links in den Steinkrüger Weg und immer geradeaus bis zum Waldparkplatz.

Bosé zieht einen Prospekt aus dem Handschuhfach, gibt ihn Pia. »Alles vom Feinsten! Bis zu 190-jährige Eichen und Buchen, die als letzte Ruhestätte für Einzelpersonen, Familien oder sonstwie verbundene Menschen ausgewählt werden können.«

»Die Lage ist wirklich außergewöhnlich. Und da wollen Sie einsteigen?«

»Das wäre vergebene Liebesmüh.« Bosé nimmt Pia den Prospekt aus der Hand und legt ihn zurück ins Handschuhfach. »Die Waldflächen gehören seit 1330 den Freiherren Knigge. Vom Stammsitz der Familie, dem Rittergut Bredenbeck, werden die Wälder noch heute verwaltet. Da mischt kein Normalsterblicher mit.«

Sie steigen aus.

»Machen wir also einen absichtslosen Waldspaziergang«, sagt Pia, wobei sie »absichtslosen« besonders betont. »Haben Sie genügend Eichhörnchenfutter in den Taschen?«

Bosé lacht.

Sie gehen eine Weile durch den lichten hohen Buchenwald, kommen zu dem Andachtsplatz mit dem schlichten Holzkreuz und setzen sich auf eine der rustikalen Holzbänke.

»Ich habe alles bis ins Detail geplant. Fürs Erste nur so viel: Konkurrenz belebt das Geschäft. Ich werde in unmittelbarer Nähe ein Wiesengrundstück pachten und mit einigen schon recht großen Exemplaren der Purpur-Erle bepflanzen. Die ist sehr anpassungsfähig und zukunftssicher. Nicht immer Eiche oder Buche – der Mensch liebt die Abwechslung, auch wenn er liegt. Und mit meinen Preisen für die Ruhestätten unter den Erlen werde ich weit unter den bestehenden Waldbestattungspreisen liegen. Das Geschäft scheint mir todsicher, solide und aussichtsreich.«

»Und dafür brauchen Sie eine solvente Partnerin? Da bin ich die Falsche, ich habe nichts, und wenn bei mir was reinkommt, ist es schnell wieder ausgegeben. Ich bin einfach kein Sparbrötchen.«

»Sie sollen sich auch gar nicht finanziell beteiligen, ich setze auf Ihr Redetalent. Eine empathische Trauerrede, drum herum individuelle Mollmusik, dazu den ganzen Bestattungsklimbim aus einer, sprich: meiner Hand. Das alles zu einem unschlagbaren Preis von 20 Prozent unter der normalen Kalkulation, und wir sind drin.«

»Hm«, macht Pia Parasoli, »Ihr Geschäftsmodell klingt überzeugend, aber: Haben Sie an eine Genehmigung gedacht? Man kann nicht einfach ein Grundstück pachten und es zu einem Friedhof machen. Ganz abgesehen von den Bäumen, die ja nicht von heute auf morgen zu einem stattlichen Wald heranwachsen.«

»Deswegen werde ich große Exemplare pflanzen lassen – und den Preis in den nächsten Jahren niedrig halten. Das mit der Genehmigung lassen Sie ruhig meine Sorge sein, auch dafür habe ich einen Plan. Unabhängig davon können Sie aber ab sofort als Trauerrednerin bei mir anfangen, denn ein Bestattungsinstitut habe ich ja schon.«

»Na gut, ich werde mir die Sache überlegen. Wie lange habe ich?«

»Sie sehen doch noch ganz gesund aus …«

»Armleuchter!« Beide lachen.

# SECHS

Wesemann sitzt in einem weißen Bett, neben ihm ein zweites Bett. Frei. Eindeutige Identifizierung des Ortes: Krankenhaus. Der Blick hinaus aus dem Fenster zeigt weiße Wölkchen. Um den Kopf wurde ihm ein blauer Verband gewunden, der linke Unterarm steckt in einer Bandage, darunter eine Schiene, spürbar von außen und innen, das rechte Bein ist bandagiert.

Aber sonst ... keine Klagen und kein Mangel. Er fühlt sich gut versorgt. Vor ihm das Frühstück, unberührt. Ihm fällt seine unerwartete Begegnung mit der Schönheit von Wennigsen ein. Wie hieß sie noch gleich? Lass dir das nicht durchgehen, denk nach! Alfa... Alma... Alta... Verdammt! Er nimmt das Leberwurstdöschen vom Beistelltisch und wirft es nach den weißen Wölkchen. Wie soll er sie finden, wenn er nicht mal ihren Namen weiß? Alda... Alna...

Als er nach der Portionspackung mit der Aprikosenmarmelade greift, ein Klopfen an der Tür, gleich darauf kommt Kalenberger herein. Dieser Name ist ihm präsent. Sie stellt sich neben sein Bett, betrachtet ihn, das Frühstück auf dem schwebenden Tablett über seinem Bauch, seine Bandagen, lächelt schief, nickt und sagt: »Halb so schlimm. Da bin ich Besseres gewohnt.«

Sie legt ihm eine Packung »Mon Chéri« neben die primelgelbe Teetasse, angelt sich einen Stuhl von der Wand und setzt sich.

»Wo bin ich hier?«, fragt Wesemann.

»Im Hamelner Krankenhaus. Was Besseres hatten sie gerade nicht im Angebot. Aber grämen Sie sich nicht, Sie können morgen nach Hause gehen, sagt die Krankenschwester. Also, eher nach Hause humpeln als gehen.«

»Gepriesen sei der, der ein Zuhause hat.« Wesemann nimmt die »Mon Chéri«-Packung, wirft sie Kalenberger in den Schoß. »Nicht alle aufessen, bevor ich wieder da bin. Ich kontrolliere die Fingerabdrücke.«

Kalenberger wirft die Packung zurück. »Sie können heute Nacht bestimmt nicht schlafen. So ein Pralinchen ist besser als jedes Schlafmittel.«

»Woher wissen Sie überhaupt, dass ich im Krankenhaus bin?«

»Ich hatte im Internet zu tun und bin zufällig auf einen Polizeibericht gestoßen.« Sie greift in ihre Manteltasche, holt ihr Handy heraus, grinst schief und zeigt ihm den gespeicherten Bericht:

*Bredenbeck-Steinkrug*
*Am Mittwochnachmittag gegen 16.20 Uhr ereignete sich in der Nähe des Ruheforsts Deister ein Unfall. Ein Hamelner fuhr mit seinem hellen Corsa, älteres Baujahr, auf dem Steinkrüger Weg Richtung Ruheforst. Aus ungeklärter Ursache kam der Corsa von der Straße ab, überschlug sich und blieb auf dem Dach liegen. Keine Bremsspuren auf der Straße, keine fremden Lackspuren, keine Zeugen. Der Fahrer wurde aus dem Fahrzeug befreit und ins Krankenhaus eingeliefert. Ob ein weiteres Fahrzeug an dem Unfall beteiligt war, ist vorerst ungeklärt. Am Fahrzeug entstand Totalschaden. Die Ermittlungen dauern an. Wer Angaben über den Unfallhergang, insbesondere*

*etwaige Beteiligte, machen kann, wird gebeten, sich mit der Polizeistation …*

»Pah«, regt sich Wesemann auf, »ungeklärte Ursache! Ich wurde von einem schwarzen SUV nicht nur von der Fahrbahn gedrängt, sondern regelrecht in den Graben gestoßen. Ich werde gleich die Polizei anrufen, sie wird die Spuren doch wohl feststellen können.«

Kalenberger fürchtet wegen seiner zappelnden Knie bereits um die Standfestigkeit des Frühstückstabletts. »Wenn's die einzigen Spuren an dem Totalschaden wären …«

»Noch ist über den Totalschaden nicht das letzte Wort gesprochen. Wenn wir erst den Unfallverursacher haben, geht es um Schadensersatz, und der Schrottwert liegt bestimmt bei 1.400. Mindestens!«

»Wenn nicht höher«, sagt Kalenberger mit einem spöttischen Unterton. Sie streckt den Arm aus, nimmt Wesemann ihr Handy ab und tippt darauf herum. »Bei Facebook gibt es sogar ein Foto von dem Unfall, Sie sind gar nicht schlecht getroffen.«

Nach einer Weile reicht sie Wesemann das Handy mit einem feinen Grinsen. »Das Unfallopfer im Kreis der mitfühlenden Zeugen.«

Wesemann lässt das Handy in die Butterschale fallen. »Ich glaube es nicht«, stöhnt er, »das Jenseits ist also auch nur Betrug!«

*

Wenn es um Chancen geht, setzt Pia Parasoli immer auf Konsequenz. Was ihr der Bestatter Bosé angeboten hat, kommt so schnell nicht wieder, und sie wird auch nicht jünger, gelegentlich Kopfschmerzen, ein Ziehen im rechten Knie und beängstigend viele ausgefallene Haare morgens in der Haarbürste.

»Hallo?«

»Hallo.« Pia geht davon aus, dass Bosé weiß, wer ihn anruft.

Er flüstert merkwürdig gehemmt: »Es geht jetzt nicht, ich bin in einem Kundengespräch.«

»Gut für Sie, schlecht für ihn.«

Noch leiser: »Vielleicht morgen?«

»Ich habe mir Ihr Angebot durch den Kopf gehen lassen und stehe in einer Stunde auf der Matte Ihres Instituts. Wir haben etwas zu besprechen.«

»Wir könnten uns auch ...«

Doch Pia Parasoli legt schnell auf. Er soll jetzt bloß nicht anfangen rumzuzicken.

»Wie schön, Sie zu sehen.« Die Kundschaft ist weg, hinauskomplimentiert oder eingesargt, je nach Verfassung. Musste schnell gegangen sein. Auf dem Schreibtisch liegen noch drei zusammengeknüllte Kleenex und die Katalogseite in Eiche mit Seidenausstattung. Bosé streift sich weiße Einmalhandschuhe über und sammelt die Kleenex ein. »Was darf ich Ihnen anbieten? Der Kaffee ist gerade erst aufgebrüht.«

»Dann gern – mit Milch und Zucker.«

Er holt den Kaffee und setzt sich vor den Schreibtisch. Pia sitzt schon.

»Ich bin bereit, auf Ihr Angebot einzugehen.«

»Das freut mich!«

»Allerdings habe ich meine Bedingungen.«

»Und die wären?«

»Sie liefern die Daten und stellen die Berufskleidung nach meinen Wünschen oder übernehmen die Kosten für die Anschaffung. Ich denke da fürs Erste an einen dunkelgrauen Hosenanzug, klassisch geschnitten, schwarze Schuhe, mittelhoher Absatz und je nach Alter des Verblichenen entsprechend angepasste Accessoires: einen farbigen Schal, einen schicken Fascinator, zum Beispiel mit einem verwitterten kleinen Grabkreuz, Blumen, Netz und Federn und am Rand eine kleine Himmelsleiter aus Strass.«

»Toll! Sie sind engagiert!«

»Moment! Ich bin zwar nicht käuflich, aber etwas Geld sollte für mich auch dabei rausspringen.«

»Natürlich. Ich habe bereits vorkalkuliert. Ich biete Ihre Trauerrede für 700 an, und Sie bekommen 500.«

»Cash auf die Hand?«

»Einverstanden!«

»Dann haben wir also einen Deal!« Pia streckt dem Bestatter ihre Hand mit den schwarz lackierten Fingernägeln entgegen.

»Moment! Moment! Statt einer Probezeit erbitte ich mir eine Proberede.«

»Wann und wo?«

»Gleich hier und jetzt.«

»Dazu brauche ich aber die Daten des Verstorbenen.«

»Nehmen Sie mich, ich kann damit leben.«

»Aber erst nach dem nächsten Kaffee mit einem ordentlichen Cognac.«

»Liebe Weggefährten, Freunde, Komplizen, es ist schön, dass ihr alle da seid, um von unserem lieben Tom Abschied zu nehmen! Tom Bosé fiel nach einem komplizierten Armbruch ins Koma und starb, nomen est omen, an einer hinterhältigen Thrombose.

Es ist mir eine große Ehre, über diesen außergewöhnlichen Menschen sprechen zu dürfen.

Tom pflegte wie Benjamin Franklin zu sagen: ›Zwei Dinge auf der Welt sind sicher, der Tod und die Steuer.‹ Ja, er war jemand, der dem Leben neugierig entgegengeblickt und es mit viel Humor gemeistert hat!

Geboren wurde Tom geschwisterlos in Geilenkirchen, wo er auch seine Kindheit und Jugend verbrachte. Seine Eltern erzogen ihn streng, aber liebevoll, so hat er es mir einmal im ›Papa Hemmingway‹ bei einem guten Whiskey erzählt.

Nach dem verpatzten Abitur zog es Tom nach Kloschwitz, um das Leben zu studieren. Dort lernte er dich, liebe Helga …«

Tom Bosé räuspert sich.

»… dich, lieber Holger, kennen, und bereits vier Jahre später habt ihr geheiratet. Meist beendete Tom unsere zahlreichen Gespräche im ›Papa Hemmingway‹ mit den Worten, dass diese Hochzeit die beste Entscheidung seines Lebens gewesen sei! Er durfte dann bei mir übernachten.

Dass eure Ehe ein Erfolg war, lieber Holger, sieht man auch an euren Nachkommen Jaguar und Lamborghini, die in tiefer Trauer neben der Kapellentür geparkt sind.«

Mit aller Macht versucht der Bestatter, seinen Lachanfall zu unterdrücken.

»Obwohl ihn sein Berufsleben als Selbstständiger und Steuerzahler zeitlich sehr in Anspruch nahm, fand er immer wieder Zeit, sich um seine Freunde im ›Papa Hemmingway‹, in der ›Pinte‹ oder im ›K3‹ zu kümmern, um sie vom Single Malt abzubringen und dem Irish Whiskey zuzuführen. Pünktlich zum Christopher Street Day telefonierte er jedes Jahr sein Adressbuch ab, um seine Freunde bei der Stange zu halten. Tom war von Grund auf ein so herzlicher und warmer Mensch …«

Jetzt kann sich Tom Bosé nicht mehr halten, das Lachen bricht sich Bahn, er springt auf, Tränen laufen ihm die Wangen herunter. »Aufhören, aufhören – wir haben einen Deal!«

»Wie schön«, sagt Pia, »macht 500 auf die Hand!«

*

Wesemann ist zurück in Nelas »KaFEEchen«. Und wie. Er trägt mit Würde eine Halskrause, auch Halskrawatte, Nacken- oder Zervikalstütze genannt. Sie entlastet Wirbelsäule, Muskeln und Gelenke. Wesemann hat im Krankenhaus lange Gespräche mit den empathischen Krankenschwestern geführt. Seine Stirn ziert ein medizinisches Pflaster, der linke Unterarm wird von einer Schiene stabilisiert – eine reine Vorsichtsmaßnahme, beide Unterarmknochen sind nur angebrochen.

Nela hat ihm bereits den dritten Willkommens-Milchkaffee serviert, da erscheint Dexter und setzt sich an Wesemanns Tisch. »Du bist ein Held!«

»Danke, danke, ein Fläschchen Wein und ein paar Weintrauben ohne Kerne hätten es auch getan.«

»Kann ich dich was fragen? Du hast mit deinen Radioberichten schließlich so manch entscheidenden Hinweis zur Lösung eines Kriminalfalls beigetragen.«

»Eine Flasche Primitivo wäre mir …«

»Bleib mal ernst. Ich war doch im ›Mayflower‹, wollte sehen, wie es Lian Okazaki geht, und sie ein bisschen auf andere Gedanken bringen.«

»Das hat sie nicht verdient!«

»Was?«

»Dich!«

»Hör jetzt bitte auf. Da steckt mehr dahinter als ein Unglück.« Dexter starrt auf Wesemanns Stirnpflaster. »Viel mehr. Die Okazakis gehören zu einem Clan, der Chinarestaurants von Reykjavík bis Catania und von La Rochelle bis Cottbus betreibt. Aber nicht auf eigene Rechnung, das Geld fließt auf verschiedene Konten. Wohin? Lians Vater hat es nie gesagt, vielleicht auch nicht gewusst.«

»Warum überrascht mich das nicht?«

»Ich weiß, ich weiß, Schutzgeld und so. Doch so einfach ist es nicht. Lians Vater hat immer pünktlich seinen Anteil überwiesen. Sie hat die Quittungen griffbereit unter der Theke gefunden und vermutet, dass ihr Vater sie dort absichtlich aufbewahrt hat, falls ›zufällig‹ ein Mitglied der Familie den Eingang der Zahlung reklamieren sollte. – Du siehst aus wie ein Dummy bei einer DRK-Übung.«

»Sobald Nela die kostenlose Bewirtung mit Milchkaffee einstellt, kommt alles ab.«

»Bist du pleite?«

Wesemann wiegt den Kopf.

»Vielleicht hättest du etwas anderes studieren sollen.«

Heiko Hahn kommt herein, stellt sich an den Tresen und schaut nach dem Kuchenangebot.

»Ich sehe das so«, sagt Wesemann, »entweder befreist du die Tochter aus dem Sumpf oder du stürzt mit ihr in den Abgrund.«

Dexter beugt sich weit über den Tisch. »Lian denkt, dass ihr Vater Inkassobetrügern in die Hände gefallen ist. Du weißt, irgendwann mal eine Formalität übersehen, schon meldet sich ein windiger Advokat mit einer Abmahnung und beigefügter Rechnung mit Gebühren für fiktive Dienstleistungen wie Adressvermittlung, Verzugszinsen, Pauschalen, Kontoführung und Ähnliches. Außerdem habe er vor Kurzem was von digitaler Erpressung erzählt, die er nicht bezahlen wollte.«

»Ach ja? Er also auch ... Trotzdem: An beidem stirbt niemand!«

Heiko Hahn wählt den Schokokirschkuchen.

»Ich weiß, ich weiß.« Dexter steht auf. »Aber irgendetwas müsse in der Richtung gelaufen sein, meint Lian. Kurz vor seinem Tod habe er geäußert, dass er lieber alles zusammenpacken und nach Shenyang zurückkehren wolle, als in ständiger Angst zu leben.«

Heiko Hahn steuert mit seinem Kuchenteller den Tisch von Wesemann und Dexter an. »Darf man sich dazusetzen?«

»Setzen Sie sich und leisten Sie unserem Malträtierten Gesellschaft, ich muss sowieso los.«

»Nur noch eine Sekunde«, sagt Wesemann, ohne sich um Heiko Hahns Frage zu kümmern.

Der dreht ab und stellt sich an den Tresen.

»Du bist doch gut vernetzt?«, fragt Wesemann Dexter.

Nela gesellt sich zu Heiko vor den Tresen und beginnt das Glas zu polieren. Ein weiterer kostenloser Milchkaffee wird wohl nicht mehr serviert.

»Du hast doch vor ein paar Wochen für die Dewezet einen erhellenden Bericht über den Hamelner Hafen verfasst.«

Dexter ist zwar gerade aufgestanden, hockt sich jetzt aber sprungbereit auf den noch warmen Stuhl.

»Suchst du einen Job als Sackträger im Hafen?«

»Ich suche eine Wohnung«, sagt Wesemann.

»Zieh doch aufs Flughafenterminal in Langenhagen, da findest du sicher schnell Anschluss.«

»Ich kann mich noch genau an deinen launigen Bericht erinnern, du hast von der Bar des Hamelner Hafenvereins im Wurmfortsatz des Hafenbeckens berichtet.«

»Willst du einen ausgeben?«

»Ich habe mich mal umgesehen. Da liegen die unterschiedlichsten Hausboote Bug an Heck. Vielleicht vermieten die eine Bleibe, auch vorübergehend. Es muss nichts Großes sein, aber oberhalb der Wasserlinie und mit Bullaugen wäre mir willkommen.«

»Warum erkundigst du dich nicht selber?«

»Die passenden Kontakte müsste ich mir erst aufbauen. Du allerdings bist dort, wie ich gehört habe, bekannt wie ein bunter Koi.«

Jetzt steht Dexter endgültig auf, schiebt seinen Stuhl unter das Tischchen, bis er auf Widerstand trifft und Wesemann aufschreit.

»Eigentlich wollte ich nur einen entspannten Espresso trinken. Hast du keine Aufgaben, bekommst du welche.« Dexter verabschiedet sich mit einem Winkewinke, steuert die Tür an, bleibt jedoch noch einmal kurz stehen. »Bringen Sie meiner nervigen Konkurrenz noch einen Milchkaffee.« Er legt einen Fünfer auf das nächstliegende Tischchen. »Aber Vorsicht, er sucht eine neue Bleibe.«

*

Wesemanns Heilungsprozess der letzten Tage lässt sich kaum noch verbergen. Selbst erneuerte Verbände und Pflaster, abgekratzter Schorf und mutwillig erzeugte Rötungen und Druckstellen bringen nicht den gewünschten Erfolg an Mitleid und Zuwendung. Vielleicht sollte er den Spieß umdrehen und sich seinen Mitmenschen empathisch zuwenden.

»Was macht dein Rezeptbuch?« Der Anfang in Sachen Empathie ist gemacht.

»Ich bin zufrieden.« Nela bringt den Wesemann-Milchkaffee. »Es geht voran. Habe gerade ein ganz altes Rezept von der Ottensteiner Hochebene in Arbeit.«

»Wenn du einen objektiven Probeesser brauchst ...«

»Ich setze dich auf die Liste, du bist dann in etwa an 17. bis 22. Stelle.« Nela ist ausgesprochen gut gelaunt.

»Gab es keine Erpressungsversuche mehr?«

»Doch. Aber auf solche Hirnamputierte falle ich nur einmal herein.« Nelas Laune hat einen Spitzenwert auf der nach oben offenen Zufriedenheitsskala erreicht. »Ich zeige dir mal was.« Sie verschwindet in der Küche, kommt gleich darauf mit ihrem Laptop zurück und stellt ihn Wesemann aufgeklappt unter die Nase. Eine Mitteilung füllt den ganzen Bildschirm:

»Ihre persönlichen Dateien sind verschlüsselt!

Ihre wichtigen Dateien auf diesem Computer werden verschlüsselt: Fotos, Videos, Dokumente usw. Hier finden Sie eine vollständige Liste der verschlüsselten Dateien, Sie können dies persönlich überprüfen.

Die Verschlüsselung wurde unter Verwendung eines eindeutigen öffentlichen Schlüssels RSA-2048 erzeugt, der für diesen Computer generiert wurde. Um die Dateien zu entschlüsseln, müssen Sie den privaten Schlüssel erhalten.

Diese einzige Kopie des privaten Schlüssels, mit dem Sie die Dateien entschlüsseln können, befindet sich auf einem geheimen Server im Internet; der Server vernichtet den Schlüssel nach der in diesem Fenster festgelegten

Zeit. Danach wird niemand in der Lage sein, die Dateien wiederherzustellen. Um den privaten Schlüssel für diesen Computer zu erhalten, der automatisch die Dateien entschlüsselt, müssen Sie …«

»Ich verstehe nicht …« Auf Wesemanns Nase zeigen sich zwei Schweißperlen, die unbemerkt auf den Untersetzer seiner Tasse tropfen.

»Was verstehst du nicht?« Eine winzige Unsicherheit ist hinter Nelas Frage zu spüren.

»Du hast auch ganz bestimmt alle Dateien gesichert?«

»Mehrfach.«

»Dann ruf doch mal deine Rezeptdateien auf.«

Nela tippt, der Bildschirm ändert seine Farben, nur unscharf erscheint eine Textdatei, die dem Aufbau nach ein Rezept erahnen lässt.

»Oh!«, sagt Wesemann.

»Und jetzt pass auf!« Nela lächelt selbstbewusst. »Ich habe die Dateien zur Sicherung noch mal abgespeichert, unter einem Tarnnamen in einem Fantasieordner. Klick! Ordner ›Fahrrad‹, Datei ›Speiche‹ … Was ist das? Das verstehe ich nicht.«

Erneuter Versuch, derselbe Ordner, Datei »Klingel«.

Auch beim dritten Versuch mit der Datei »Sattel« kein Rezept.

»Ich muss hier raus«, murmelt Wesemann, »ich brauche frische Luft.« Er schwankt zur Tür, drückt mit aller Kraftanstrengung gegen den Türgriff, an dem er ziehen sollte.

»Warte doch mal. Ich habe alles ganz gewissenhaft abgesichert: Die Tortenrezepte unter ›Fahrrad‹, die Kuchenrezepte unter ›Hitparade‹ und die kleinen Backwaren unter ›Schmuck‹. Ich verstehe das nicht! Was mache ich jetzt?«

»Du hast die Dateien nicht in einer Cloud oder auf einem Stick gesichert, sondern unter Fantasienamen auf deinem Laptop? Du wolltest nach dem letzten Mal doch alles auf einen Stick speichern.«

»Hab ich vergessen. Und mit meiner Methode der Tarndateinamen, dachte ich, wäre das nicht mehr nötig.«

»Das ist zu viel des Guten«, murmelt Wesemann, »sinnlos, zwecklos, alles für die Katz. Frag jemanden, der bessere Nerven hat als ich.« Er wechselt die Hand am Türgriff, auf wundersame Weise kommt ihm die Tür entgegen. Wesemann stolpert über die Eingangsschwelle hinaus und stiehlt sich davon.

Nela ahnt, dass sie Mist gebaut hat, und muss mit den Tränen kämpfen. Sie setzt sich, um sich zu beruhigen, auf Wesemanns Platz, atmet bewusst. Sie hat mal einen Yogakurs in der VHS belegt, bis zur Mitte des dritten Semesters, dann ist die Heizung im Übungsraum ausgefallen. Brahmari Pranayama, das Summen der Bienen. Bei geschlossenem Mund mit einem Schnarchton einatmen und mit einem Summton ausatmen. Im Körper sind angenehme Schwingungen zu spüren, die sich immer weiter ausbreiten. Die Übung »summende Biene« erreicht eine tiefe Entspannung bis in den Kehlbereich. Eine Übung zur individuellen Energiegewinnung.

Kurz bevor Nela die Tiefenentspannung erreicht, wird die Tür des »KaFEEchens« dramatisch aufgestoßen und gegen die Flurwand geschlagen. Nela freut sich über jeden Gast, nur nicht im Augenblick.

Ein Junge mit Schulrucksack in Tarnfarbe braucht dringend ein Schweineohr.

Schweineohren sind aus, das gab es noch nie. Der Junge lässt sich auf zwei Muffins ein, Schokolade und Banane.

Beim Hinausgehen hält er die Tür für Marike Kalenberger offen, die nach ihm an den Türgriff fasst, damit er vollends hinausschlüpfen kann.

Dabei scheint er klebrige Schokoladenspuren hinterlassen zu haben, denn Kalenberger zieht ein Papiertaschentuch hervor und wischt die Finger daran ab.

»Du siehst aus, als wärst du aus der Spur gekommen«, sagt sie zu Nela.

Trotz vorheriger Entspannungsübungen kommen Nela nun die Tränen. Sie borgt sich ein Papiertaschentuch von Kalenberger und noch eins, berichtet von ihrem befremdlichen Gespräch mit Wesemann.

Kalenberger teilt ihren heißen Tee mit einem winzigen Schuss Rum mit Nela.

»Es hat mir gar nicht gefallen, wie er sich davongemacht hat, aber ich konnte das Café doch nicht alleine lassen. Zusammengeklappt und mit einem verdrießlichen Gesichtsausdruck wie die Friedhofsbesucher am Totensonntag oder an Allerheiligen – je nach Himmelsrichtung. Er hätte nicht so davongehen dürfen, ich hätte mich ihm in den Weg stellen müssen.«

»Wie lange ist das her?«

»Erst ein paar Minuten.«

Kalenberger schließt den Reißverschluss an ihrem schwarzen Daunenmantel. »Ich bin von der Bäckerstraße gekommen, dann kann er nur zum Weserufer hinuntergegangen sein.«

*

Weit ist Wesemann nicht gekommen, nicht mal bis zur Elisabeth-Selbert-Schule. Er hat sich auf eine der nassen Bänke gesetzt und starrt aufs Weserwehr.

»Verlangen Sie nicht, dass ich mir auch einen nassen Hintern hole. Trotzdem einen guten Tag!«

Wesemann erkennt Kalenberger, ohne aufzublicken, an ihrer Stimme und murmelt eine Erwiderung.

»Wollen wir ein paar Schritte gehen?«

Wesemann hebt den Kopf, schaut sie abwesend an.

»Ich habe Neuigkeiten.«

»Will ich sie wissen?«

»Ich glaube schon.«

Wesemann schaut auf seine Schuhe, den asphaltierten Uferweg und erhebt sich. Kalenberger weist weseraufwärts und setzt sich in Bewegung, Wesemann bleibt zurück.

Sie dreht sich um. »Darf ich bitten?«

Wesemann schließt auf. Bis zur Münsterbrücke sagen beide kein einziges Wort. Erst als die Münsterbrücke unterquert ist, verringert Kalenberger den Abstand zu Wesemann.

»Ich war gestern an meinem vorgesehenen Arbeitsplatz in der Zentralstraße.« Sie lacht, ein wenig bitter. »Sie haben gar nicht mehr mit mir gerechnet. Mein Schreibtisch ist zugemüllt mit Akten, Zeitschriften, Prospekten und Pizza-Faltschachteln. Die Arbeitsplätze sind eben überall zu eng bemessen, selbst in Computerzeiten.«

»Bitte kein Wort mehr über Computer.«

Ein Lächeln fliegt über Kalenbergers Gesicht: Sie hat ihn zum Reden gebracht. »Meine Kollegen haben ein wenig Licht in den dubiosen Erpressungsversuch gebracht, dessen Opfer Nela wurde. – Was ich Ihnen jetzt mitteile, sind interne Informationen, und ich bitte darum, sie vorerst vertraulich zu behandeln.«

»Selbstverständlich!« Wesemann strafft sich, als hätte ihn jemand aufgepumpt.

»Die Erpressung mit dem Trojaner auf Nelas Computer wird von den Fachleuten als eine private Fehde eines Kleinkriminellen eingestuft, anders als die Hackerangriffe auf die Hamelner Geschäftswelt. In ein paar Tagen werden sie den Spaßvogel identifiziert haben. Meine Kollegen konnten die verdächtigen Personen bereits auf Nelas privaten Umkreis begrenzen, der Rest ist reine Fleißarbeit.«

»Dafür habe ich 500 Euro geopfert«, sagt Wesemann.

Er hat angebissen, freut sich Kalenberger. »Allerdings wird das Geschehen um den toten chinesischen Restaurantinhaber immer dubioser.« Sie unterbricht ihre Schilderung, drei Altseemänner kommen gerade in bester Laune von der »Pluto«, dem ehemaligen Minensuchboot, das jetzt Bier, Wein und Fischhäppchen zum Verzehr anbietet. Die drei Seebären haben wohl weniger den Fischhäppchen als der flüssigen Seefahrerspeisung zugesprochen.

»In der Polizeiinspektion – davon darf nichts nach außen dringen – ist man sich inzwischen nicht mehr so sicher, ob es sich um einen Unfall handelt. Das digitale Kellerschloss könnte mit einiger Elektronikkenntnis von außen manipuliert worden sein. Hier deuten die Ermittlungen in internationale Gewässer. Es geht, wie ich den Schilderungen entnehmen konnte, wohl um Inkassobetrug wie Kreditabzocke im großen Stil. Erste Spuren führen ins Ausland zu Briefkastenfirmen. In mehr wollte man mich nicht einweihen. Ich solle erst einmal wiederkommen, man würde auch ein Schreibtischeckchen für mich freiräumen.

# SIEBEN

Nela grübelt, wie sie sich mit Wesemann wieder versöhnen könnte. Ihn vielleicht zu ihrem Geburtstag einladen? Aber der ist erst in – sie zählt es an den Fingern ab – sieben Monaten und elf Tagen. Der nächste erreichbare Feiertag wäre Karfreitag. Was serviert man an Karfreitag? Biberschwanz in Agar-Agar oder Stockfisch in Senflake? Diese schönen Rezepte kennt sie aus dem alten Kochbuch vom Flohmarkt, handgeschrieben mit kleineren Flüchtigkeitsfehlern. Bis dahin dauert es aber auch noch. Und wie steht es mit ihrem Namenstag? Würde der Laptop noch funktionieren, könnte sie sich über Wikipedia schlaumachen. Ihr Namenstag ist doch irgendwann im Sommer, Juni oder Juli. Wenn sie sich recht erinnert.

Sie widmet sich wieder der Renovierung der Stühle.

Heiko kommt herein und stellt zufrieden fest, dass er der einzige Gast im Café ist. »Heute ist wohl mein Glückstag. Kann ich dir irgendwie unter die Arme greifen?«

Der kommt Nela gerade recht. Vielleicht kann er ihr in Sachen Hackerangriff helfen. Sie vergisst ihre gestalterischen Ambitionen und zwingt ihre Gesichtszüge zu einem mürrisch-aggressiven Ausdruck.

»Stacheldraht gefrühstückt?«

»Eine ganze Rolle, und ohne Sahne. Mein Laptop wurde erneut gehackt. Und ich habe meine Dateien schon wieder verloren. Total mein Fehler. Wesemann weigert sich, auch nur noch eine Sekunde in die Behebung des Fehlers zu investieren.«

»Tja, der Wesemann …«

Eine Viertelstunde später verlässt Heiko das Café mit Nelas Laptop und dem Versprechen, den bösen Trojaner bis spätestens morgen Nachmittag ausgetrickst zu haben. Schließlich sei er in der Elektronikbranche und nicht im Wald-und-Wiesen-Journalismus zu Hause. Er habe sich beim letzten Mal nur nicht vor Wesemann stellen und diesen doof aussehen lassen wollen.

*

»Wenn's Ihnen zu viel wird, können wir umkehren«, sagt Kalenberger, doch Wesemann läuft und läuft, die Augen immer auf die Schuhspitzen gerichtet. Er würdigt die alte Hamelner Eisenbahnbrücke mit ihren rostigen Arthrosefingern keines Blickes, weiß wahrscheinlich gar nicht, wo er ist.

Auf Höhe der ehemaligen Kampffmeyer-Mühle, gelb angestrichen wie Berner Hobelkäse mit weißen Matterhorn-Applikationen, verlangsamt Kalenberger ihre Schritte fast bis zum Stillstand. »Man hat mir angeboten, bei verringerten Bezügen in den vorzeitigen Ruhestand zu gehen«, sagt Kalenberger.

Sie gehen noch einige Schritte. Hier zweigt das Hafenbecken ab.

»So ganz ohne Schnüffelei kann ich mir mein Leben noch nicht vorstellen. Kioskbetreiberin ist nichts für mich. Aber gelegentlich eine private Ermittlung gegen die Langeweile …«

Die asphaltierte Strecke ist zu Ende, ein schmaler Pfad führt direkt am Wasser entlang zum hinteren Teil des Hafenbeckens. Kalenberger will ihren Gedankengang nicht abbrechen. Sie hat sich schon länger ein Gespräch mit Wesemann vorgenommen. Wer weiß, wann es wieder eine solche Gelegenheit geben würde. Ist eben kein Café-Thema.

»Die Einnahmen könnte ich bei verringerten Bezügen durchaus gebrauchen.« Zögernd setzt Kalenberger wieder einen Schritt vor den anderen.

Wesemann ahnt, was Kalenberger von ihm will. »Warum eigentlich nicht?«, fragt er übertrieben nachdenklich. Innerlich reibt er sich die Hände. Auf einmal ist da wieder so etwas wie eine Lebensperspektive. Komm schon, sag es, denkt er. Er will es von ihr hören, die erste Geige im Duett nicht gleich aufgeben.

Doch Kalenberger zögert, sucht nach den richtigen Worten.

Da platzt es aus Wesemann heraus: »Wir könnten uns eventuell zusammentun …«

Keine Reaktion. Er schaut zu Kalenberger und sieht, warum. Sie zieht gerade ein rot-weißes Absperrband aus dem Uferbewuchs.

»Halt, stehen bleiben!« Eine Stimme für Stadiondurchsagen. »Was machen Sie da?«

Kalenberger lässt das Absperrband los.

»Versuchen Sie gar nicht erst zu fliehen!« Wieder die Stadionstimme. »Das ganze Hafenbecken ist abgesperrt und polizeilich gesichert.« Eine kräftige Gestalt bahnt sich einen Weg die Uferböschung herab. »Ihre Ausweispapiere, bitte.«

Wesemann sucht irgendetwas, womit er sich ausweisen könnte, findet aber nichts.

Als Vertreterin des Gesetzes hat Kalenberger ihren Ausweis natürlich griffbereit, sie reicht ihn dem Kontrolleur mit einem feinen Lächeln.

Der Aufpasser betrachtet den Ausweis, liest, seine Augenbrauen ziehen sich zusammen, er scheint die Schrift Buchstabe für Buchstabe entziffern zu wollen. Dann blickt er Kalenberger unsicher an. »Sind Sie die Kollegin aus Hannover?«

»Wir wurden uns wohl noch nicht vorgestellt. Was ist passiert?«

»Darüber kann ich keine Auskunft geben, kommen Sie bitte mit.« Er stapft die Böschung wieder hinauf. Nach wenigen Schritten bleibt er stehen, dreht sich um. »Ich bin von der Wasserschutzpolizei, die eigentlichen Ermittlungen führt die Kripo.«

»Wer leitet die Aktion?«, fragt Wesemann, der mit Kalenberger dem Mann folgt. Er hatte bereits gelegentlich mit der Kripo Hameln-Pyrmont/Holzminden zu tun.

»Leiter ist Hauptkommissar Bernhard, Petermann oder so. Wie gesagt, ich bin von der Wasserschutzpolizei.«

*

Pia Parasolis Handy meldet sich mit einem nostalgischen Nokia-Klingelton.

»Hallo?«, fragt sie, nachdem sie den Anruf entgegengenommen hat.

»Wer ist ›Hallo‹?«

»Wer will das wissen?«

»Sind Sie's, Pia?«

»Gefahr erkannt, Gefahr gebannt.«

»Ich hätte schon jetzt, auch ohne Friedwald, einen Auftrag für eine Bestattungsrede.«

»Immer her damit: Wer, wann, wie viel?«

»Frau, 52, Autounfall, überschaubare Anzahl an Hinterbliebenen. Ich schicke Ihnen die Daten per iMessage.«

»Kurze Zwischenfrage: Habenichts oder vermögend?«

»Weiß ich nicht. Spielt aber keine Rolle, die Preise sind einheitlich, unabhängig von der Vermögenssituation. Wäre das anders, käme ich vielleicht endlich zu meinem Bentley Continental GT mit Goldfelgen.«

»Wir sollten uns treffen.«

»Höre ich da ein übersteigertes Interesse heraus?«

»Nur so viel: Von meinen Sozialeinnahmen kann ich mir im Monat nicht mal einen halben Krügerrand leisten.«

»Waren Sie nicht verheiratet?«

»Drei Ehemänner haben mir ihre Hinterbliebenenrente vermacht. Der erste war Künstler, der zweite Spieler und der dritte ein Tierschutzfreak. Ihre Hinterlassenschaften würden Reiner Calmund nicht mal für seinen Vorspeisenteller reichen, auch nicht nach seinem Abnehmwunder.«

»Hübsche Formulierung!«

»Davon kann ich mir auch nichts kaufen. Um 18 Uhr beim Griechen?«

*

Sie haben sich bis zum Ende des Hafenbeckens durchgeschlagen. In Hannover konnte Kalenberger ihre verschmutzte Dienstkleidung auf Rechnung der Dienststelle reinigen lassen. Aber erstens ist Hameln nicht Hannover und zweitens trägt sie keine Dienstkleidung, da sie ja offiziell gar nicht im Dienst ist – freigestellt vor Dienstantritt wegen Burn-out.

Sie biegen nach links auf einen Parkplatz ab, der nur durch einen befestigten Fahrweg vom Hafenbecken getrennt ist. Ein halbes Dutzend Polizeifahrzeuge steht hier in korrektem Abstand. An einem der Autos ist die Fahrertür weit geöffnet, zwei ausgestreckte Beine ragen heraus.

Der Mann von der Wasserschutzpolizei marschiert mit Wesemann und Kalenberger im Gefolge auf das Auto zu. Dort angekommen, hüstelt er verlegen.

Der seitlich auf dem Fahrersitz entschlummerte Beamte ist sofort hellwach, springt auf, stößt sich den Kopf am Türholm. »Wesemann, Sie haben mir gerade noch gefehlt.«

Warum spricht der nicht seine Kollegin Kalenberger zuerst an, fragt sich der Wasserschutzpolizist. Er sieht sich um. Kalenberger hat sich verdrückt – ein dringendes Bedürfnis oder fundamentale Gründe?

»Was ist denn passiert?«, will Wesemann wissen.

»Die Ermittlungen führe ich!«

»Als ortsansässiger Medienvertreter bin ich dafür zuständig, dass unsere Leser und Hörer Informationen zu den sicherheitsrelevanten …«

Der Polizist springt aus dem Auto: »Wesemann!«

»Ja, Hauptkommissar Bertram?«

»Sind Sie wieder im Lande und gehen mir auf die Nerven?«

Wesemann weiß, wie er Bertram nehmen muss. Nach all den Jahren zähneknirschender Zusammenarbeit schätzen und mögen sich die beiden auf ihre Art.

Wesemann erfährt, dass in der Morgendämmerung eine bisher unbekannte männliche Person tot aus dem Hafenbecken gefischt wurde. Im Augenblick ermittle man die Damen, die hier auf dem Parkplatz und in unmittelbarer Umgebung des Hafenbeckens zu nächtlicher Stunde ihre freizügigen Dienste anbieten. Sie könnten etwas beobachtet haben. Bertram verspricht, dass Wesemann bei relevanten Ergebnissen natürlich vorrangig informiert werde.

Wesemann weiß, was er von dem Versprechen zu halten hat. Nichts. Man verabschiedet sich mit markantem Händedruck, und Wesemann macht sich selbst auf die Suche – nach Kalenberger.

Weil er sie nirgends entdeckt, macht er sich auf den Rückweg Richtung »KaFEEchen«, er braucht dringend was zu trinken. Da klingelt sein Handy. Kalenberger informiert ihn, dass sie von den Kollegen nicht gesehen werden wollte und sich deshalb zurückgezogen habe. Sie sei auf dem Weg zur Buchhandlung Matthias, anschließend komme sie zu Nela.

Wesemann überrascht Kalenberger kurz darauf in der Buchhandlung, sie stöbert gerade im Regal mit den Weserbergland-Krimis. »Daraus könnten Sie mir mal vorlesen.«

»Sie wollen mich wohl besser kennenlernen?«

»Sie?«

»Du. Ich Hubert, und du?«

»Marike.«

»Aber nur für den Privatgebrauch. Ansonsten bleiben wir bei Kalenberger und Wesemann.«

»Passt!«

Beide sind mittlerweile so durstig, dass sie sich spontan entschließen, sich einen Campari in einem nahe gelegenen Bistro zu gönnen, Wesemann mit Soda und Kalenberger mit Orangensaft. Mal keinen Kaffee, in welcher Form auch immer. Doch das Soda ist warm und der Orangensaft aus, das war's dann wohl mit dem Fremdgehen an kleinen runden Tischen.

Auf dem Weg ins »KaFEEchen« in der Wendenstraße kommt ihnen Pia Parasoli entgegen. Sie rennt nicht so wie sonst, sondern schreitet businesslike zu einem Gespräch mit Tom Bosé, wie sie sagt. Deshalb habe sie keine Zeit für einen ausführlicheren Plausch.

Kurz vor der Abzweigung in die Wendenstraße treffen sie auf die in sich gekehrte Lian Okazaki. Sie sieht nichts und niemanden, verbirgt ihr Gesicht hinter einem Tuch mit kleinen bunten Vögeln.

Der alte Mann mit dem krummen Rücken und dem Mantel ohne Knöpfe, der häufig in der Bäckerstraße sitzt, ist auch da, den Plastikbecher zum Einsammeln der erbettelten Geldbeträge in der Rechten.

Fehlt nur noch ... Da ist er schon, der Schädlingsbekämpfer mit seiner Touristengruppe. Die Ratten freut es wegen der verlorenen oder zurückgelassenen Essensreste: Pommes, Pizza, Waffelhörnchen.

Die Wendenstraße ist erreicht, Milchkaffee und Latte Macchiato in Reichweite. Nela hat beste Laune. Gerade war Heiko da und hat ihr den entsperrten Laptop zurückgebracht. Ohne Lösegeldzahlung.

»Das ist ein Experte«, sagt Nela mit einem kurzen Seitenblick auf Wesemann. »Er hat den Laptop komplett von der Außenwelt abgekoppelt, den Rechner neu aufgesetzt und die Daten auf einem neuen Router ... äh ... Oder hat er Server gesagt? Egal, jedenfalls läuft das Teil wieder, und mein Portemonnaie wurde auch verschont.«

Wer hat denn das letzte Lösegeld bezahlt, denkt Wesemann. Er und Kalenberger tauschen einen kurzen, intensiven Blick.

Nela verschwindet hinter dem Küchenvorhang, um aufzuräumen oder Kuchennachschub zu holen.

»Irgendetwas stimmt nicht an der ganzen Sache«, murmelt Wesemann in seinen Schnauzbart. »Wir sollten unseren Grips anstrengen und uns kundig machen.«

Kalenbergers Handy klingelt. Falco: Drah' di net um, oh oh oh, schau, schau, der Kommissar geht um.

Kalenberger schaut aufs Display, dreht sich um und geht Richtung Toilettentür. »Hallo? --- Schön, dass du dich meldest. --- Heute? --- Ach, du bist schon in Hameln? --- Lass mir zwei Stunden, ich muss noch … äh … den Tisch decken. --- Also schön, anderthalb.« Sie legt auf und wendet sich Wesemann zu. »Ich muss sofort los.«

»Wasserrohrbruch?« Wesemann grinst.

»Schlimmer, viel schlimmer.« Kalenberger strahlt plötzlich eine lichterlohe Heiterkeit aus und ist weg.

Wesemann bestückt sein Handy mit kleinen weißen Kopfhörern, mal hören, was radioTOTAL zwischen Bauchfleischempfehlungen und Informationen zum Herbstrabatt von Malermeister Tronowicz an Kultur verbreitet.

Die Stimme im Radio erkennt Wesemann sofort: André Schmitz, der affektierte Schleimer.

»… hatte die Gabe, Menschen für ein Gespräch zu öffnen, ihr Vertrauen zu gewinnen und dieses Vertrauen nie zu enttäuschen. Nicht nur unsere Hörer haben sich auf ihn gefreut, auch seine Gesprächspartner waren von seinem Einfühlungsvermögen in hohem Maße angetan. Seine journalistische Arbeit war neben seiner innovativen Neugier vom Respekt vor dem Menschlichen geprägt. Er interessierte sich für das Leben, die Arbeit und die Anliegen der Hamelner. Und er nahm sich Zeit für die Nebensätze. Einer, der die Medienlandschaft des Weserberglands geliebt und gelebt hat.«

Mit der Recherche in einschlägigen Redevorlagen scheint sich Wesemanns Nachfolger bestens auszukennen. Nur … von wem spricht er? Hat er seinen eigenen Nachruf vorab aufgezeichnet? Wen sollte er sonst …?

»… wie die Polizeiinspektion Hameln-Pyrmont/Holzminden mitteilt, wurde Morton Dexter in den frühen Morgenstunden tot aus dem Hafenbecken nahe der ehemaligen Kampffmeyer-Mühle geborgen. Der junge Kollege bewohnte eins der dort vor Anker liegenden Hausboote. Dexter muss in der Nacht entweder von einer Planke gerutscht oder direkt vom Hausboot ins Wasser gefallen und ertrunken sein. Die Kripo geht von einem Unfall aus, da der Körper des Toten keine Gewalteinwirkung aufweist und Manipulationen an Planke oder Boot nicht festzustellen waren. Auch dürfte der Alkoholgehalt von 0,3 Promille keine Rolle gespielt haben. Ein tragisches Unglück, das uns alle tief bewegt. Wir werden sein Andenken in würdiger Erinnerung behalten. Und … lassen Sie mich noch einen persönlichen Satz hinzufügen: Morton war ein engagiertes Mitglied in unserem Team der Langstreckenschwimmer, das sich auf das Nachtschwimmen Hameln–Rinteln vorbereitet – wir werden für ihn kämpfen und gewinnen!«

Entsetzlich! Wesemann zieht die Stöpsel aus den Ohren, erstarrt, ist wie gelähmt, kann keinen klaren Gedanken fassen. Doch dann finden Wortfetzen in seinem Kopf zueinander: »0,3 Promille«, »ertrunken«, »ohne Gewalteinwirkung« und »Langstreckenschwimmer«. Das passt nicht!

Er muss Kalenberger anrufen, jetzt gleich.

»Der Teilnehmer ist im Augenblick nicht zu erreichen.«

*

Kalenberger wundert sich: Fahrstunde auf dem Motorrad bei dem Wetter? Vielleicht gehört das dazu wie die Nacht- und Autobahnfahrt? Harryboo wird es schon wissen.

Es klingelt an der Haustür im Ruschenbrink. Kalenberger geht durch den Flur, ein schneller Blick in den Spiegel. Mintgrünes T-Shirt, leicht dekolletiert, weiße Leinenhose.

Kalenberger erschrickt: Vielleicht kommt er gar nicht, um ihr eine Fahrstunde zu geben?

Es klingelt erneut.

Sie wäre bereit, aber vielleicht erwartet Harryboo ein eindeutiges Signal von ihr. Lippenstift, Make-up, Bluse und Rock, vielleicht das weiße Sommerkleid mit den roten Punkten? Sie schiebt die Bluse ein wenig tiefer unter den Gürtel.

Zweimaliges Klingeln.

Kalenbergers Herz klopft wie wild. Sie öffnet die Tür, vor ihr steht Harryboo in einem sauberen Parka. Aus dem Innenfutter zaubert er eine gelbe Rose hervor und hält sie Kalenberger mit einem verlegenen Lächeln vors Gesicht.

In diesem Moment klingelt ihr Handy. Kalenberger schaut aufs Display. Wesemann! Sie stellt das Handy aus, schließt die Tür hinter Harryboo und nimmt ihm die Blume ab. »Komm rein und danke schön.«

Der Flur ist nicht sehr breit, was einer körperlichen Berührung entgegenkommt. »Ich geh dann mal vor!«

Kalenberger will sich an Harryboo vorbeischieben, doch der hat sich etwas vorgenommen. Er versperrt mit einem Arm den Durchgang und zieht sie mit der Hand des anderen an sich.

Instinktiv will sich Kalenberger entwinden, aber Harryboo gibt sie nicht frei. Er drückt seine Lippen auf ihren Mund und zieht sie fester an sich.

Kalenberger lässt es geschehen, erwidert sogar den fordernden Druck seiner Lippen. Zurückhaltend, vorsichtig noch, jederzeit zum abrupten Abbruch bereit.

Nach einer Weile löst sich Harryboo, drängt seinen Mund an Kalenbergers Ohr, beißt ihr leicht ins Ohrläppchen und flüstert unverständliche Silben.

»Bitte?« fragt Kalenberger mit belegter Stimme.

»Ich würde gern mit dir schlafen.«

Kalenbergers Kehle ist plötzlich trocken wie die Sahara. Sie überlegt, ob sie sich gerade verhört hat, doch Harryboo lächelt verlegen. Sie drückt ihm einen kleinen Kuss auf die Wange. »Du bist jedenfalls in der engeren Wahl.«

Harryboo küsst sie auf den Hals. »Willst du es auch?«

Kalenberger gibt sich geschlagen. Sie lächelt unsicher und dreht sich um, um vorauszugehen.

Harryboo umschlingt sie von hinten: »Du riechst so aufregend.«

Sie genießt seine streichelnden Hände an ihrem Oberkörper, an ihren Brüsten, dann tiefer, Taille, Oberschenkel – sie spürt ihn überall. Da fällt ihr ein: Es geht nicht! Die letzten beiden Kondome hat sie vor Monaten, wenn nicht Jahren, aus ihrem Badezimmer entsorgt. Sie dreht ihren Kopf in seine Richtung. »Hast du …?«

Harryboo hat! Und wie!

»Ich habe einen Liebeskuchen für uns mitgebracht. Eine köstliche ***Pavlova-Torte***.«

»Meinst du, wir haben noch so viel Geduld?«

»Dann kommt er eben in die Tiefkühltruhe und beim nächsten Liebhaber auf den Tisch«, erwidert Harryboo schlagfertig.

»Mir reicht dein Lächeln – für den Anfang …«

Sie lässt sich von Harryboo mit schamlosen Zärtlichkeiten verwöhnen, lässt sich gehen, fallen, erlösen, bis sich Harryboo heftig atmend auf die Seite rollt. Ein Quicky war es nicht, aber auch kein stundenlanger Liebesrausch wie vor 20, 30 Jahren.

Harryboo hat eine Verschnaufpause verdient, Kalenberger schlüpft ins Bad und gönnt sich eine schnelle Dusche.

Als sie ins Schlafzimmer zurückkommt, schläft Harryboo. Sie kuschelt sich in seinen Arm, legt eine Hand auf seinen Brustkorb, die andere absichtslos auf seine erschlaffte Männlichkeit. Auch sie döst weg, im letzten Augenblick angelt sie noch nach dem Tagesplaid und zieht es über sich und Harryboo.

Sie weiß nicht, wie viel Zeit vergangen ist, als sich Harryboo wieder bewegt. Sofort ist Kalenberger hellwach.

Harryboo dreht sich zu ihr, gibt ihr einen sanften Kuss, lächelt sie an. »Du bist wunderbar.«

»Vielen Dank für das Kompliment, Herr Fahrlehrer!«

»Allzeit bereit.« Mit der rechten Hand krault er ihr durchs verstrubbelte Haar.

»Was findest du nur an einer alten Frau?«

»Alles!« Seine Hände machen sich auf den Weg, um das bekannte unbekannte Land erneut zu erforschen und zu besetzen. Ein liebevolles Flüstern: »Frau Hauptkommissarin …«

»Außer Dienst. Soll ich uns einen Kaffee kochen?« Kalenberger will das Plaid zur Seite schwingen, doch Harryboo hält es fest. »Ich hätte eine kleine Bitte an die Frau Hauptkommissarin außer Dienst …«

»Mit Milch oder Zucker oder beidem, mein Süßer?«

»Du hast bestimmt noch die besten Beziehungen zum Ordnungsamt in Hannover.«

Kalenbergers Atem stockt, sie wagt nicht, sich zu bewegen, erstarrt unter seinen liebkosenden Händen.

Harryboo missdeutet ihre Erstarrung. »Sie haben mir einen Bußgeldbescheid zukommen lassen. Die Punkte reichen für ein Fahrverbot über die nächsten Monate, also den Sommer hinaus. Wenn du dich bitte, bitte …«

Kalenberger springt aus dem Bett, reißt das Plaid an

sich und schlingt es um ihren Körper. »Raus!«, sagt sie und ihre Stimme ist ganz ruhig, sogar eine Nuance tiefer als normal. »Verschwinde und lass dich in meinem Leben nie mehr sehen!«

Sie öffnet demonstrativ die Tür zum Flur, geht in die Küche. Es dauert eine ganze Weile, bis sie nebenan Geräusche hört, dann wieder Stille und endlich Schritte. Zur Wohnungstür muss er durch den Flur an ihr vorbei.

In der Küchentür bleibt er stehen, unterwürfig, zerknirscht. »Bitte verzeih –«

»Hau einfach ab! Sofort! Und für immer!«

Harryboo zögert noch einen Augenblick. Kalenberger schaut ihn nicht mehr an. Er verlässt die Wohnung und zieht die Tür ganz leise ins Schloss.

Kalenberger zieht sich provisorisch an, kocht sich den angekündigten Kaffee und gönnt sich dazu einen Cognac.

Sie ruft Wesemann auf seinem Handy an. »Der Teilnehmer ist im Augenblick nicht zu erreichen.«

# ACHT

Selbst in den unwahrscheinlichsten Verstecken sind die finanziellen Notreserven geplündert. Es hilft alles nichts – Wesemann muss für Nachschub sorgen und beim Sender anrufen. Mal sehen, wer das Gespräch annimmt. Baxmann? Wohl kaum. Karola? Hoffentlich nicht, dann käme ihm nur Gestammel über die Lippen. Der Superjournalist mit Akzent überm »e«? Der ist hoffentlich auf Recherchetour.

Baxmann himself geht ans Telefon. »Wesemann, wie schön! Wir vermissen Sie! Haben Sie sich doch dazu entschlossen, das U-Boot im Steinhuder Meer zu heben? Haha, ›heben‹! Haha, verstehen Sie?«

»Ich recherchiere an der Quelle!« Wesemann will ihn nicht gleich vergraulen. »Darüber hinaus würde ich mich über Aufträge zu Themen aus Wirtschaft, Politik und Gesellschaft freuen, wenn da was ins Haus kommt. Ich stehe zur Verfügung.«

»Arbeit gibt's genug …«

»Dann rufe ich zum richtigen Zeitpunkt an.«

»Sie rufen immer zum richtigen Zeitpunkt an, Ihr Anruf ist mir stets willkommen. Nur … Wie aus Hamelns Gerüchteküche herausbrodelt, ist Ihnen Ihr motorisierter Untersatz auf spektakuläre Weise abhandengekommen. Oder irre ich mich?«

---

»Es stimmt also. Wie Sie wissen, ist Hamelns innerer Bereich journalistisch fest vergeben, und die freien Themen liegen mehr in der Peripherie, mit dem Fahrrad kaum zu erreichen. Es sei denn, man hat als Radfahrer Tour-de-France-Niveau. Wesemann als rasender Fahrradreporter im gelben Trikot – hahaha!«

Baxmanns Spott lässt die Telefonleitung sirren. Am liebsten würde ihm Wesemann bis zur Erschöpfung in den Hintern treten, doch er kann nicht alle Brücken vor und hinter sich abbrechen. Er täuscht einen Hustenanfall vor, krächzt »Bis später!« ins Telefon und legt auf.

Leider hat Baxmann recht. Wesemann wird nicht darum herumkommen, sich einen kleinen Stinker zuzulegen. Darf natürlich nicht viel kosten. Da fällt ihm sofort sein Freund Engin in der Deisterstraße ein. Wenn einer, dann er!

*

Bunt, bunter, Deisterstraße. Türken, Polen, Serben, Kroaten, Griechen, Deutsche, Italiener und Araber Tür an Tür. Voll multikulti, Geschäfte, Menschen, Angebote von polierten Äpfeln bis zur Goldrolex für knapp 200. Juwelier neben Fleischtheke, alles halal. Von Henna bis Türkischem Honig und Engin. Engin ist guter Freund. Wesemann war fast täglich Gast in seinem Laden, als er noch um die Ecke wohnte.

Engin begrüßt ihn überschwänglich und droht ihm anschließend verspielt böse mit dem Finger. »Du machen Sachen, aber setz dich, ich kochen uns Mokka.« Aus der Theke nimmt er einen Teller mit verführerisch bunten Süßigkeiten.

»Hat sich nichts geändert.« Wesemann nimmt sich mit spitzen Fingern ein Baklava-Röllchen und peilt schon für den nächsten Griff ein saftiges Revani-Küchlein an.

»Früher«, sagt Engin, »früher alles besser. Weniger Dreck, weniger Schnorrer, mehr Kunden.« Er verschwindet hinter dem Vorhang zum Hinterzimmer, um den Mokka zu brühen.

Wesemann kann nicht widerstehen und greift nach einem Stückchen Türkischen Honig.

Engin ist bald zurück, serviert den Mokka, setzt sich und schiebt Wesemann den Teller mit den Süßigkeiten unter die Nase. »Kann ich tun für dich?«

Wesemann entscheidet sich für einen gequälten Gesichtsausdruck. »Ich habe meinen Corsa zu Schrott gefahren. Ich brauche aber ein Auto, sonst kann ich keinen Auftrag von drüben annehmen.« Wesemann winkt mit dem Kopf in die rückwärtige nordöstliche Richtung.

»radioTOTAL hat neuen Mitarbeiter?«

»Bei mir ist in letzter Zeit einiges schiefgelaufen.«

»Hm«, brummt Engin. Er schenkt ein zweites Tässchen Mokka ein und schaut Wesemann bekümmert an. »Faruk krank, sehr krank.«

»Wie lange?«

»Bei guter Führung Ostern in einem Jahr.«

»So lange kann ich nicht warten.«

»Dann gute Nachricht. Ein Cousin hilft aus, führt Faruks Geschäfte. Ich ihn gleich anrufen.« Engin verschwindet wieder hinter dem Vorhang, kommt kurz darauf mit dem Mobilgerät seines Festnetzanschlusses zurück. Er wählt eine Nummer und fordert Wesemann mit Kopfbewegungen auf, sich weiter an den süßen Köstlichkeiten zu bedienen.

»Kein Anschluss!« Engin wählt erneut.

Wesemann nimmt sich noch ein Baklava-Röllchen, leckt sich die Fingerspitzen ab.

Engin deckt das Telefonmikrofon mit der Hand ab. »Alles von Frau selbst … Bir dakika! … Sie ist beim Friseur.« Engin widmet sich seinem Telefonpartner.

Es ist ein temperamentvolles Gespräch, bei dem Engin gewinnt, denn er lächelt, als er auflegt. »Du haben Glück, auf Hof gerade ein Mercedes A 180, Benziner, 136 PS, Erstzulassung November 2019.«

»Bist du verrückt?« Wesemann trinkt den letzten Schluck Mokka. »Ich will erst gar nicht wissen, was der kostet.«

»Günstig, günstig!«, meint Engin, hat aber schon wieder das Telefon in der Hand.

Diesmal dauert das Gespräch etwas länger, und Engin muss zwischenzeitlich seinen unverbindlichen Ton gegen eine direkte Ansprache tauschen, dann steht das Angebot: ein Škoda Fabia Monte Carlo, Erstzulassung Juli 2017, unfallfrei, fast …

»Kostet?«

»Schönes Auto. Netto fünfacht. Finanzierung möglich.«

»Hm.«

»Ohne Räder.«

»Willst du mich veralbern?«

»Besitzer nach dem Radwechsel ohne Bezahlen raus aus Werkstatt, wollte Trinkgeld sparen.«

»Wie komme ich denn an vier passende Räder? Ich habe von so was keine Ahnung.«

»Besorge ich dir. 600. Fast neu. Felgen, Reifen, Kappen, mit Montage.«

»Kann ich es mir überlegen?«

»Wie heißen so schön: Wer zuerst kommt, fährt zuerst.«

»Faruks Weisheit?«

»Altes türkisches Sprichwort.«

Beide lachen.

»Wenn nicht zufrieden, Cousin wieder mitnehmen.«

»Mitnehmen?«

»Cousin bringen in zwei Stunden, TÜV und Zulassung dann später.«

»Und Bezahlung?«

»Noch später.«

Engin greift zum dritten Mal zum Telefon, verständigt sich kurz. Er zwinkert Wesemann zu. »Freunde gut, alles gut!« Er steht auf. »Warten zusammen. Frau hat vorgekocht – Sulu Köfte, türkische Eintopf mit Fleischbällchen und Kartoffeln. Lecker! Ein Bier dazu – halal natürlich?« Engin lächelt verschwörerisch.

»Das Essen bezahle ich aber!«

»Bekommst Kassenbon.«

Es schmeckt wunderbar, so gut, dass man sich gar nicht unterhalten kann. Doch gerade das leckerste Essen lässt als Erstes im Topf den Boden sehen. »Köstlich, einfach köstlich! Einen ganz lieben Gruß an deine Frau!«

»Ich werde ausrichten.«

Damit wäre der letzte Bissen geschluckt und die Zunge gelockert. Wesemann schaut auf die Uhr über der Fleischtheke. Er wird noch circa eine Stunde überbrücken müssen. Übers Wetter reden oder etwas für die Fortbildung tun?

»Engin, ich weiß, dass du ein ehrenwerter Mann bist.«

»Gerçek dost kötü günde belli olur.«

»Der Türkischkurs in der Volkshochschule war leider schon belegt.«

»Ein wahrer Freund zeigt sich erst in der Not.«

»Sag ich doch.«

Engin greift erneut zum Telefon, das Gespräch ist nur

kurz. »Cousin von Faruk sagt, wird klappen. Alles Originalersatzteile, 200 mehr.«

Wesemann lacht in sich hinein, schüttelt den Kopf, wozu ein Streit. Stattdessen kommt er auf den Punkt, den er eigentlich ansprechen wollte. »Du kennst dich doch aus mit Schutzgeldzahlungen …«

»Wo? Hier in Hameln? Unter Türken?«

War vielleicht kein gelungener Einstieg.

»In Hameln alles freundliche, ehrliche Zeitgenossen. Einige hilfreicher als die anderen, helfen bei Vertragsabschlüssen, nennen richtige Lieferanten, halten Parkmöglichkeiten vor Geschäften frei von – wie sagt man – Unverfugten.«

»Unbefugten. Mein ich aber nicht. Ich bin – das bleibt unter uns – in Ermittlungen zu dem toten chinesischen Restaurantinhaber hineingerutscht.«

»Chinesen? Hände weg!«

»Seine Tochter meint …«

»Aha! Auch von Tochter: Hände weg!«

»… der Herr Papa habe ohne Murren seine vertraulichen Betriebsausgaben beglichen. Doch in letzter Zeit hätte er etwas von digitaler Erpressung angedeutet, die er nicht mehr bezahlen wollte. Und patsch – lag er tot in seinem Kühlkeller.«

»Ich habe vom Unglück gelesen.«

»Gelesen?«

»Du mein Freund, und ich werde dir was sagen. Wenn sich Organisation mit Dienstleistungen Nebeneinnahmen verschafft, sie nicht schlachten die Kuh, die sie melken.« Engin wischt sich den Schweiß mit einem blütenweißen Taschentuch von der Stirn. Das waren zu viele Spezialbegriffe in einer Zungenbrechersprache mit zu vielen Regeln.

»Hier Beträge zu klein, dafür riskiert kein Clan die richtig fetten Geschäfte. In Hameln sind nur Fliegen unterwegs, die privat ein bisschen spielen. Wart ab, bis die glatzköpfigen Brummer auftauchen, dann aber Dschihad!«

»Du hast nicht zufällig noch einen Ouzo ganz hinten im Kühlschrank?«

Engin schiebt seinen Stuhl vom Tisch weg, steht auf und will sich gerade in Richtung Kühlschrank wenden, als von draußen ein dreimaliges Hupen zu hören ist. Kurz, kurz, lang. »Dein Auto!« Er ändert die Laufrichtung.

Bis zur Ladentür hat ihn Wesemann allerdings eingeholt und schiebt ihn an die Seite. Schließlich will er seinen Wagen als Erster sehen.

Keine fünf Schritte entfernt steht ein Škoka Fabia, aus dem ein Mann aussteigt, vermutlich der Cousin. »Muss noch Zulassung und TÜV, aber kein Problem, du nächste Woche Mittwoch abholen.«

Wesemanns Augen weiten sich. »In Rot?« Seine Stimme signalisiert reine Empörung.

Engin fasst nach seinem Jackenärmel und will zu einer Begründung ansetzen, warum Rot besser aussieht, sicherer ist und mehr hermacht als alle anderen Fahrzeugfarben. Doch als er Wesemann ins Gesicht sieht, lässt er den Ärmel los, ballt die Faust und versetzt Wesemanns Brustkorb einen freundschaftlichen Hieb. Dann lacht er und lacht und ringt nach Atem. »Du schnell lernen.« Noch ein Schlag.

Wesemann steppt zur Seite, um einem weiteren Schlag auf seine unfalllädierten Rippen zu entgehen.

»Rot? – Ich verstanden, Zuzahlung von 200 Euro für Originalteile gestrichen!« Er wischt sich die Lachtränen aus den Augen.

Wesemann ist zufrieden. 200 Euro gespart für eine gespielte Empörung. Gleich legt er nach: »Und die Finanzierung?«

»Kleine Raten und ohne Kreditkosten, wie gemacht für Wesemann.«

*

Sie sitzen in einem Zimmer hinter dem Präsentationsraum, erhellt von mehreren Leuchtstoffröhren an der Decke. Pia und der Bestatter. Pia im grauen Kostüm, eng geschnitten, auf dem Kopf ein Barett-Cap in Dunkelrot. Alle Sitzmöbel sind mit Ordnern und anderem Bürokram belegt, deshalb haben sie sich auf den beiden bereitstehenden Särgen jeweils einen Platz freigeräumt. Pia auf einem »Fichtenholz mit Kunstfaserausstattung für 750« und der Bestatter auf einem »Eiche, Truhe, massiv mit Rundwulst und Ornamentschnitzung zu 8.900«.

»Ich muss leider mit einer betrüblichen Mitteilung beginnen.« Welch tiefe Trauer liegt in Tom Bosés Blick. »Das Purpur-Erlen-Projekt muss ich begraben. Grundwasserprobleme – natürlich nur vorgeschoben. Die Bredenbecker lassen sich nicht in die Suppe spucken. Schluss, aus, vorbei.«

Pia ist dankbar für ihr gutes Gedächtnis, er spricht von seiner privaten Anlage eines Ruheforsts im Deister.

»Doch in jedem Ende liegt auch ein neuer Anfang, wie schon der spanische Dichter-Philosoph Miguel de Unamuno y Jugo sagte. Für uns bedeutet das, wir werden nicht erweitern, wir werden unser Kerngeschäft intensivieren und modernisieren. Wir haben uns noch viel zu wenig um die Digitalisierung gekümmert, aber da habe ich bereits einen Spezialisten an der Hand, der sich gerade einarbeitet.«

Pia kann ein Gähnen nicht unterdrücken, nur beschränkt hinter der Hand verstecken.

»Ich will Sie jedoch nicht weiter mit den Interna unseres Bestattungsinstitutes behelligen.«

Pia betrachtet ihn eingehend. Er trägt einen Duster Coat und dazu einen Western-Filzhut, alles in Schwarz. Anthrazit ginge auch, denkt sie, oder dunkelblau. Braun gar nicht, beißt sich zu sehr mit der Holzfarbe der Särge.

»Fangen wir an.« Bosé ordnet die Mantelschöße über den Knien und seufzt. »Kümmern wir uns also um die Eiche hier«, er klopft auf das dunkle Holz unter seinem Hintern, »dann kann ich Ihnen gleich ein paar grundsätzliche Abläufe Ihres Tätigkeitsbereiches vermitteln. Um die Verstorbenen und die Trauernden angemessen auf dem letzten Weg zu begleiten – letzter Weg eigentlich nur für die Verblichenen, die anderen gehen nach der Beisetzung ja wieder nach Hause –, muss die richtige Balance zwischen Anteilnahme und Mutmachen gefunden werden. Dazu muss die Trauerrede in eine stimmige Trauerfeier eingebettet sein. Ein kleines, einfühlsames Kunstwerk aus Worten, Musik, Gesten und Gebärden – da können Sie sich auf mich und die Fachliteratur verlassen. Mal zwischendurch gefragt: Haben Sie eine Bibel?«

»Natürlich, wer hat die nicht?« Pia weiß bloß nicht, wo ihre Bibel abgeblieben ist, seit der Konfirmation wie vom Erdboden verschluckt.

»Daraus ist manch passende Anregung zu entnehmen. Mir persönlich gefällt es, Traditionen zu bewahren und Neues zu wagen. Impulse kommen oft auch von Angehörigen, der Fantasie sind da …«

Pia schaut sich nach einer bequemeren Sitzgelegenheit um.

»… keine Grenzen gesetzt. Musikalisch zum Beispiel ist alles denkbar, von Bach über Heavy Metal bis Mark Forster. So auch bei der Trauerrede.«

Nichts. Kein Stuhl frei. Dann eben weiterlächeln und ihren Rücken ruinieren, bringt immerhin 500.

»Normalerweise beschäftigt man sich vor dem Entwurf einer Trauerrede mit dem Verstorbenen und führt mindestens ein ausführliches Trauergespräch mit den Angehörigen in der häuslichen Umgebung des Verstorbenen, um einen Eindruck zu bekommen, um Nähe zu schaffen …«

»Also los!« Endlich hat Pia einen Grund gefunden, um aufzustehen und ihren Rücken zu strecken.

»Die Nähe war beim aktuellen Auftrag weder vom hinterbliebenen Gatten noch den weiteren Angehörigen gewünscht. Der Tod von Wanda Wisz ist für keinen Teil der Familie Grund, die jahrzehntelange Funkstille zwischen ihnen zu beenden.«

»Also nichts redetechnisch Verwertbares.«

»Wanda Wisz war die Ehefrau von Vadim Wisz, einem Unternehmer. Im Netz gibt es einiges über das Unternehmen ›Wisz – Textilrecycling mit Tradition und Herz‹. Solide, solvent, umsatzstark. Ein guter Ansatzpunkt für Ihre Rede. Aus familieninternen Gründen«, Bosé verzieht das Gesicht zu einem schiefen Lächeln, »sollten Sie vielleicht nicht unbedingt Familientradition, Harmonie, Zusammenhalt herausstellen. Kurz gesagt, die Familie ist völlig verkracht. Hier der nun verwitwete Patriarch, der eifersüchtig seinen Alleinvertretungsanspruch verteidigt, auf der anderen Seite der Rest der Familie, der – teils als Einzelkämpfer, teils im Zweckverbund – am Unternehmenskuchen knabbern möchte.«

»Vermögen?«

»Darüber darf ich keine Auskunft geben. Ehrenkodex und Geschäftsprinzip – und daran …«

Ein sanft gebimmeltes Ave Maria ist aus dem Ausstellungsraum zu vernehmen. Bosé erhebt sich, richtet den Hut und glättet den Mantel. »Den Termin hätte ich beinah verpennt. Wäre vielleicht gar nicht so schlecht gewesen. Eine 90-Jährige aus dem Altenheim ohne Anhang, mit einer bescheidenen Sterbeversicherung. Aber was tut man nicht alles aus Menschlichkeit.«

Schon tritt er in den Ausstellungsraum. »Herr Dinkelacker, pünktlich wie immer.«

Pia will die Gelegenheit nutzen, um sich die Füße zu vertreten. In der Abstellkammer ein bescheidenes Unterfangen: zwei Schritte zur Seite, zweieinhalb nach vorn. Hinter zwei hochkant abgestellten Sargdeckeln entdeckt Pia eine Tür. Sie stellt einen der Deckel zur Seite, öffnet die Tür und späht hinaus. Ein kleiner abgeschlossener Hof, von einem soliden Zaun umgeben, mit einer gesicherten Tür zur Straße. Gerade ausreichend für eng begrenzte Knasthofrunden.

Pia stapft los, reckt die Arme ins Himmelgrau, beugt den Rumpf, atmet aus und, sich aufrichtend, wieder tief ein. Ein schwarzer VW-Bully, so gut wie möglich unter einer Trauerweide verborgen, stört die Symmetrie ihrer Runden.

Bei ihren Lockerungsübungen fällt ihr die merkwürdige Beschriftung des Transporters auf: »Hodně štěstí a Bůh žehnej!« Ein Buchstabengewitter für die Augen! Sicher etwas Slawisches oder Türkisches. Pia wird den Bestatter fragen.

Auf ihrer nächsten Runde unterbricht die Neugier Pias sportlichen Schritt erneut. Sie schaut durchs seitliche Autofenster und entdeckt zwei längliche Schemen auf dem Beifahrersitz. Sie kann sich keinen Reim darauf machen, fasst nach dem Türgriff. Entgegen ihrer Erwartung lässt sich die Tür ohne Anstrengung öffnen. Der Innenraum ist penibel gepflegt, die länglichen Schatten stellen sich als Autoschilder heraus: »7B3 6371« – dazu als Länderkürzel CZ. Tschechien? Tschechien!

Pia will sich mit ihrer Schnüffelei nicht unbeliebt machen. Noch ein Blick nach hinten, der jedoch durch eine abschirmende schwarze Wand verhindert wird.

Nachdenklich schließt Pia die Autotür. Irgendetwas ist zu einem neutralen schwarzen Bully in ihrem Gedächtnis gespeichert.

Sie kommt nicht zum Nachdenken, der Bestatter steht in der Tür. »Haben Sie sich verlaufen? Die Toiletten sind neben der Ausstellung links. Wenn man reinkommt. Von hier aus rechts.«

Pia entschuldigt sich mit einem Lächeln und folgt Bosés Beschreibung. Auf dem Weg zur Toilette drängt sich die passende Information zum verdrängten Bully-Thema wieder ins Bewusstsein. Eine Fernsehsendung, es könnte »Panorama drei« im NDR gewesen sein: Discountbestattungen in Tschechien.

Auf der peinlich gepflegten Toilette versucht sich Pia an Einzelheiten des Beitrags zu erinnern. Ein Mann mittleren Alters, graues Haar, gepflegte Erscheinung, also genau ihre Kragenweite, wurde als Vertreter des Bestatterverbandes Niedersachsen angesprochen. Er antwortete kultiviert ohne »äh« und »genau«. Vehement widersprach er Gerüchten, dass Leichen nach Tschechien zur Einäscherung transportiert würden. Dort würden Krematorien zwar mit Preisen um 100 Euro für eine Einäscherung inklusive Kaffee und Kuchen für die Angehörigen werben, aber offiziell sei das kaum möglich. Der für einen Grenzübertritt notwendige internationale Leichenpass sei äußerst schwierig zu erhalten. Die bürokratischen Hürden seien hoch und vor allem kostenintensiv. Wie es dennoch passieren könne, dass immer wieder Urnen aus Tschechien in deutschen Bestattungsinstituten auftauchen, sei ihm ein Rätsel.

Den Redakteuren nicht. Sie konnten sogar nachweisen, dass es noch billiger geht, wenn die Hinterbliebenen nach der Trauerfeier auf ihre Anwesenheit bei der Einäscherung verzichten. Dann laufe es folgendermaßen ab: Clevere deutsche Bestatter bringen den Verstorbenen, am besten in einer konzertierten Aktion mit mehreren Toten, über die Grenze nach Tschechien zur Einäscherung und kommen mit vorher individuell ausgewählten Urnen zurück.

Pia überschlägt kurz: In den Bully passen bis zu vier Särge. Gutes Geschäft, wenn den Hinterbliebenen die hohen Kosten für eine hiesige Einäscherung berechnet werden.

Eine komplette Feuerbestattung, so der Verbandsvertreter in dem Beitrag, in der die Kosten für den Sarg, für die Dienstleistungen des Bestatters inklusive Einäscherung und Urne sowie die Grabstelle enthalten seien, könne gegenwärtig seriös nicht unter 4.500 Euro angeboten werden.

Der Toilettenaufenthalt hat sich gelohnt. Pia kehrt in den Abstellraum zurück, nimmt Platz auf der Fichte, lächelt.

Bosé sitzt bereits wieder auf der Eiche. »Dann also weiter im Text – das ist bei einer Trauerrede durchaus wörtlich zu verstehen. Wo waren wir?«

»Unternehmer Vadim Wisz, Patriarch, Familienfehde.« Vielleicht war es ein Test, er soll sich nur nicht zu viel einbilden.

Bosé seufzt, steht auf. »Machen Sie sich Gedanken über die Rede und rufen Sie mich danach an.«

»Einen Moment bitte.« Pia erhebt sich ebenfalls. »Da wäre noch die Sache mit dem Vermögen des Witwers.«

Wie Bosés Gesichtsausdruck zeigt, ist seine Schmerzgrenze jetzt erreicht. »Ich werde Ihre Bemühungen, sich einen reichen Witwer zu angeln, schon aus berufsethischen Gründen nicht unterstützen können. Entweder schminken Sie sich Ihre Ambitionen ab, oder Sie können sich …«

»Hm«, Pia lächelt zuckersüß, »wo ich doch gerade dabei war, mich an eine Tätigkeit im Bestattungsgewerbe zu gewöhnen. Ich habe mich schon so auf gemeinsame Betriebsausflüge mit dem Bully nach Böhmen mit seinen Burgen, Schlössern und einem deftigen Essen gefreut. Allerdings bin ich Vegetarierin.«

Tom Bosé starrt Pia auf den Mund, als könne er nicht glauben, was die von sich gegeben hat.

»Wir sollten uns also wieder vertragen.« Pias zuckersüßes Lächeln wird noch eine Spur intensiver.

Eine Weile schaut der Bestatter sie nur an, dann richtet er seinen Mantel über den Schultern. »Oookay.« Er fährt sich mit dem Daumenrücken über die Stirn. »Aber versprechen Sie sich nicht zu viel von der Gegend. Reines Industriegebiet. Dagegen ist unser Hameln ein Naturschutzreservat.«

»Ich melde mich«, sagt Pia.

»Das befürchte ich!« Beide lachen, verlassen das Bestattungsinstitut, trennen sich nach wenigen Schritten in verschiedene Richtungen.

*

Heiko Hahn steht vor der Kuchentheke. Er tänzelt wie ein überbegabter Balletttänzer in »Schwanensee«: rechts, links, rechts, rechts, links, links, Ausfallschritt. Seine Nervosität ist ihm in die Beine gefahren, und je intensiver ihn Nela ansieht, umso zappeliger wird er. Dabei ist er ein gestandener Geschäftsmann, Mitte, Ende 30, mit Mohnkörnchen in den Mundwinkeln.

»Ich danke dir nochmals für das Entsperren des Laptops.«

»Nicht dafür!«

Cooler Spruch. Er hat auch Mohn zwischen den Zähnen und wechselt jetzt in die Position »Passé«: Er lehnt den Fuß des Spielbeins an das Knie des Standbeins.

»Ich habe gedacht ... Vielleicht könnte ich ... Aber nur, wenn du Interesse hast ... Ich bin dir auch nicht böse ... Ich möchte dich ins Musical einladen. ›Die Schatzinsel‹ im Stadttheater Hameln, sehr gute Plätze. Ich habe dem Oberbeleuchter das Handy repariert, war ein Scheinwerferstativ draufgefallen. Ich mag dich, sehr sogar. Puh, das musste ich einfach mal loswerden. Sekt oder Selters?«

Nelas Augenbrauen haben ein wenig an Höhe gewonnen. Sie versucht nachzuvollziehen, was der Eintänzer vor der Kuchentheke gesagt hat. Er schaut so unsicher, so fragend. »Ich dich auch!«, murmelt Nela, damit hat sie zumindest nicht zu viel versprochen.

Heikos Tanzeinlage endet abrupt, Schwindelgefühl, er grinst beseelt. »Dann also zwei Prosecco.«

»Zu früh für mich, am Tag und überhaupt.«

»Wird aber nachgeholt?«

»Selbstredend!«

War's das nun? Zumindest hat sie ihn nicht abgewiesen. Er sollte nachlegen, vielleicht noch ein wenig Putz auftragen. »Ich will dir ein Geheimnis anvertrauen ...«

»Noch eins?« Nela wird für den Nachmittag eine Zitronenrolle ins Angebot nehmen.

»Das Geheimnis hat mit dir zu tun.«

»Schon wieder?« Hoffentlich ist er jetzt nicht eingeschnappt. Wahrscheinlich nicht, verliebte Männer hören nur, was sie hören wollen. Sie muss noch die Bienenstichtorte auftauen.

»Ich werde mit meinem Laden umziehen, ein kleines Geschäft habe ich mir für meine Handys schon gesichert. Ein wenig expandieren will ich auch ...«

Und der Mürbeteig muss in den Kühlschrank.

»Ich habe mich in das Bauprojekt ›Kurie‹ eingeklinkt. Hast du davon gehört?«

»Ja.«

»Hatte noch ein paar Euro aus einem früheren Geschäft.«

Nela nickt anerkennend. Angeber!

»Eine kleinere Erbschaft möchte ich in dem Projekt auch anlegen.«

Jetzt könnten mal wieder Kunden kommen, Heiko allein wird auf die Dauer langweilig.

Heiko beginnt wieder seinen Verlegenheitstanz.

»Möchtest du noch einen Cappuccino?«

»Hörst du mir überhaupt zu?«

»Ginge aufs Haus.«

»Ich habe eine Option auf das ganze Erdgeschoss in der Kurie abgeschlossen – mit Außenbereich. Da könnte ich mir gut ein Café mit Imbiss vorstellen ... und dich als Chefin. So, jetzt ist es raus, und ich gehe.«

Nela starrt Heiko an. Alles Angeberei oder im Kern ein Körnchen Wahrheit? Zumindest zeigt es ihr, wie sehr er sie mag, der Rest wird sich weisen. »Ich hole den Prosecco, darauf müssen wir anstoßen.« Aber küssen wird sie seine Silbereisenlippen nie, niemals!

*

Kalenberger ruft Wesemann an. »Der Teilnehmer ist im Augenblick nicht zu erreichen.« Sie geht auf dem Anrufbeantworter in die Offensive. »Wenn du dich nicht umgehend meldest, gehe ich an die Presse!«

Wesemann antwortet auf Kalenbergers Anrufbeantworter: »Du bist nicht da, ich auch nicht. Ich melde mich, sobald ich zurück bin.«

# NEUN

Wesemann hat sich entschlossen, Dexters Tod nicht als ungeklärt durchgehen zu lassen. Er könnte Hauptkommissar Bertram im Dienst der öffentlichen Berichterstattung nach Ermittlungsergebnissen fragen. Er könnte sich auch zum Affen machen und auf der Trommel tanzen. Oder er verlässt sich mal wieder auf sein sensibles Näschen und sucht selber nach unscheinbaren Indizien oder übersehenen Fakten. Später will er sich mit Kalenberger zusammensetzen, um Fakt an Fakt zu reihen. Dann werden sie zu einem Ergebnis kommen, das mit Sicherheit über Bertrams Routineabfragen hinausgeht.

Es regnet, sein neues Auto konnte er noch nicht abholen, der Schirm steht … Wo noch mal? Vergessen. Dann eben die Kapuze über den Kopf ziehen und mit dem Fahrrad zum Hafen fahren. So wäre er schnell da und auch schnell wieder zurück. Das Problem dabei: Wesemann ist sich sicher, dass das Fahrrad bei seinem letzten Abstieg in den Keller nicht mehr an seinem dortigen Platz stand. Die Tür war ohne Schloss, der Keller bis auf ein paar umgedrehte Blumentöpfe und seine alte Bontempi-Orgel ausgeräumt, der Betonboden besenrein.

Wie kommt er zu einem Fahrrad? Oder doch zu Fuß zum Hafen runtergehen? Aber Schnaps ist Schnaps und Prinzip bleibt Prinzip.

Er hat mal einen Bericht über den Busbahnhof nebenan, nur ein paar Schritte hinter der Stadt-Galerie, gemacht.

Ein Ort, den er gerne meidet. Die Stadtplaner hatten einen schlechten Tag und das Ordnungsamt zu viele Überstunden. Bestimmt kann er sich dort ein Fahrrad für wenige Stunden »ausleihen«. Muss ja nicht in Topzustand sein.

Wesemann hat ein Händchen für alte Gurken. Damenrad ohne Beleuchtung und Schloss, dafür mit Schutzblech. Er leiht sich eine Luftpumpe von einem abgeschlossenen Rad, pumpt die Reifen auf. Zu Fuß wäre er jetzt schon an der Eisenbahnbrücke.

Eigentlich will er gar nicht fertig werden, doch die unangenehmen Wege sind oft die erfolgreichsten. Noch ein Seufzer, rechter Arm raus, rüber ans Weserufer und dann unter Bremsenquietschen und Schutzblechklappern die Strecke bewältigen.

Wesemann lässt ausrollen, steuert den Verbindungsweg zwischen Hafenbecken und Parkplatz an. Hier scheint ihm ein Kontakt zu seinen Ansprechpartnerinnen am aussichtsreichsten. Er hat das Wetter nicht bedacht, nur drei Grazien stehen unter ihren bunten Schirmen in ein Gespräch vertieft, treten von einem Bein aufs andere und frieren in ihrer unzweckmäßigen Kleidung.

»Ist dein Mercedes in Reparatur?«, höhnt die Blonde mit dem Herzchenschirm.

»Lass mal, der will sicher nichts von uns«, bibbert die zweite Blonde in langer beiger Jacke und schwarzen High Heels – ohne weitere erkennbare Oberbekleidung.

»Soll sich verpissen«, sagt der Herzchenschirm, »der vertreibt uns sogar noch die Spanner.«

»Lass ihn in Ruhe«, sagt die Schwarzhaarige, »den kenn ich, der ist von der Zeitung.«

»Zeitungsfritzen sind Hungerleider!«, mault die beige Jacke.

»Der hat mich auf dem Weihnachtsmarkt interviewt. Wenn ich mich recht erinnere, sollte ich etwas zu den Glühweinpreisen sagen. Konnte ich aber nicht, ich trinke nur Eierpunsch oder Lumumba. – Ich werde ihn mal nach seinem Kleingeld fragen.« Sie setzt ihre roten Stiefelchen in Bewegung und überquert die schmale Straße.

»Vielleicht zahlt er ja mit Kohlen statt mit Kohle.« Die Blonde versucht, sich warm zu lachen.

Wesemann denkt an Flucht, hat hinter sich nur das Hafenbecken und neben sich schon keine Chance mehr. Die Schwarzhaarige steht direkt vor seiner Nasenspitze.

»Mal wieder auf der Pirsch?«

Sie duftet, duftet – o Mann, wie sie duftet! Wesemann macht den Mund auf.

»Ich bin Carmen, und wie heißt du?«

Wesemann misstraut seiner Stimme, greift in die Jackentasche nach einer Visitenkarte.

»Lass stecken«, sagt Carmen, »ich werde dich ›Karl der Großzügige‹ nennen.«

Wesemann sucht nach passenden Worten, er will ihr nicht so einfach die Gesprächsführung überlassen. »Immer noch besser als ›Karl der Kahle‹.«

»Egal, worauf hat mein Karl denn Lust?«

Okay, spontan ist sie ihm zumindest ebenbürtig.

Carmen kennt die Coolen und die Uncoolen, die Arroganten und die Verschämten. Und sie kennt ihre Wünsche. »Blowjob oder Verkehr für ’nen Fuffi – gut und günstig. Ich werde dich verwöhnen, dass dir Hören und Sehen vergeht. Billiger ist es nur in Eigenarbeit.«

Wesemann schaut wie absichtslos auf ihren Mantel.

Sie grinst. »Du stehst auf Busen?«

Wesemann zählt die Autos auf dem Parkplatz hinter

ihr, bringt auch keine Beruhigung, es sind nur neun. Er reißt sich zusammen, schaut ihr in die schwarz eingefassten Augen, holt tief Luft und lässt sich diesmal nicht rausbringen. »Es geht um den Reporter, der auf dem Hausboot hier im Hafen gewohnt hat.«

»Schrecklich, ganz schrecklich! So ein netter Junge. Und dann ein Bierchen zu viel, und weg ist das schöne Leben.«

Jetzt ist Wesemann bei seinem Thema. »Ich bin mir nicht sicher, ob Alkohol die Ursache seines Fehltritts war.«

»Was soll es denn sonst gewesen sein? Hier mochten ihn alle.«

»Nichts Ungewöhnliches an dem Abend beobachtet?«

»Es war dunkel, nur die Laternen an der Straße und das gelegentliche Aufflammen der Autoscheinwerfer auf dem Parkplatz gaben etwas Licht.«

»Nichts gehört? Keine Auseinandersetzung, keine Hilferufe oder vielleicht sogar Schreie?«

»Ich hab meine Aufmerksamkeit auf die wenigen vorbeischleichenden Autos gerichtet. Meine Miete war überfällig, ich musste also Umsatz machen.«

»Schade, für mich, meine ich. Aber vielen Dank.« Wesemann zieht nun doch seine Visitenkarte aus der Jacke. »Sollte Ihnen noch etwas einfallen ...« Er hält ihr die Karte hin.

Sie streckt ihre Hand aus, hält inne. »Wenn ich mich richtig erinnere, war da noch etwas, etwas Auffälliges, aber was ...?«

Wesemann kramt sein Portemonnaie hervor, öffnet das Geldscheinfach, entnimmt im Licht der Straßenlaterne einen blauen Schein.

»Wir werden beobachtet.« Carmen zeigt mit ihrem Kopf in Richtung der anderen Grazien. »Bei denen wäre ich gleich zweimal untendurch. Kann ich nicht annehmen, bei uns gilt ein unumstößliches Gesetz: Kein Lohn ohne Leistung und niemals unter 30 Euro.«

Wesemann legt einen roten Schein auf den blauen. Der ist noch nicht ganz angekommen, da verschwindet er schon in Carmens Handtasche.

»Karl der Kluge, schließ dein Fahrrad ab. Ich nehme dich mit!«

Sie fasst seine Hand, sie laufen die wenigen Schritte zum Parkplatz. Carmen dirigiert ihn zu einem dunkelroten Ford Transit. Hinter der Windschutzscheibe vibriert ein buntes LED-Herz. Carmen knipst es mit einer Fernbedienung aus.

Wesemann baut sich neben der Tür zum Beifahrersitz auf.

»Hier wird Ihnen geholfen!« Carmen schiebt ihn zur nächsten Tür mit Zugang zur Beischlafkabine. »Auch wenn du nicht willst oder nicht kannst, wir müssen meinen Kolleginnen schon eine kleine Show bieten, bevor du ein Wort von mir erfährst.« Sie öffnet die Tür. »Die neueren Modelle haben Schiebetüren, kommt man schneller rein und raus.«

Wesemann steht vor einem mächtig hohen Einstieg.

»Zu kurze Beine?« Carmen lacht, greift ins Wageninnere, hebt einen zweistufigen Tritt heraus und stellt ihn Wesemann direkt vor die Füße. Wesemann benutzt ihn leicht verlegen, doch es reicht noch immer nicht. Carmen greift ihm unter den Po und hilft ihm ins Wageninnere.

Ein großer Teil der männlichen Kundschaft empfindet diesen Ort hier vermutlich als Paradies. Für Wesemann sind es zu viele Deckchen mit Schleifen und Bommel, Porzellanpenisse jeder Größe, Melonenbrüste und Ballonhintern auf einem Regal am Kopfende der breiten Liege, alles im Modell und in ein diffuses rotes Licht getaucht.

»Nö«, sagt Carmen, »ist auch nicht mein Geschmack, aber die Kundschaft wünscht es so, am liebsten noch mit

Stöhnen vom Band in Endlosschleife. Zieh dich aus.« Aus einem Körbchen mit unterschiedlichsten Utensilien holt sie eine rote Packung »Durex gefühlsecht«, entnimmt der Packung ein Kondom und hält es Wesemann hin. »Soll ich oder machst du selber?«

»Wir sind nicht zum Sex hier.« Wesemanns Stimme klingt belegt. »Du wolltest mir Informationen zum Ableben von Morton Dexter geben.«

»Geld gibt's auch ohne Beischlaf nicht zurück!«

»Natürlich nicht.«

»Dann also keinen Sex.« Carmen setzt sich auf das Schottenplaid der Liegestatt, klopft mit der flachen Hand einladend neben sich. »Liefern wir meinen argwöhnischen Kolleginnen eben ein bisschen Kopfkino.« Sie zieht den Pullover über den Kopf. »Erschrick nicht!« Sie öffnet ihren BH und lässt ihre durchaus ansehnlichen Brüste frei.« Wieder dieses einladende Klopfen neben sich. »Leg dich zu mir, du kannst die Hose ruhig anlassen, aber bitte Gürtel aufmachen. Geht dann schneller, wenn's schnell gehen soll. Ihr Männer seid unberechenbar.«

Wesemann legt sich auf seinen linken Arm. Auch wenn er sich den Sex versagt, Carmens anregende Formen mag er sich durchaus verinnerlichen und bei passender Gelegenheit abrufen. »Und, was ist dir zu Morton Dexter eingefallen?«

»Auf alle Fälle war er nicht so verkniffen wie du.« Carmen öffnet einen kleinen Kühlschrank linker Hand, nimmt zwei Dosen Warsteiner heraus und reicht Wesemann eine. »An dem Abend war wieder nicht viel los, aber wann ist hier noch viel los? Dexter hatte die spärliche Parade meiner Kolleginnen gerade abgeschritten, alle mit Küsschen links und rechts, und sich ohne Hast in Richtung seiner schwimmenden Bleibe verabschiedet. Prost! Nach einiger Zeit musste ich dringend für kleine Mädchen und hab mich hinter die Büsche verzogen. Na ja … Jetzt müssen wir mal ein wenig wippen, sonst fliegt unser kleines Schauspiel auf.« Wesemann schwingt, Carmen wippt und versetzt dabei ihre Brüste in einen wollüstigen Galopp.

Noch so eine Einlage, und Wesemann sieht sich gezwungen, einen blauen Schein für eine Extraleistung aufs Honorar draufzulegen.

Carmen lacht. »Jedenfalls habe ich Geräusche im Gebüsch nahe Dexters Boot gehört, außerdem Schritte, seine, nahm ich an. Gesehen habe ich ihn nicht. Dann ein erregter Wortwechsel, verstanden habe ich aber auch nichts. Gefolgt von einem Platschen wie von einem Brett, das ins Wasser fällt. Ich habe mir nichts dabei gedacht, bei ihm geht öfter was über Bord, wenn er abends nach Hause kommt. Er hat wohl gelegentlich ein Tütchen geraucht oder sich ein Pillchen reingeschmissen. Danach wieder Geraschel in den Büschen und dann war alles ruhig.«

»Er könnte also mit jemandem in Streit geraten sein, oder ein Kontrahent hat ihm aufgelauert? Nichts Genaues weiß man nicht.« Wesemann rutscht ans Fußende des Bettes. »Vielen Dank für das Bier und deine Bereitschaft, dich an der Aufklärung des mysteriösen Unfalls zu beteiligen.« Er steht auf, schließt den Reißverschluss und den Gürtel an seiner Hose.

Carmen beendet die Busenschau mit einem übergestreiften schwarzen Spitzen-BH. »Du kannst gerne jederzeit wiederkommen, und beim nächsten Mal gibt es 20 Prozent auf alles – außer Tiernahrung. Moment, ich lass dich raus.«

Wesemann überlegt, ob er sportlich rausspringen oder die sichere Variante wählen soll, indem er würdevoll über den Tritt aus dem Transit steigt.

»Da fällt mir noch was ein.« Carmen legt sich quer übers Bett und holt einen flachen Gegenstand vom Bord. Ein schmales Büchlein mit einem malvenfarbenen Lesebändchen. »Das habe ich am nächsten Tag direkt vor der Planke zu Dexters Boot gefunden. Könnte der Angreifer verloren haben. Oder es gehörte Dexter. Steht ›Notizbuch‹ drauf und die Zahl 2008.«

»Und was steht drin?« Wesemann streckt die Hand nach dem vielversprechenden Indiz aus.

»Was drinsteht? Nichts! Oder alles in unsichtbarer Geheimschrift.«

»Ich geh dann mal«, sagt Wesemann, steckt das Notizbuch ein, springt auf den Asphalt und spürt einen stechenden Schmerz im linken Fuß, lässt sich aber nichts anmerken. »Bis zum nächsten Mal – ich werde dich weiterempfehlen!«

»Ich dich auch!«

Wesemann läuft zurück zu seinem Fahrrad. Die übrigen Grazien sind verschwunden. Waren ihre dramatisch-akrobatischen Anstrengungen im Transit für die Katz? Oder hat sich Carmen über ihn lustig gemacht? Vielleicht gibt es zu so später Stunde noch einen Kaffee bei Nela … Er wird es herausfinden. Zu Hause fällt ihm sowieso die Decke auf den Kopf. Carmens hübscher Busen war wirklich nicht von schlechten Eltern, was Passendes für die Nacht.

An seinem geliehenen Rad sind Licht und Rückstrahler längst ausgefallen, und die Bremsen funktionieren nur einseitig, vorne rechts, aber immer noch besser als Laufen. Er hat die Münsterbrücke fast erreicht, da öffnet sich an einem versteckt geparkten Auto die Beifahrertür.

Der aussteigende Mann nötigt ihn zum Anhalten. »Verkehrskontrolle! – Da sind auch Radfahrer eingeschlossen.«

Doch Wesemann hat Glück, auf dem Münsterwall röhrt ein BMW mit überhöhter Geschwindigkeit vorbei. Jetzt wird der Polizist ins Auto springen und mit seinem Kollegen die Verfolgung aufnehmen, ist er sich sicher.

Denkste. Der Beamte grinst, soweit man das in der Dunkelheit feststellen kann. »Den übernehmen die Kollegen weiter oben, wir haben heute schon genug Anzeigen geschrieben. Licht, Bremsen, Reifendruck – der Reihe nach.«

Wesemann rührt sich nicht. Auch wenn die Laterne kaum beleuchtet, hat der erfahrene Beamte die Unzulänglichkeit des Zweirads längst erkannt. Wesemann überlegt, sich abzusetzen, will sich aber nicht lächerlich machen, bleibt einfach stehen und hält die Klappe.

»Können Sie sich ausweisen?«

»Führerschein und Fahrzeugpapiere liegen im Handschuhfach«, brummelt Wesemann. Damit hat er sich keinen Gefallen getan, vielleicht wäre er bei etwas größerer Bußfertigkeit mit einer Ermahnung davongekommen.

»Sind Sie wegen einer begangenen Ordnungswidrigkeit mit einem Bußgeld in Höhe von 20 Euro einverstanden? Falls Sie sich nicht ausweisen können, bringen wir Sie zur Wache.«

Wesemann kramt in seinen Taschen, findet die Akkreditierung für die Premiere von »Die Schatzinsel« in der Rattenfängerhalle.

Der Beamte studiert das Schreiben, sagt »Aha, der Wesemann«, grinst und gibt den Weg frei. »Melden Sie sich in den nächsten Tagen auf unserer Polizeiinspektion in der Zentralstraße.«

»Alles klar.« Mittlerweile friert Wesemann bis an die Ohren.

»Dann schieben Sie mal ab.« Der Beamte tippt irgendetwas in ein digitales Gerät. »Schieben, sagte ich, nicht fahren.«

Wesemann stapft los, zumindest kann er sich wieder bewegen und damit etwas gegen das Einfrieren tun.

Kaum hat er die Münsterbrücke unterquert, siegt die Sehnsucht nach Wärme und Geborgenheit im »KaFEEchen«. Rasch sein Schrottteil am Busbahnhof abstellen, so viel Fairness muss sein.

Nur wenige Passanten verlieren sich auf dem Platz. Wesemann bringt das Rad genau an die Stelle zurück, an der er es ... na ja ... vorübergehend ausgeliehen hat.

»Lass die Fifinger von mein Rad!«

Das also auch noch, ein Vertreter des Sozialproblems »Stadt-Galerie Rückseite«, trinkfest und arbeitsscheu.

»Schon gut, schon gut!« Wesemann will Aufsehen vermeiden. »Ich habe mir das Rad nur ausgeliehen und nichts kaputt gemacht.«

»Scheieißegal, du hast mein Fahrrad nicht anzufassen!«

Wesemann nimmt die klammen Finger vom Lenker.

»Entweder du zahlst auf der Stelle zehn Euro Leilge... hicks ...bühr ...« Eine Bier-Korn-Fahne weht bis zu Wesemann herüber. Der Freund promillehaltiger Getränke kramt in seinen Manteltaschen, hält plötzlich einen dunklen, quaderförmigen Gegenstand in der Hand und reckt ihn Wesemann entgegen. »... oder ich rufe die Polilei.«

Das hat Wesemann gerade noch gefehlt. Insgesamt ein kleiner, aber teurer Ausflug für ihn. Fünf Euro, mehr ist er nicht bereit abzudrücken.

Nach einem heftigen Schluckauf ist der Wegelagerer einverstanden. »Lass dich hier bloß nicht wieder bliblicken, wir machen kurzen Prodest mit Dieben!«

*

Dank der digitalen Technik finden Wesemann und Kalenberger am nächsten Tag zueinander. Natürlich im »KaFEEchen«. Wesemann will Kalenberger über die offiziellen Erkenntnisse seines abendlichen Ausflugs an den Hamelner Hafen informieren, doch Kalenberger hat sich noch nicht ganz gesetzt, da legt sie mit einem süffisanten Lächeln los: »Ich habe mich mal wieder in der Dienststelle in der Zentralstraße sehen lassen. Wollte eigentlich nur … Aber berichte ruhig du zuerst, Wesemann.«

»Nein, du, ich habe keine besonderen Erkenntnisse. Deine professionellen Ermittlungsergebnisse sind sicher aufschlussreicher als die eines Wald- und Wiesenschnüfflers.«

»Dafür bist du regional besser eingebunden.«

»Hast du eigentlich studiert?«

»O Mann«, ruft Nela von der Theke, »bevor ihr mal anfangt, kapitulieren die Batterien im Hörgerät. Ich bringe euch einen Cognac, der löst die Zunge.«

»Wir sind gut«, flüstert Kalenberger Wesemann zu.

»Es gibt wenig bessere.«

Nela bringt drei Cognacs und setzt sich sprungbereit an den Ermittlertisch. Sie ist nicht neugierig, nein, auf keinen Fall, nur … Sie weiß gerne Bescheid.

»Ich war also in der Zentralstraße und habe ein wenig Small Talk betrieben, um mich persönlich gegen die Gerüchte zu wehren, ich sei zu meiner Patentochter gezogen, habe im Lotto gewonnen oder sei mit einem Scheich durchgebrannt.«

»Denk an die schwachen Batterien im Hörgerät!«

»Zufällig bin ich auf den Kollegen Bertram gestoßen. Im Dexter-Fall war er sehr zugeknöpft, obwohl ich ihn nur sehr diskret angegangen bin. Ich habe ja offiziell nichts mit der Sache zu tun. Aber so viel: Morton Dexter hat sich wohl einen kräftigen Schlag mit einem Knüppel eingefangen, darauf weist ein ausgeprägtes Hämatom am Rücken, das kaum vom Sturz ins Wasser kommen kann. Inzwischen schließen die Kollegen ein Verbrechen nicht mehr aus.«

»Passt exakt zu meinen Informationen«, sagt Wesemann. »Ich habe zusätzlich eine Zeugin anzubieten, die Schritte und einen Streit in den Büschen nahe Mortons Boot mitbekommen hat.« Wesemanns Handy meldet sich, er schaut aufs Display, überlegt kurz. »Entschuldigung«, sagt er und nimmt das Gespräch an. »Am Apparat ... Wie schön, endlich wieder ein fahrbarer Untersatz! Ich bin einfach kein Mann fürs Zweirad. Ich kann ihn also abholen? ... Anzahlung? Davon war aber keine ... Verstehe, Faruks Cousin besteht darauf ... Tut mir leid, der Handy-Akku gibt gerade seinen Geist auf, ich melde mich so schnell wie möglich. – Mist!«

»Bleib ruhig«, sagt Kalenberger. »Löst sich ein Problem, lösen sich alle. Wir brauchen einen Plan und ein konzentriertes Vorgehen.«

»Lassen wir uns ein wenig Wind um die Nase wehen«, schlägt Wesemann vor. »Das klärt die Gedanken wie Eiweiß die Brühe – habe ich von einem befreundeten Koch. Der hat allerdings vor einem Dreivierteljahr Insolvenz angemeldet, nachdem ihn sein Steuerberater aufgeklärt hat.«

»Ist nichts Persönliches«, sagt Kalenberger zu Nela und zieht ihre Jacke an. »Wir Ermittler haben eben unsere Rituale.«

»Wir Ermittler«, das geht Wesemann runter wie eine lobende Hörerzuschrift für einen Beitrag bei radioTOTAL. Er rafft seine Jacke und seinen Handrekorder, federt zur Tür und reißt sie vor Kalenberger auf.

»Sie ist einfach zu neugierig«, sagt Kalenberger, als sie draußen sind.

»Das macht die Jugend!«

»Wo können wir uns ungestört unterhalten?«

»Mich zieht es zum Schiffsanleger, auf der ›Pluto‹ haben wir unsere Ruhe.«

»Ich glaube, die ›Pluto‹ ist gerade nicht fürs Publikum geöffnet. Sooft ich da vorbeiradle, ist das Zugangstor versperrt.«

»Lass mich mal machen, auf dem Boot werkelt fast immer jemand rum. Da kennt man mich, und dich stelle ich als zukünftigen Stammgast vor. Ein Mineralwasser werden sie wohl für uns übrig haben gegen eine kleine Spende zur Erhaltung des Schiffs.«

# ZEHN

Bootswart Brockmann lässt sie aufs Boot, er repariert seit Wochen die Lampen im Unterdeck. Die beiden Ermittler finden eine angenehme Ecke auf einer Sitzbank, lassen sich von Brockmann zwei Flaschen Wasser aushändigen, allerdings ohne Etikett und ohne Gläser.

»Das wird doch wohl kein Weserwasser sein?«, scherzt Wesemann. »Sonst hätten wir uns vielleicht besser an die Voßbeeke, den Herksbach oder die Remte begeben sollen, da ist die Wasserqualität …«

»Cut!« Kalenberger wird plötzlich energisch. »Wenn wir zu einem Ergebnis kommen wollen, muss im Bereich der Ermittlungen Schluss sein mit der Flapsigkeit!«

So hat Wesemann Kalenberger noch nicht erlebt, das riecht verdammt nach Gedankenschweiß und Gummistiefeln an Wollsocken. Kalenberger sieht ihn entschlossen an, und Wesemann guckt wie Barbie vor dem Schredder.

»Wir müssen uns sortieren und konzentrieren. Fangen wir bei unserer Zusammenarbeit an. Ich kann mich bei meiner beruflichen Vergangenheit nicht unbedacht bewegen. Ich muss mich bei Aktionen zurückhalten und kann mein kriminalistisches Grundwissen nur im Hintergrund einsetzen. Tacheles: Wir beraten uns über die anstehenden Schritte, du bist auf Recherche- und Ermittlertour, bei neuen Erkenntnissen finden wir uns zusammen und besprechen das weitere Vorgehen. Ruhm und Ehre bei gelösten Fällen für dich und Überlebenstraining für meine Gehirnzellen. Über die Finanzierung müssen wir sprechen, wenn Einnahmen und Ausgaben anstehen. – Einverstanden?«

Wesemann steht auf durchsetzungsstarke Frauen, bloß nicht im Beruf. Doch die Emanzipation schreitet voran, eines Tages wird eine Baxmännin bei radioTOTAL die Zügel in die Hand nehmen. Er nickt nachdenklich, weiß noch nicht, wie er mit der neuen Situation zurechtkommen soll. Aber der Erfolg hat viele Väter. Mütter? Er streckt Kalenberger seine Hand entgegen.

Kalenberger prostet ihm mit der Wasserflasche zu. »Man wird uns zusammen in der Öffentlichkeit sehen, Vermutungen über unsere Beziehung anstellen und uns in der Hamelner Gerüchteküche garen und flambieren. Mann und Frau, noch nicht jenseits von Gut und Böse, da läuft doch was.«

»Die Legenden werden wir im Keim ersticken.«

»Keineswegs. Eine Beziehung mit dir deklariert unser gemeinsames Auftreten als privat und verletzt somit kein Beamtengesetz und keine Dienstverordnung.«

Wesemanns Unbehagen wächst. Wo führt ihn das Gespräch nur hin?

»Wir sind also ein Paar – nach außen. Aber bilde dir nichts ein, zwischen uns bleibt alles wie gehabt.«

Wesemann und die Frauen. Er ahnt die logischen Zusammenhänge von Kalenbergers Gedankengängen. Hat sie dabei nicht das Zwischenmenschliche völlig übersehen?

»Wir werden mit Heiko Hahn anfangen.«

Wesemann überlegt. »Warum? Wir könnten auch mit Morton Dexter oder Hiroshi Okazaki beginnen.«

»Weil wir mit dem anfangen sollten, was am überschaubarsten ist.«

»Aha.«

»Mir ist sein Angebot an Nela aufgestoßen. Hat sie dir auch davon erzählt?«

Wesemann nickt.

»Um in das Bauprojekt Kurie einzusteigen, braucht es zig Millionen. Wie will Heiko Hahn die aufbringen?«

»Vielleicht eine dicke Erbschaft?«

»Ich habe mich umgehört, für solche Fragen habe ich meine Beziehungen. Der Zoll ist ihm auf den Fersen. Soweit ich das verstanden habe, verhökert er im Darknet gefälschte CE-Zertifikate an chinesische Unternehmen. Alles im überschaubaren Rahmen. Der Zoll will ihn noch ein bisschen gewähren lassen, sie erwarten Erkenntnisse in Zusammenhang mit einem größeren Fall. Ansonsten mittelprächtige Kontostände, keine Millionenbeträge. Alles nur Angeberei und Aufschneiderei.«

»Wir müssen Nela warnen.«

»Erst wenn es brenzlig wird, bis dahin kann sie ganz gut auf sich selbst aufpassen. Außerdem habe ich erfahren, dass Pia jemanden von einem Blind Date kennt, der ebenfalls mit dem Projekt zu tun hat. Ich habe sie gebeten, ihr Blind Date ein bisschen auszuhorchen. Hat sie getan. Stand der Dinge: Das ganze Projekt steckt in den Kinderschuhen, Ausschreibungen sind nicht erfolgt und nicht mal gerüchteweise im Umlauf. – Wir sollen übrigens Pias Spesen übernehmen: Busfahrkarte Nahtarif fünf Euro plus einen Cocktail »Sex on the Beach«. Sie will 20 Euro ersetzt haben – ohne Quittung. Ich habe eine meiner gastronomischen Quellen befragt, der Cocktail kostet zwischen acht und zehn Euro, wir geben ihr großzügige 16 Euro.«

»Wirklich großzügig!« Natürlich hat Wesemann im Kopf mitgerechnet und merkt sich: bei der Zusammenarbeit mit Kalenberger immer die Quittungen aufbewahren.

Kalenberger straft ihn mit einem überlegenen Lächeln, dann erläutert sie ihre zusammengetragenen Informationen im Fall Heiko Hahn, ergänzt sie mit begründbaren Vermutungen und langjähriger Lebenserfahrung. Schließlich drängt Kalenberger zum Aufbruch.

Bei der Verabschiedung von Bootswart Brockmann lassen sie betont unauffällig einen Zehneuroschein in der Sammeldose der Marinekameradschaft verschwinden. Brockmann ist angetan, verabschiedet sich mit Handschlag, murmelt etwas von »bis zum nächsten Mal« und steckt Kalenberger seine Visitenkarte mit handschriftlich ergänzter Handynummer zu. Als sie wieder die Promenade unter den Sohlen haben, ruft er ihnen ein freundliches »Immer willkommen!« hinterher, was für die beiden Ermittler so wertvoll werden kann wie ein Stammplatz in Hamelns »Rattenkrug«.

Sie machen sich auf den Weg zu Heiko Hahns Handyshop. Doch nach wenigen Schritten zieht Wesemann Kalenberger am Arm zurück. »Waren das nicht gerade mein Chef Baxmann und sein treuer Adjutant André Schmitz?«

»Ich habe nur einen Schatten gesehen.«

»Sie sind hinter dem Bug der ›Pluto‹ verschwunden.« Wesemann rennt zurück, aber nur drei, vier Schritte. Zu seiner Enttäuschung kräuseln sich am Bootsanleger hinter dem »Pluto«-Heck nur die Wellen.

Doch so leicht will Wesemann nicht aufgeben. Er besteht darauf, kurz den Parkplatz zu checken. Und da steht es, das rubinrote Peugeot Cabrio von André Schmitz. Und Baxmann? Passen sie zu zweit überhaupt in das schnuckelige Gefährt?

*

Unterwegs haben sie besprochen, wie sie im Handyladen vorgehen wollen. Also Kalenberger hat im Groben erklärt, wie die kriminalistische Taktik wäre, hat Wesemann aber keine Gesprächsvorgaben gemacht. Spontanität führt oft zu überraschenden Ergebnissen, wie sie aus langjähriger Erfahrung weiß.

Heiko Hahn schaut erstaunt, in seinem Kopf sind Wesemann und Kalenberger im »KaFEEchen« abgespeichert.

Kalenberger lässt die Begrüßungsfloskeln mit einem neutralen Lächeln über sich ergehen. »Ich schäme mich allmählich, mit meinem Handy in der Öffentlichkeit zu telefonieren. Man wird gleich um ein halbes Jahrzehnt älter geschätzt, als man ist. Wer möchte das schon? Ich würde mir deshalb gern unverbindlich einen ersten Eindruck von den aktuellen Handys verschaffen. Kümmern Sie sich ruhig um Wesemann, sein Anliegen ist dringlicher.«

»Was kann ich für Sie tun?« Heiko Hahn widmet seine Aufmerksamkeit Wesemann.

Kalenberger verschwindet hinter seinem Rücken. Einem flüchtigen Beobachter fiele der konturlose Schatten vor den hell erleuchteten Smartphone-Vitrinen gar nicht auf.

»Ich wollte Ihnen meine Anerkennung aussprechen, wie schnell Sie Nelas Laptop repariert haben.«

»Kein allzu großes Problem, war kein fundamentaler Schaden. Mit ein bisschen Nachdenken und Probieren hätten Sie den Fehler sicher auch gefunden.«

»Hätte ich, vielleicht. Aber das Teil so schnell zu entsperren, ist schon sensationell.«

»Na ja, ein bisschen Glück gehört auch dazu.«

»Zumal sich Nelas Fall von allen anderen in Hameln unterscheidet. Nur bei ihr wurde so wenig Geld gefordert.«

»Woher wollen Sie das wissen?«

»Ein Bekannter vom BKA …«

Ein leichtes Hüsteln aus der Vitrinenecke.

»… genauer, vom LKA hat sich einen internen Überblick verschafft. Er kam zu dem Schluss, dass es jemand gewesen sein muss, der Nela kennt. Es ging dem Hacker vermutlich nicht um Geld, sondern um Nela. Darum, bei ihr Eindruck zu machen, zum Beispiel, indem er es ist, der ihren gehackten Computer entsperrt.«

Heiko Hahn weicht einen Schritt zurück. »Was wollen Sie damit sagen?«

»Natürlich, das kann reiner Zufall sein, auch wenn es recht eigenartig ist.«

Heiko Hahn ringt sich ein etwas gequältes Lächeln ab.

»Aber sei's drum. Ich will niemanden ohne stichhaltige Beweise verdächtigen.«

»Ich hoffe, die Sache ist damit vom Tisch?«

»Wären da nicht noch die geforderten 500 Euro.«

»Was ist damit?«

Aus Richtung der Ausstellungsvitrinen kommt ein leises Pochen, als versuche sich ein Kleinspecht an einem Glasbaum. Es ist einer von Kalenbergers Fingernägeln auf der Vitrine. Dazu ihr leichtes Hüsteln, das verabredete Zeichen zum frontalen Angriff.

Heiko Hahns unsteter Blick fliegt zwischen Kalenberger und Wesemann hin und her. »Bei euch beiden weiß ich nie genau, ob es ernst gemeint ist oder ihr mich verklapsen wollt.«

»Normalerweise meint er alles ernst.« Kalenberger stellt sich schräg vor Wesemann. »Und diesmal sogar sehr ernst.«

Wesemann streckt die Hand aus: »Rück die 500 raus, die ich für die Entsperrung von Nelas Laptop bezahlt habe.«

»Ein Kontenabgleich belegt zweifelsfrei den Geldfluss«, setzt Kalenberger nach.

Wesemann zuckt leicht zusammen.

Kalenberger kreuzt schnell Zeigefinger und Mittelfinger einer Hand hinter ihrem Rücken.

Der arme Kerl, denkt Wesemann, wollte sich vor Nela wichtigmachen. Was tut man nicht alles aus Liebe. Aber die Hand lässt er ausgestreckt, auf die 500 kann er nicht verzichten, obwohl ihm der Arm allmählich lahm wird.

Heiko Hahn wiegt ungläubig den Kopf, dreht sich um, geht zur Kasse, entnimmt ihr einige Scheine, den Rest zu dem geforderten Betrag seinem Portemonnaie. »Ich glaube das alles nicht.«

»Wissen ist Macht«, sagt Kalenberger. »Glauben gehört in die Kirche.«

Wesemann grapscht nach dem Geld und steckt es, ohne nachzuzählen, in die Innentasche seiner Lederjacke. »So weit der private Teil unseres Interessenausgleichs.« Er schließt den Reißverschluss seiner Jacke. »Fehlt noch der gesellschaftliche Aspekt. Die Kripo wird sicher großes Interesse an dem kriminellen Vorgang haben.«

»Es war doch nur ein Versuch, Nela zu beeindrucken, wenn auch ein verunglückter. Ich wollte Nela längst alles beichten und das Geld zurückgeben, bin bloß noch nicht dazu gekommen.«

»Löblich, löblich«, spottet Wesemann. »Aber mach das nie wieder!«

»Du bist eine Superbullin«, meint Wesemann, als sie den Handyshop verlassen haben.

»Na ja, als Auszeichnung verstehe ich die Bezeichnung nicht gerade.«

»Mir ist nichts Besseres eingefallen.«

»Superkuh wäre Grund genug zu einer handfesten Auseinandersetzung.«

»Ich schlage vor, wir gönnen uns einen freien Nachmittag.«

»Ich ahne, worauf das hinausläuft: Kaffee und Kuchen bei Nela, morgendliches Entsetzen auf der Waage, eine Woche Diät und doch nicht abgenommen.«

»Wir könnten mein Auto bei Engin abholen, eine kleine Spritztour durch den Deister machen und spontan irgendwo zu einem kleinen Snack einkehren.«

Kalenberger schaut Wesemann belustigt an. »Du denkst, mitten in der Woche im Deister ein gastliches Haus zu finden, das uns freundlich bewirtet? Die Türen sind schon seit Jahrzehnten verriegelt und verrammelt.«

»Lass uns erst mal das Auto abholen, dann sehen wir weiter. Ich garantiere dir …«

»Aha, darauf läuft es hinaus. Deinen Spaß will ich dir allerdings nicht verderben, lass uns gehen.«

Wesemann greift zum Handy. »Ich rufe Engin kurz an, damit das Auto auch wirklich vollgetankt vor der Tür steht.«

*

Vor Engins »Lebensmitel Groß- und Einzelhandl« kein roter Škoda Fabia weit und breit.

Das lasse die Parksituation nicht zu, erklärt Engin, nachdem er Kalenberger mit dem gleichen honigsüßen Lächeln begrüßt hat, das auch schon Karolas Herz erfreute. Für Wesemann hat er nur eine beiläufige Umarmung übrig. »Auto steht um die Ecke, alles tipptopp.«

Engin geht voraus, biegt in eine Zufahrt ab, vorbei an »Balutsch – Geheimnisse orientalischer Küche«, und begibt sich auf den dahinterliegenden Parkplatz. »Da ist das Schätzchen.« Er wedelt mit Autoschlüsseln an einem Mustang-Anhänger. Wesemann greift nach den Schlüsseln, Engin zieht die Hand zurück.

Wesemann greift in die Innentasche seiner Lederjacke, holt das Bündel Geldscheine heraus und reicht es Engin. »500 in bar. Die Quittung hole ich mir in den nächsten Tagen – dann können wir auch über die weiteren Raten sprechen.«

»Eilt nicht, eilt nicht.« Engin lässt die Autoschlüssel in Wesemanns offene Hand fallen. »Du Vertrauensperson.«

Abschiedsumarmung und Wangenküsschen für alle.

Wesemann startet eine optische Totalinspektion. In Wirklichkeit will er nicht vor Engins Augen rückwärts ausparken.

Engin kann seinen Laden nicht alleine lassen. »Gut Fahrt!«, wünscht er und schon ist er verschwunden.

Einmal ohne Zündung schalten, dann mit eingeschaltetem Motor, alles klappt sanft und butterweich. Plötzlich ein Knall und Wesemann steht auf der Bremse. Die funktioniert also auch, aber woher kam der Knall?

Bei laufendem Motor umrundet er sein neues Fahrzeug. »So eine Sauerei!« Da hat ihm ein Scherzkeks eine Melone unter den rechten Hinterreifen gelegt. Er berichtet Kalenberger. Kalenberger findet es lustig, Wesemann eher nicht.

Kaum ist er auf die Vizelinstraße eingebogen, meldet sich die Tankanzeige. Rot. Sieht nach letzter Warnung aus. Wesemann muss nicht lange überlegen, schließlich hat er um die Ecke gewohnt. Also einmal um den Block und bei Andreas Zimmer an eine blau-weiße Zapfsäule. Tanken für 20 Euro.

Endlich kann's losgehen.

»Wohin?«, fragt Kalenberger.

»Ich würde dir gern ein paar Freunde von mir vorstellen.« Wesemann schmunzelt. »Besser gesagt: Freundinnen.«

Kalenberger schaut skeptisch. »An der B217?«

»An der B217!«

»Etwa in Hasperde?«

»Wie kommst du auf Hasperde?«

»Nur so, davon haben die Kollegen in Hannover mal gesprochen. Ich habe aber längst vergessen, was es damit auf sich hat, oder ich habe es aus Desinteresse verdrängt.«

»Nee, nee«, sagt Wesemann, »wir wollen doch anständig bleiben.«

»Also wohin?«

»Lass dich überraschen!«

# ELF

Wesemann sucht die ländliche Idylle, den Frieden der Provinz, nach all der Aufregung in der großen Stadt mit ihren aufwühlenden Themen. Wieder einmal Hohnsen, Hachmühlen, Brullsen, Brünninghausen, Bredenbeck, dort in die Lavesstraße, dann in den Steinkrüger Weg. Die große Wiese, in einiger Entfernung ein Buchenhain, davor farbenfrohe Punkte wie beim »Aztec Dance« in Mexico. Baxmanns Weihnachtspräsent im vorletzten Jahr: »Feste in aller Welt«, ein Fotobuch mit kleinen Macken und großen Fotos.

Wesemann bremst seinen neuen Feuerteufel sanft am Straßenrand ab. Noch zeigen zwei tiefe Furchen von der Asphaltstraße ins satte Grün, wo sein Ehemaliger ohne sein Zutun oder irgendeine Fehlentscheidung seinen spirituellen Ruheforst gefunden hat.

Wesemann greift eine Papiertüte vom Rücksitz, steigt aus, hält die Tüte in die Höhe und schüttelt sie leicht, sodass sie knistert und raschelt.

Kalenberger verlässt ebenfalls das Auto, muss dabei einen weiten Schritt machen, landet trotzdem im Matsch und sagt: »Aha.«

»Ich möchte mich aus einer seelischen Klemme befreien, dauert nicht lange.« Neuerliches Knistern und Rascheln der Papiertüte in seiner Hand. Die farbenfrohen Punkte vor dem matten Grün haben längst begriffen und sich südamerikanisch ungeordnet auf den Weg gemacht.

»Äpfel für die Schafe?«

»Altbackene Brötchen für meine Freundinnen.«

Die farbenfrohen Punkte entwickeln sich zu einer Herde Alpakas mit bunten Halsbändern, die ihre Hälse recken und die Besucher aristokratisch distanziert begutachten. Wesemann agiert wieder mit der Tüte, ohne größeren Erfolg. Er greift in die Tüte, entnimmt ihr zwei Brötchen, eins reicht er Kalenberger und streckt dann die Brötchenhand seinen Freundinnen entgegen.

Zögernd kommen die Tiere näher. Kalenberger kann Wesemanns Begeisterung nicht ganz teilen. Ihr scheint das Ausgefallene den ästhetischen Eindruck zu übersteigen, sie wirft ihr Brötchen dem rotbraunen Alpaka vor die Hufe. Jetzt hätte sie Lust auf einen Kaffee.

»Ich darf doch bitten«, mahnt Wesemann mit einem missbilligenden Blick. »Schau dir nur ihren überlegenen Ausdruck an. Ihre erwartungsvollen Augen, von charmanten Wimpern beschattet.«

»Wesemann, lass den Quatsch, das hört sich arg nach Geschlossener an.«

»Und ihre kecken Frisuren – da würde selbst ›Der Friseur‹ in der Thietorstraße vor Neid erblassen.« Wesemanns Begeisterung klingt sehr überzeugend, trotz des leicht ironischen Untertons.

»Ich habe keine Lust mehr auf Zoo«, sagt Kalenberger. »Verabschiede dich bitte von der Menagerie oder ich mache mich zu Fuß auf den Weg. Wenn's hier nicht nur Spinner gibt, werde ich schon eine Mitfahrgelegenheit nach Hameln finden.«

»Wen haben wir denn da?« Wie aus dem Nichts steht plötzlich eine junge Frau hinter ihnen.

Wesemann hat das Gefühl, als müsse er sie kennen.

»Sie sind doch der gewiefte Rallyefahrer, der auf unserer Weide gelandet ist und meine Alpakas erschreckt hat.«

»Sie haben sich nicht erschreckt, sie waren mir sogar sehr zugewandt.«

»Ach ja«, die junge Frau lacht, »ich erinnere mich. Besonders unsere Alpacina hatte es Ihnen angetan. Sie schien auch nicht abgeneigt. Aber Sie kommen zu spät, jetzt haben Sie keine Chance mehr. Unser Oscar hat sie gedeckt, und seitdem hat sie kein Interesse mehr an anderen Männern.«

Wesemann nickt der Frau zu und nimmt Kalenberger beim Ellbogen. »Wir sollten die Märchenstunde beenden.« Die Information hat seinem Herzen einen kleinen Stich versetzt.

»Ich lade dich zum Essen ein«, sagt Kalenberger mitfühlend.

Eine halbe Stunde später sitzen sie am Hastenbecker Weg in dem Lokal mit der bunten Rutsche neben dem Eingang und dem schwungvollen »M« auf dem Dach.

»Passend zu deiner Märchenstunde«, meint Kalenberger mit einem Grinsen. Sie wählt einen Sechser Chicken McNuggets und er einen McRib, dazu eine Fanta und ein alkoholfreies Bier.

*

Tags darauf, es ist noch nicht Mittag und Nela ist mit der appetitlichen Ausgestaltung von Kuchentheke und Inventar beschäftigt. Die Tür fliegt auf, die Klinke knallt gegen die achte Ratte auf dem Flurgemälde. Nicht so schlimm, es sind noch neun weitere vorhanden.

»Nela? Nela? – Nela, wo steckst du?« Pia ist der unumstößlichen Meinung, dass alle Welt immer und überall auf sie wartet.

»Wer will das wissen?«

Pia ortet Nela in der Küche, ist allerdings ein wenig eingeschnappt. Nela rührt in einem Eisenpfännchen. Pia riecht Butter, Zucker und …?

»Was wird das?«

»Wonach sieht es denn aus?«

»Es duftet mehr, als dass es aussieht. Geradezu paradiesisch!«

Nela schiebt ihr ein Körbchen mit vier Äpfeln zu und legt einen Sparschäler obendrauf. »Volltreffer! Du kannst mir beim ›***Beschwipsten Paradieskuchen***‹ gerne helfen.«

»Ich habe Neuigkeiten und steh nicht bloß rum.«

»›Rum‹ ist genau das richtige Stichwort.«

Widerwillig schält Pia die Äpfel und wartet, bis der Apfel-Haselnuss-Kuchen im Ofen ist.

Erst danach schenkt Nela Pia ihre Aufmerksamkeit: »Und jetzt die Neuigkeiten – bitte.«

»Traurig, ganz traurig. Meine rosigen Zukunftspläne sind in der Sickergrube gelandet.

»Ich bring dir einen Kaffee, dann sieht die Welt schon wieder anders aus. Rum hätte ich auch noch …«

»Bitte einen Kaffee und einen Cognac, einen doppelten Cognac, in umgekehrter Reihenfolge.«

Nela startet die Kaffeemaschine und nimmt die Flasche Cognac vom Regal. Feine französische Marke. »Hat mir Heiko zu einem Spottpreis besorgt, zehnfacher Wiederverkaufswert«, sagt sie. Sie entwickelt sich allmählich zu einer Geschäftsfrau.

»Gern geschehen.« Heiko Hahn live, nur an seiner Stimme zu erkennen, der Rest verborgen hinter Kühlschrank, Vorratsschrank und Handtuchtrockner.

Nela winkt Pia vertraulich zu sich heran. »Er leistet Wiedergutmachung, seine Strafarbeit für seinen Dummejungenstreich. Er entwickelt eine Website für mein Café mit einem ganz tollen … Wie heißt das noch?«, fragt sie lauter, damit Heiko sie hören kann.

»Intro!«

»Genau, Intro. Eine Kaffeetasse, die sich immer wieder von alleine füllt, ohne überzulaufen, und ein schöner Schriftzug in Kaffeebraun: ›KaFEEchen‹«.

»So etwas braucht man heutzutage. Auf der Website meines Bestattermeisters bin ich als ›einfühlsame Trauerrednerin‹ eingetragen. Mit Dankschreiben und Foto.«

»Dann ist dein künftiges Auskommen wohl abgesichert. – Und sonst?«

Pia arrangiert sich zwischen Arbeitstisch und Spüle. Sie setzt sich, lehnt sich zurück, atmet laut aus, steht wieder auf, hängt ihren Jack Wolfskin Funktionsparka über die Stuhllehne und nimmt wieder Platz. »Wenn du wüsstest …«

»Du wirst es mir sicher gleich erzählen.« Nela hat bereits ihre Kundenerfahrung gesammelt: Manche wollen gar nicht reden, einige kleiden ihre Bestellung in den üblichen Small Talk, andere erzählen schon, bevor sie das Café überhaupt betreten haben.

»Dabei ließ sich alles so gut an.« Der Cognac ist zur Hälfte geleert. »Ich hab aktuell einen tragischen Trauerfall. Ein gut situierter Mann verliert seine Frau, die Welt bricht für ihn zusammen, und da komme ich ins Spiel, mit einer Trauerrede.«

»Sprichst du von dem Lumpensammler?«

»So würde ich ihn nicht bezeichnen, obwohl … Ich überlege gerade, wer alles unter seine Ganovenehre fällt. Ich habe mich im Auftrag der ›Bosé – Bestattungen mit Herz‹ zu einem Vorbereitungsgespräch zu Herrn Wisz in seine

Privatwohnung begeben. Sofern man eine Jugendstilvilla im Klütviertel noch Wohnung nennen kann. Eher Residenz oder Domizil oder … Ach, egal. Wir kamen überraschend schnell auf eine vertrauliche Ebene, er konnte sich mir öffnen. Er war so aufgewühlt, so erschüttert, so zutiefst verstört … Ich habe seine Hand gedrückt, ihn in den Arm genommen, sein Haar gestreichelt – er hat immerhin 48 Millionen. Ich habe mich verliebt, zumindest in seine finanziellen Möglichkeiten. Wir haben eine weitere Sitzung vereinbart und uns sehr herzlich voneinander verabschiedet. – Bring mir bitte noch einen Cognac.«

»Erst nach dem nächsten Kapitel.«

»Du kannst so gemein sein. Ich wollte nach dem Besuch direkt zu dir, ich wusste nicht, wohin mit meinen Glücksgefühlen. Ich wollte dich sogar bitten, als Brautjungfer bereitzustehen. Doch dann kam alles anders … Ich brauche jetzt noch einen!«

»Na schön.«

»Für das nächste Trauergespräch mit Vadim wollte ich mir ein angemessenes Outfit zulegen. Dezent, zurückhaltend, aber obenherum durchaus vielversprechend.«

»Dein Cognac!«

»Danke und zum Wohl. – Sollte natürlich nicht allzu viel kosten. Das wollte ich gleich erledigen, vor dem Besuch bei dir. Ich also zu Wellner, bin da gut bekannt mit einer Verkäuferin. – Magst du auch einen? Der ist wirklich gut.«

»Nein, danke. In etwa einer halben Stunde geht hier der Trubel los, da muss ich einen klaren Kopf behalten.«

»Wer nicht will, der hat schon. – Ich kam also mit meiner Bekannten ins Gespräch. Nicht nur über Blusen und andere inspirierende Oberteile. Ich habe von Vadim vor mich hin geschwärmt, eine ganze Weile. Da hat sie mich am Arm gepackt, ›du weißt wohl nichts von den Gerüchten …‹ gesagt und mich in einen Gang hinter den Umkleidekabinen gezogen. Beim Ableben seiner Frau soll nicht alles mit rechten Dingen zugegangen sein. Sie war eine stadtbekannte Eierlikörexpertin, soll am Tag zwei bis drei Flaschen geköpft haben. Es ging immer weiter bergab mit ihr.«

»Da kann man als Außenstehender kaum etwas machen. Wir hatten mal einen Nachbarn …«

»Jedenfalls soll sie in einem lichten Moment ihre Situation richtig eingeschätzt und sich in Therapie begeben haben. Hat dem guten Vadim gar nicht gepasst, ihr gehörte der Laden nämlich, und sie war in den Unternehmensentscheidungen grundsätzlich anderer Ansicht als ihr Mann. Die Auseinandersetzungen zogen sich einige Zeit hin, dann trug sein Fahrer wieder diskret verpackte Eierlikörkartons ins Haus. Das hat mir Angst gemacht, das kannst du mir glauben. Ich bin also ohne Outfit nach Hause und habe eine belanglose Trauerrede vorbereitet. Bloß kein zweites Treffen mehr. Wer weiß, was aus uns geworden wäre und was der mit mir angestellt hätte. Vermutlich wäre ich nicht in mein Glück, sondern direkt in meinen Untergang gerannt. Ade, du schöne Welt. Und jetzt kommst du.«

»Was soll ich dazu sagen? Vielleicht solltest du noch einen Kaffee trinken, dann nach Hause gehen und Loriot-Sketche schauen. – Guten Tag, Herr … ähh … Wie schön, Sie wiederzusehen. Sie haben die freie Auswahl, nur der kleine Tisch rechts am Fenster ist reserviert. Im Angebot sind heute gedeckter Apfelkuchen, Bienenstich und Himbeersahnetorte.«

*

Wesemann sitzt auf einer Bank am Weserufer mit dem Rücken zur Stadt, ihrer Geschäftigkeit und den Touristen. Ein diesiger Tag, nass, grau, trübe. Kalenberger will sich hier mit ihm besprechen, wie sie weiter vorgehen. Sein Parka glänzt vor Nässe, die Feuchtigkeit ist von den unpassenden Lederhalbschuhen bereits bis in die Kniekehlen heraufgezogen.

Er war gerade bei der Sparkasse, hat sich zwischen überfreundlichem Kundenberater und unfreundlichem Automaten entscheiden müssen, den Automaten gewählt und sich seine Kontoauszüge ausdrucken lassen. Ist nicht mehr viel übrig von dem, was er für die Hochzeit und Hochzeitsreise angespart hat. Die Fluggesellschaft weigerte sich, die Reisekosten für den ungenutzten Sitz auf seinem Weg nach Las Vegas zu erstatten. Er hatte nicht energisch genug nachgehakt, um wenigstens teilweise die sinnlosen Ausgaben wieder hereinzubekommen. Jetzt war er pleite. Bei radioTOTAL war er schon zu Kreuze gekrochen. Vielleicht sollte er bei der Dewezet nach unbearbeiteten Aufträgen aus dem Ausgangskörbchen für Morton Dexter fragen? Das kann man nicht machen, das ist erbärmlich und pietätlos.

Wie soll es nur weitergehen? Er kann seit seinem Sparkassenstepp nicht mehr klar denken, starrt aufs graue Wasser, spürt die Leere in Kopf und Bauch.

Plötzlich steht sie neben ihm. Karola. Er ist nicht überrascht, als hätte er sie erwartet. Sie fragt etwas, Wesemann versteht es nicht, Karola wiederholt die Frage – nach der Uhrzeit. Wesemann schaut auf seine Armbanduhr, kann die Zeiger nicht sortieren, eine halb leere Wodkaflasche schaukelt in den Wellen, sein Handy klingelt. Kalenberger? Er blickt auf, doch Karola ist verschwunden.

Auf dem Display eine unbekannte Nummer, will nichts heißen, die Leute wechseln ihre Handynummer mit jeder neuen Prepaidkarte. »Was gibt's?«

Er hört »Silbermond« im Hintergrund, aber keine Stimme. Kalenberger wird das Treffen absagen, hat sicher etwas Besseres zur Belustigung gefunden. »Hallo? Wer ist da?« Seine Jeans hat die Nässe inzwischen bis zu den Oberschenkeln aufgesogen.

»Ich bin's.«

Wer ist »Ich«? Sicher will ihm jemand einen billigeren Handytarif aufschwatzen, oder er soll Geld und Wertgegenstände in einer Aldi-Tüte vor die Haustür stellen. Die Polizei, dein Freund ... Nein, er kennt die Stimme. Karola! Wesemann reißt sich zusammen, es könnte elementar sein! »Bist du's?«

»Noch genauso langweilig wie eh und je. Unser Vermieter hat angerufen, er will die Wohnung übernehmen. Wir müssen uns absprechen, was und wie wir renovieren müssen. Wenn ich dir das überlasse, heuerst du einen von deinen Freunden aus der Deisterstraße an, aber der Vermieter will die Rechnung einer anerkannten Malerfirma. Außerdem müssen wir die Wohnung zusammen übergeben, weil wir sie auch zusammen gemietet haben – sagt der Vermieter. Wann können wir uns in der Gartenstraße treffen?«

»Moment, ich schau in meinen Terminkalender ...«

»Also morgen um 15 Uhr vor der Haustür. Gibt's noch Kaffee oder hat man dir den Strom schon abgestellt?«

»Da kann ich leider ...«

Sie legt auf. Stille, Ruhe im Karton! Wie eisig und aggressiv ihre Stimme geklungen hat ... Wesemann, du solltest deiner Flugangst auf Knien danken.

»Tut mir leid, dass ich mich verspätet habe.« Wie aus dem Nichts taucht Kalenberger neben ihm auf. Wesemann knurrt etwas Unverständliches. Kalenberger kippt ihr Fahrrad gegen die Bank und sieht sich nach einer weiteren Sitzgelegenheit um.

Wesemann bemerkt ihren skeptisch suchenden Blick. »Soll ich zur Seite rücken?«

»Besser wäre aufstehen, dann hätte ich einen trockenen Sitzplatz.«

»Frauen und ihre Blasenschwäche«, mault Wesemann.

»Nee, lass mal. Wir sollten uns nur kurz besprechen und uns dann auf den Weg machen.«

Wesemann steht auf, der Hosenboden ist Gott sei Dank trocken geblieben.

Kalenberger setzt sich trotzdem nicht. »Ich habe mir überlegt, dass wir vielleicht einen Anhaltspunkt beim China-Restaurant finden könnten. Ich habe im ›Mayflower‹ angerufen und um ein Gespräch gebeten. Die Tochter hat sich gemeldet und wollte wissen, ob ich von der Polizei bin.«

»Natürlich bist du von der Polizei!«

»Natürlich nicht! Seit wann zeigt sich der China-Clan der Polizei gegenüber auskunftsfreudig? Inzwischen habe ich herausbekommen, dass Lian, die Tochter des Chefs, etwas mit Morton Dexter am Laufen hatte.«

»Das hätte ich dir auch sagen können.«

»Hast du aber nicht. Jedenfalls ist Lian bereit, auf privater Ebene mit uns zu sprechen. Also los, ich stell mein Fahrrad bei Nela unter, dann gehen wir zu Fuß die wenigen Schritte zum Restaurant.«

Kalenberger schiebt ihr Rad auf dem Weg zu Nela, und Wesemann hängt seinen Gedanken nach.

»Ich habe vor einiger Zeit kurz mit Lian Okazaki gesprochen, sie konnte sich – angeblich – nicht erklären, wie es zu dem schrecklichen Unglück gekommen ist.«

»Hoffentlich hast du die Quelle nicht versiegen lassen.«

»Auf dieser Basis können wir nicht zusammenarbeiten! Ein Mindestmaß an Feingefühl kannst du durchaus voraussetzen.«

»Entschuldige, war in Gedanken woanders.«

»Wenn du mich nur als ortskundigen Begleiter ansiehst, legst du dir besser einen digitalen Stadtführer für Hameln zu. Der hat keine eigenen Ideen, widerspricht nicht und kennt sogar die Wettervorhersage.«

»Wie wäre es mit einem Campari beim Italiener, als Entschuldigung?«

»Später. Mir fällt gerade eine Äußerung von Morton Dexter ein. Kurz vor seinem Tod soll Lians Vater gesagt haben, er wolle lieber alles zusammenpacken und nach Shenyang zurückkehren, als in ständiger Angst leben zu müssen.«

»Das ist doch mal ein Einstieg.«

*

Lian Okazaki trägt Weiß, die Trauerfarbe der Chinesen. Sie lächelt verhalten. Für einen Augenblick huscht das Bild einer deutsch-chinesischen Beerdigung an Wesemanns innerem Auge vorbei. Das wäre fast wie auf einem Schachbrett, schwarzer Reiter auf Grabfeld 37, weißer Läufer auf 15.

Kalenberger bewundert die glubschäugigen Drachen neben der Eingangstür, über der Theke, an der Decke, an den Tischbeinen, auf dem Heizungsgitter und … So viel Zeit haben sie nicht.

Lian Okazaki führt sie an einen Zweiertisch zwischen Theke und Toilette, verschwindet für einen Moment und serviert dann ein Willkommensgetränk. »Weißer Tee White Peony mit echten Silbernadeln, direkt aus China.«

»Silbernadeln?« Wesemann schaut konsterniert.

»Schmackhaft und sehr bekömmlich, vielleicht probieren Sie ohne Zucker?«

Wesemann leert den gut gehäuften Zuckerlöffel zurück in die Zuckerschale mit den dicken runden Buddhabärchen.

»Wir kondolieren Ihnen zum Tod Ihres Vaters und zum Tod von Morton Dexter«, sagt Kalenberger.

Lian Okazaki senkt den Blick.

»Wir wissen, wie schmerzhaft die Schicksalsschläge für Sie sind. Dürfen wir Sie trotzdem etwas fragen?«

Lian Okazaki nickt fast unmerklich.

»Ist Ihnen im Zusammenhang mit den Todesfällen etwas aufgefallen oder erinnern Sie sich an etwas, das Ihnen spontan durch den Kopf gegangen ist?«

Wesemann legt sein Handy auf den Tisch. »Dürfen wir unser Gespräch aufzeichnen?«

Lian Okazaki nickt erneut.

»Ist Ihnen etwas in Erinnerung?«, setzt Kalenberger nach.

»Von dem Abend, als Morton gestorben ist, weiß ich nicht mehr viel.« Lian Okazaki spricht so leise, dass sie kaum zu verstehen ist. »Es war alles so schrecklich.«

»Wer hat Sie über den Unglücksfall informiert?«, fragt Kalenberger.

»Carmen, sie steht immer zwischen Parkplatz und Hafen und wartet auf ...« Lian Okazaki sucht nach Worten.

Wesemann mischt sich ein. »Wir kennen Carmen und haben schon mit ihr gesprochen.«

Schweigen und nochmals Schweigen.

Dann gibt sich Kalenberger einen Ruck. »Wenn Ihnen noch etwas einfallen sollte – Unregelmäßigkeiten im Restaurant, Drohungen, ungewöhnlich aggressive Gäste –, dann melden Sie sich bitte.« Sie sucht in den Taschen ihres Mantels nach einer Visitenkarte, besinnt sich aber im letzten Moment. Sie hat nur die Karten mit den alten Kontaktdaten aus Hannover.

Wesemann greift geistesgegenwärtig ein. »Kennen Sie das ›KaFEEchen‹ in der Wendenstraße? Da weiß man immer, wo wir anzutreffen sind. Oder Sie hinterlassen einfach eine Nachricht.«

Kalenberger verabschiedet sich mit einem vertrauenerweckenden Händedruck von der jungen Frau, Wesemann mit einer leichten Verbeugung. Er übt sich in asiatischer Zurückhaltung, weiß, was sich international gehört.

Sie sind schon an der Tür, als Lian Okazaki zu ihnen aufschließt. »Etwas ist mir doch aufgefallen. Im Radiobericht hat der Sprecher gesagt, Morton hätte gut schwimmen können. Das stimmt nicht, ich habe ihm selbst einmal aus der Weser geholfen, als er von der Uferböschung abgerutscht ist. Er war nur förderndes Mitglied im Team der Langstreckenschwimmer, weil er den Wimpel der Gruppe an seinem Fahnenmast aufhängen wollte.«

»Merkwürdig«, meint Wesemann, als er und Kalenberger anschließend die Bäckerstraße hinuntergehen. »Den Radiobericht hat mein Nachfolger bei radioTOTAL verbrochen, und der ist Vorsitzender der Langstreckenschwimmer. Er weiß bestimmt, dass Morton Dexter nicht schwimmen konnte.«

»Vielleicht wollte er den ›Unglücksfall‹ damit publizistisch absichern«, überlegt Kalenberger laut. »Hm. Den Grund sollten wir unbedingt herausfinden.«

Bei Nela angekommen, entsperrt Kalenberger ihr Fahrrad und will sich von Wesemann verabschieden.

Der hält abrupt inne. »Mir fällt gerade ein, dass mir Carmen ein Notizbuch übergeben hat. Sie hat es an der Anlegestelle von Dexters ›Mayflower‹ gefunden. Steht aber nichts drin, nicht mal eine Adresse.«

»Wenn es nicht von Dexter, sondern von seinem Angreifer ist? Du hast es hoffentlich noch nicht weggeschmissen?«

»Natürlich nicht!«

»Dann bring das Notizbuch zu unserem nächsten Treffen mit, und wir werden es uns ganz genau ansehen.«

»Aye, aye, Lady – ist abgespeichert.«

»Und bring außerdem ein Tapeziermesser mit, wenn du eins findest. Meins hat sich, glaube ich, Harryboo für eine dringende Reparatur an seinem Moped ausgeliehen. Ist schon eine Ewigkeit her.«

Wesemann winkt ihr zum Abschied kurz zu, nach »Harryboo« hat er keine Lust mehr auf Küsschen.

*

Am späten Nachmittag fällt ihm siedend heiß ein, dass Karola morgen kommt. Er muss unbedingt die Wohnung sauber machen – aufzuräumen gibt es nicht mehr viel. Nachdem Karola ihre Habseligkeiten abgeholt hat, ist ein überschaubarer Hausstand übrig geblieben. Sauber machen, staubsaugen! Doch das Gerät säuselt nur noch leise vor sich hin und erweckt den Eindruck, es lasse auf jeder Reinigungsspur mehr zurück, als es einsammle.

Wesemann macht den ultimativen Test, reißt drei Blatt von der Klopapierrolle und versucht, sie dem Staubsauger schmackhaft zu machen. Der ignoriert die ihm vorgesetzte Mahlzeit.

Wesemann setzt sich aufs Bett, überlegt, versucht den Gedanken an eine Neuanschaffung zu verdrängen, doch es funktioniert nicht. Ein Staubsauger kostet bestimmt 200, 300 Euro. Er könnte natürlich zu Engin gehen, aber Engin würde sicher die nächste Rate seiner Autofinanzierung ansprechen. Wenn er es geschickt anstellt, könnte er Engin 500 abzüglich der Staubsaugerkosten anbieten. Das wären zwei Fliegen mit einer Klappe, doch – Wesemann seufzt – Engin ist clever. Es würde teuer werden. Wesemann bleibt keine Wahl, er muss zu Elektro-Bergmann in die Bahnhofstraße. Mit dem neuen Škoda? Lieber nicht, da findet er bestimmt keinen Parkplatz, keinen richtigen Parkplatz.

Plötzlich hat er eine Idee. Vielleicht braucht er gar keinen neuen Staubsauger. Wenn er sich richtig erinnert, hat Karola gelegentlich den Staubsaugerbeutel gewechselt. Sie wollte zwar immer einen beutellosen Staubsauger, aber Wesemann war dagegen. Wie sollte das funktionieren? Staub und Flusen rein, und dann wohin damit? Wie auch immer … Er steht auf und prüft den Beutel. Prallvoll!

Also Schuhe an, Mütze auf, es ist trotz beginnendem Frühjahr empfindlich kalt. Handschuhe braucht er nicht, Männer ziehen keine Handschuhe an. 164er-Ring, Deisterstraße überqueren, dann rechts, links, geradeaus, Elektro-Bergmann – »seit 80 Jahren Ihr Fachgeschäft«. Freundlich distanziertes Ambiente, freundliche Bedienung. »Für welches Staubsaugermodell?«

»So ähnlich wie der zweite von links.«

»Also ein Bosch?«

»Könnte auch der fünfte von …«

»Haben Sie eine Modellbezeichnung? Dann finden wir die passenden Beutel.«

»Ich wusste nicht, dass es da Unterschiede gibt.«

Zurück in die Gartenstraße. Wesemann untersucht den Sauger, in 18 Minuten schließt Elektro-Bergmann. Nirgends eine Modellbezeichnung zu entdecken. Bevor er noch länger sucht, packt er den Sauger unter den Arm und eilt zurück in die Bahnhofstraße.

Er sieht die freundliche Verkäuferin und winkt ihr zu. Sie schickt einen jungen Kollegen, sehr entgegenkommend, von Mann zu Mann lässt sich über technische Belange leichter reden. Die Modellbezeichnung findet sich unter dem knallvollen Beutel im Staubsauger. Der junge Verkäufer zieht sich Plastikhandschuhe über, bevor er den Beutel zur Entsorgung entnimmt.

*

Wesemann schläft schlecht, frühstückt Cornflakes mangels Milch mit einem Schuss Rotwein. Von Minute zu Minute wird er nervöser. Er hätte einen kleinen Strauß Blumen kaufen sollen oder besser eine Topfpflanze, da als Vase nur der Zahnputzbecher in Betracht käme. Rosen vielleicht, einen Strauß kleiner roter Rosen. Oder wäre das zu plump? Außerdem hat der Blumenladen donnerstags geschlossen, oder mittwochs? Karola wüsste es, sie hat da mal aushilfsweise gearbeitet.

Die Stunden schleppen sich über den Tag, aber dann geht es ganz schnell. Es klingelt und Karola steht vor der Tür.

Wesemann grinst. »Du hast doch einen Schlüssel.«

Karola geht durch den Flur ins Wohnzimmer. Sie ist noch präsenter geworden, Wesemann bemerkt sofort das

Flair, das sie schon immer umgab. Ob nur er diese Anziehungskraft spürt?

Wesemann hat die übrig gebliebenen Stühle nebeneinander vor dem Fenster platziert, mit Blick auf die roten Dächer gegenüber.

»Kann ich dir etwas anbieten?« Mist, er hat nichts besorgt. Sie trinkt doch so gerne Sekt, er hat aber nur noch ein paar Flaschen Bier und eine halb leere Flasche Rotwein da. »Nein, danke.« Karola setzt sich. »Lass uns die Übergabe besprechen. Hast du dir inzwischen überlegt, wer die Renovierung übernehmen soll? Bevor wir uns mit dem Vermieter streiten, lassen wir die Wohnung streichen und niemand kann uns etwas nachsagen. Zumindest nicht in der Beziehung.« Karola lacht auf: »Beziehung!«

Wesemann schaltet zu spät, und Karola ist schon beim nächsten Thema. »Ich habe bereits eine Vorauswahl getroffen: Gattermann, Mücke oder Deutsch.«

»Ja«, sagt Wesemann.

»Wir teilen uns die Kosten?«

»Natürlich.« Vielleicht muss er sich was leihen, er hat viele Ausgaben mit dem neuen Auto und so.

»Dann wär's das.« Karola steht auf. »Ich habe nicht viel Zeit.« Sie geht los, zögert, als hätte sie noch etwas auf dem Herzen, und dreht sich um. »Vielleicht interessiert es dich. Wenn nicht, vergiss es sofort wieder.«

»Jaaa?«

»Entschuldige, dass ich am Telefon so giftig war, doch ich habe im Sender ständig das Gefühl, beobachtet zu werden. Dort entwickeln sich überhaupt merkwürdige Dinge …«

Wer etwas erzählt, ist noch nicht weg, weder lokal noch transzendental, konstatiert Wesemann.

»Immer mehr Leute tauchen in den Gängen auf, nicht von außen, sondern intern. Baxmann hat einen ganzen Flügel des Senders abgetrennt und mit speziellen Schlössern versehen. Eines Abends – ich brauchte noch etwas aus der Allee-Apotheke – habe ich gesehen, dass vor dem Sender ein größerer Lastwagen aus Italien parkte. Ich bin nicht gleich losgefahren, habe den Laster noch ein wenig beobachtet. Da wurde etwas ausgeladen. Auf den großen Kisten stand ›Huawei‹. Baxmann hat mal etwas von Lokalfernsehen wie h1 in Hannover gesagt. Ich vermute, er will so etwas in Hameln aufziehen. Da gäbe es vielleicht einen Arbeitsplatz für dich. Aber von mir hast du das nicht!«

Jetzt, Wesemann, solltest du sie spontan an dich drücken, jetzt!

»Dann also bis zur Wohnungsübergabe.« Und schon ist die Chance vertan.

# ZWÖLF

»Lange nicht gesehen«, sagt Nela.

»Und trotzdem wiedererkannt?«

»Kaffee oder Cognac? – Du siehst mehr nach Cognac aus.«

»Ein Mineralwasser, bitte«, antwortet Pia, »man kann sich die Welt nicht schönsaufen, man muss sie aktiv und selbstbewusst gestalten.«

»Wenn du meinst.«

»So kann es einfach nicht weitergehen: Hängebacken, Hängebusen, Hängehintern – da bist du raus aus dem Rennen.«

»Nun übertreib mal nicht. Du bist doch ausgesprochen attraktiv.«

»Und warum beißt dann keiner an? Gut, der Job beim Bestatter bringt ein ordentliches Zubrot, aber mehr auch nicht. Es bleiben mehr Frauen als Männer allein zurück, und ich habe keine Lust mehr, auf Lesbe umzuschulen. Und Schönheitsoperationen kosten ihr Geld, wenn man es ordentlich machen lassen will.«

Nela stellt eine Tasse Kaffee vor Pia auf den Tisch und wedelt mit der Cognacflasche. Pia gibt auf, nickt und Nela schenkt ein.

Heiko Hahn kommt, scheint im Stress zu sein.

»Hast du an die Orangen gedacht?«, fragt Nela.

»Davon hast du nichts gesagt.«

Pia widmet sich ihrem Kaffee, für Heiko lohnen sich keine Verrenkungen.

Nela schaut Heiko an, zeigt Erschrecken, leichte Verzweiflung. »Dann wird das heute nichts mit der Orangentorte. Schade. Kunden haben schon danach gefragt …«

Heiko zieht die Luft durch die Nase, mehr als es zum Einatmen braucht. »Okay, ich geh gleich noch mal meine Freunde in der Deisterstraße besuchen. Kann ich sonst noch etwas für dich tun?«

»Du bist so lieb. Danke! Was würde ich ohne dich bloß machen?«

»Dir einen anderen Dummen suchen.« Heiko macht sich wieder auf den Weg. Die Tür schließt sich hinter ihm.

Pia schaut Nela fragend an.

Nela schmunzelt: »Ab nächster Woche ist er nur morgens in seinem Handyladen, nachmittags hilft er mir. Er ist so ein Netter. Ich sollte vielleicht doch mit ihm ausgehen. Was meinst du?«

Gut, dass Heiko den Blick nicht mehr sieht, den die beiden Frauen tauschen. Aber selbst wenn er ihn mitbekommen hätte, wäre er nicht schlau daraus geworden.

»Sag mal, er hat dir doch die Website für dein ›KaFEEchen‹ gemacht. Meinst du, er könnte auch für mich …?«

»Wozu brauchst du eine Website?«

»Ich war gestern bei der Ärztin in der Alten Marktstraße, seither wälze ich eine Idee vor mir her. Seit Wochen bewegt mich die Frage: Wo findet man Kerls im richtigen Alter, die nach Zuwendung dürsten? Vorvorgestern habe ich einen Artikel beim Friseur über Lebensberatung gelesen. Um solche Kurse anzubieten, braucht man keine Vorkenntnisse, Prüfungen oder Abschlüsse. Und gestern habe ich gegenüber von der Arztpraxis ein Schild an der Tür gesehen: ›Kleines, gemütliches Büro mit Vorraum, Küche und sanitären Einrichtungen günstig zu vermieten.‹«

»Du willst eine Dependance für deinen Bestatter aufmachen?«

»Hast du mir nicht zugehört? Ich werde eine Praxis für seelische Beratung eröffnen. Bücher habe ich mir schon besorgt und alle Erfahrungsberichte aus den Zeitschriften ausgeschnitten. Waren gar nicht mal so wenige. Ein Schild mit der Aufschrift ›Seelenkur‹ an die Tür, und schon geht's los.«

»Warum nennst du es nicht ›Bei Pia‹?«

»Ich hau dich!«

»Aber nicht so feste.«

Beiderseits zufriedenes Schmunzeln, wobei es bei Nela zu einem Grinsen misslingt.

»›Seelenkur: psychologische Beratung, Burn-out-Prävention, Stressbewältigung, offene Gesprächsrunden.‹ – Ich könnte schon morgen anfangen.«

»Da kann Heiko sich bestimmt einbringen und dir eine Website basteln«, sagt Nela. »Aber therapier ihn nicht zu heftig, sonst gibt's Hausverbot!«

*

Wesemann und Kalenberger haben sich am Kaiserbrunnen auf dem Pferdemarkt verabredet. Zuvor hat Kalenberger einen Termin beim Zahnarzt, doch als sie ihr Fahrrad am Fahrradständer der Praxis anschließt, sind die Schmerzen wie weggeblasen. Aber sie lässt sich nicht täuschen. Bestimmt kämen die Schmerzen wieder, kaum hätte sie sich aufs Rad gesetzt. Also erst mal eine Runde zu Fuß um den Bürgergarten, ihrem eigenen Körper ein Schnippchen schlagen. Schmerzen? Nix, niente, nothing, nada, nüschte. Zur Sicherheit am Imbiss eine kalte Cola trinken. Entweder sind die Schmerzen wirklich weg, oder ihr Gehirn ist in den Ruhemodus gegangen. Dann eben gleich zum Pferdemarkt.

Obwohl sie erst in einer halben Stunde verabredet sind, wartet Wesemann schon am Brunnen. »Früher war die Zeit auch viel pünktlicher!«, sagt er. »Ich habe meine Uhr nicht gefunden, da bin ich nach Gefühl losgegangen. Nicht so schlimm, vielleicht trifft man wen, habe ich gedacht. Doch wenn kein Sale oder Ausverkauf winkt, ist die Stadt wie ausgestorben.«

»Nicht verzweifeln, ich bin ja da.« Kalenberger holt Brockmanns Visitenkarte aus der Manteltasche und wählt auf ihrem Handy die Privatnummer des Bootsmanns.

»Wir würden gern mal wieder die Gastfreundschaft der Marinekameradschaft nutzen.«

Der Bootsmann lacht. »Kommen Sie gern vorbei, ich bin zufälligerweise an Bord.«

Sie machen sich auf den Weg. Drei Schwäne auf dem Wasser, einfliegende Stockenten, zwei Hunde tollen über die Wiese, die ersten Buden für den Ostereiermarkt werden aufgebaut, der nach mehreren Jahren endlich wieder stattfindet, dieses Mal als Freiluftveranstaltung in der Hamelner Altstadt, nicht in der Rattenfänger-Halle.

»Zum ersten Mal nehme ich bewusst wahr, wie Tarnfarbe funktioniert«, meint Wesemann und weist mit dem Kopf Richtung »Pluto«, »grauer Himmel, graues Wasser und graues Marineboot. Grau ist das Blau dieses verregneten Frühjahrs.«

Kalenberger bleibt stehen, zaubert einen anerkennenden Ausdruck auf ihre Gesichtszüge, nickt im Takt ihrer Schritte: »Wieder im Leibniz geblättert?«

»Wir werden erwartet«, meint Wesemann angesäuert,

seine geisteswissenschaftlich-philosophischen Fähigkeiten werden gern unterschätzt.

Bootsmann Brockmann steht auf der Gangway und begrüßt die Gäste mit einem herzlichen Händedruck. Sie winden sich die Wendeltreppe hinunter ins Unterdeck. »Ich kann nicht die ganze Zeit auf Sie aufpassen.« Brockmann grinst. »Wenn Sie etwas brauchen, schauen Sie selber nach einer Lösung oder verkneifen Sie es sich. Sie wissen, wo der Kühlschrank ist, Preisliste und Kassenbox stehen daneben. Obwohl … Setzen Sie sich, heute will ich noch mal den Leichtmatrosen geben und Sie bedienen. Kaffee?«

»Kann nie falsch sein.« Wesemann pellt sich aus seiner Jacke, Kalenberger lässt ihren wintergrünen Parka an.

Den hat sie extra für ihr Treffen angezogen. Hat Wesemann irgendetwas über das schöne neue Stück geäußert? Nix, niente, nothing!

Brockmann stellt eine Thermoskanne und drei Tassen auf den Tisch, setzt sich. »Schenken Sie sich gerne ein.«

Kalenberger greift als Erste nach der Kanne. »Etwas Warmes braucht der Mensch.«

Darauf geht Brockmann nicht ein. »Ich habe etwas mit Ihnen zu besprechen …«

Die Blicke von Wesemann und Kalenberger treffen sich ohne Intention.

»Wir hatten vorgestern Vorstandssitzung der Marinekameradschaft, es ging ums Sommerfest, den Shantychor und anderes. Unter dem Punkt ›Verschiedenes‹ kamen Sie ins Spiel. Wir vermuten, dass Sie den Platz auf der ›Pluto‹ gelegentlich und eventuell auch gelegentlicher für Ihre vertraulichen Zusammenkünfte nutzen wollen.«

Wesemann nickt verhalten, Kalenberger lächelt zustimmend.

»Das geht natürlich nicht kostenlos – darüber war sich der Vorstand einig.«

Wesemann greift nach seiner Jacke.

»Unser erster Vorsitzender hat eine Idee ins Spiel gebracht, die wir schon lange vor uns herschieben. Wir würden gerne eine Chronik über die ›Pluto‹ erstellen. Wir hatten sogar mal ein Team beisammen, aber die haben sich bereits nach der zweiten Arbeitssitzung mit ›Sie‹ angesprochen. Also kam die Idee auf die lange Bank.«

Wesemann zieht seine Jacke an.

»Bevor ich mich hier weiter in Interna verheddere, machen wir Ihnen ein Angebot: Unentgeltliche Nutzung der ›Pluto‹ für Ihre Arbeitstreffen, freier Zugang zu Kühlschrank und sanitären Einrichtungen, Nutzung von zwei Liegestühlen in den Sommermonaten. Und da wir wissen ...«, er schaut Wesemann direkt an, »... dass Sie zur gelegentlich schreibenden Zunft gehören, erwarten wir in absehbarer Zeit eine Chronik der ›Pluto‹ aus Ihrer Feder.«

»›Absehbare Zeit‹ ist gut«, sagt Kalenberger. »Und ich hefte deine Manuskriptseiten ab.«

»Wenn ich den Auftrag übernehme, nur mit deiner Hilfe. Eine Chronik erfordert viel Recherchearbeit, und du bist im Recherchieren ausgebildet.«

»Dann sind wir uns also einig? Bei Fragen rufen Sie mich einfach an.« Brockmann legt ihnen einen Schlüssel auf den Tisch und ein Schreiben, das den Empfang bestätigt.

Wesemann zeigt Entschlossenheit, unterschreibt und schiebt das Papier Kalenberger zu. »Mitgehangen, mitgefangen – oder so.«

Brockmann verabschiedet sich mit einem ordentlichen Händedruck von den Ermittlern. »Ich muss los. Wir, die

Marinekameradschaft, renovieren gerade ein Hausboot im Hafen, bevor wir es zum Verkauf ausschreiben.«

Wesemann starrt Brockmann an, sucht nach Worten, hustet, verschluckt sich, hustet wieder. »Kann das Boot auch gemietet werden?«

»Ich denke schon, der Vorbesitzer hatte es auch nur gemietet, und Sie haben ausreichende Reputation in Hameln.«

»Wer war denn der Vorbesitzer?«, fragt Wesemann. Er ahnt es bereits.

»Morton Dexter. Der Journalist, der vor Kurzem ums Leben kam. Sie haben sicher davon gehört. Kannten Sie ihn?«

»Ja. Eine fürchterliche Sache.« Dass er unter anderem in Sachen Dexter zusammen mit Kalenberger ermittelt, verschweigt er. »Darf – o Mann, das wär's! Darf ich mir das Boot einmal ansehen? Wenn's passt, würde ich auf der Stelle mitkommen.«

»Kein Problem, Sie dürfen sogar bei der Renovierung mit anpacken, jede helfende Hand ist willkommen.« Herausfordernd, mehr einladend sieht Brockmann Kalenberger an.

»Ich halte mich zurück – und verbinde später die Wunden.«

»Hä?« Wesemann steht auf dem Schlauch. »Ich hatte sogar einen bestens ausgestatteten Werkzeugkasten und könnte meine Expartnerin fragen, wo der geblieben ist.«

»Mit Werkzeug und Material sind wir ausreichend versorgt, dafür garantiert unser Schiffszimmermann«, wiegelt Brockmann ab.

»Dann also ›Schiff ahoi‹!«, sagt Kalenberger. »Ich werde mich um die Detailaufklärung unseres Falls kümmern.« Sie streckt die Hand aus.

Wesemann steht auf und zieht eine kleine Plastiktüte aus der Außentasche seiner Jacke. Kalenberger nimmt die Tüte entgegen, tastet sie kurz ab. Er hat das Tapeziermesser nicht vergessen.

»Also los«, sagt Brockmann. Er greift mit zwei Fingern nach dem modernen Sicherheitsschlüssel auf dem Tisch und schwenkt ihn zwischen Wesemann und Kalenberger hin und her, bevor er ihn Wesemann aushändigt. »Belegungstermine bitte über SMS an mich.« Dann ist er mit wenigen Schritten an der Wendeltreppe. Oben verabschiedet man sich, und Wesemann darf zum ersten Mal die »Pluto« abschließen.

*

Kalenberger genießt den Weg zu Nelas Café – allein sein, nicht reden müssen, mal ungestört nachdenken. Leider ist der Weg viel zu kurz, doch einen Umweg will Kalenberger bei dem unangenehmen Nieselregen nicht dranhängen. Außerdem ist sie gespannt, ob sie etwas herausfindet.

»Kaffee schwarz?«, fragt Nela.

»Erst einmal ein Mineralwasser, ich hatte heute schon genug Aufregung.« Sie nimmt sich Wasser und Glas gleich von der Theke mit, hängt ihren Parka über die Stuhllehne und setzt sich an den kleinen Stammtisch. Zur Ruhe kommen, konzentriert durchatmen, einen Schluck Wasser trinken und noch einen, Nela ein Lächeln senden, die Plastiktüte an den beiden unteren Ecken fassen und den Inhalt vorsichtig auf den Tisch gleiten lassen.

Das Tapeziermesser rutscht als Erstes heraus, dann folgt das Notizbuch. Kalenberger nimmt das Büchlein in die Hand. Was für eine absonderliche Farbe, irgendetwas zwischen Aubergine und Telekom-Magenta. Sie schlägt es auf, lässt einen einzelnen Finger über die Seiten gleiten. Kein Eintrag oder sonstige Auffälligkeiten zu erkennen. Auf der Rückseite des Einbands eine Prägung: »Koordinchen«. Wer denkt sich nur solche Bezeichnungen aus?

Ein malvenfarbenes Lesebändchen weist auf eine höhere Preisklasse hin, ebenso das Vorsatzpapier in Chamois auf den Innenseiten der Buchdeckel, das Buchblock und Buchdeckel verbindet.

Das Buch wirkt neu und unberührt. Jetzt sieht sich Kalenberger jede Seite genau an, streicht mit den Fingern darüber, hält sie gegen das Licht. Nichts.

Sie greift zum Tapeziermesser, löst vorsichtig das hintere Vorsatzpapier vom Deckel und hebt es an. Aus der Innenseite ihres Parkas holt sie ein abgegriffenes Lederetui. Mit der entnommenen Lupe untersucht sie das Papier akribisch auf Vorder- und Rückseite.

»Was machst du?« Gegenüber von ihr steht ein Junge, sicher noch ein Grundschüler, in der Hand einen »Amerikaner« mit Zucker- und Schokoladenguss.

»Ich suche.«

»Wonach suchst du?«

»Weiß noch nicht.«

»Wenn du nicht weißt, was du suchst, kannst du es auch nicht finden, sagt mein Opa.« Ein Bröckchen vom weißen Zuckerguss fällt auf die Tischplatte. Der Junge feuchtet einen Finger mit der Zunge an und stippt den Krümel auf. »Ich heiße Jan-Peter, und wie heißt du?«

»Mein Name ist …« Wenn sie ihm jetzt ihren altmodischen Namen nennt, weiß sie, wie er reagieren wird. »Aber nicht lachen … Marike.«

»Jan-Peter, sei nicht so neugierig!« Die Mutter hat sich an den Tisch neben der Theke gesetzt.

Jan-Peter lacht nicht. »Ich finde ›Marie‹ schön, wie das Pferd von Leonie.« Er schaut Marike abwägend an. »Warum isst du keinen Kuchen, du bist doch gar nicht dick? Meine Tante isst keinen Kuchen, weil sie über 500 Kilo wiegt – oder so.«

»Jan-Peter, du störst die Dame!«

Das überhört Jan-Peter. Er bricht ein Stück von seinem Amerikaner ab und schiebt ihn Kalenberger über den Tisch zu.

»Danke«, sagt Kalenberger, »das ist aber sehr nett.« Sie steckt sich das Stück mit übertriebener Vorfreude in den Mund.

»Entschuldigen Sie«, ruft die Mutter herüber. »Jan-Peter, komm sofort hierher!« Sie steht auf und bezahlt bei Nela an der Theke. »Nicht mal für fünf Minuten hat man seine Ruhe.«

»Der Junge stört mich nicht«, ruft ihr Kalenberger zu, »überhaupt nicht. – Magst du einen Kakao?«

»Lieber das, was du hast.«

Gewitzter Bursche – Kalenberger könnte ihn umarmen.

»Was machst du?«

»Psst.« Kalenberger winkt ihn über den Tisch zu sich heran. Jan-Peter kniet sich auf einen Stuhl und schiebt sich auf seinen Ellbogen, so weit es geht, zu Kalenberger hinüber.

»Ich – aber niemandem weitersagen –, ich suche nach einer geheimen Botschaft.«

»Langweilig«, meint Jan-Peter. »Das haben wir schon im Kindergarten gespielt. Da konnten wir noch nicht schreiben und haben aufgemalt, was wir meinen. Mit Geheimtinte.«

»Geheimtinte?«, zeigt sich Kalenberger interessiert.

»Total unsichtbar. Man malt mit Zitronensaft etwas auf ein Blatt Papier, lässt es trocknen, und wenn man dann mit einem heißen Bügeleisen über das Papier geht, wird das Bild sichtbar. Meistens konnte man aber nichts erkennen, weil es blöd gemalt war. Und Levke hat sich jedes Mal die Finger am Bügeleisen verbrannt.«

»Das ist ein guter Tipp, hast du noch mehr davon?«

»Ähhh …«

»Jan-Peter, wir müssen los, du hast gleich Blockflötenunterricht.«

»Ich hasse Blockflöte, Schlagzeug ist toll.« Er schiebt sich vom Tisch. Seine Mutter hält bereits die Tür auf, Jan-Peter winkt noch kurz und ist dann verschwunden.

Kalenberger schaut auf den Terminkalender, schüttelt den Kopf. Man kann es ja mal versuchen. »Hast du ein Bügeleisen hier?«, fragt sie Nela.

»Na klar, damit glätte ich meine Tortenunterlagen, die verknicken ziemlich leicht, und das macht einen ungepflegten Eindruck. Das Bügeleisen steht im Geschirrschrank ganz unten links.«

Kalenberger holt das Bügeleisen aus dem Schrank, findet eine Steckdose neben dem Heizkörper an der Theke, denkt an Jan-Peter und lächelt.

Sie beginnt auf der Innenseite des Vorsatzpapiers mit mäßiger Bügeltemperatur, wird aber schnell ungeduldig und erhöht die Gradzahl, mehrmals. Nichts. Das Papier riecht schon leicht verbrannt und verfärbt sich bräunlich. Soll sie sich wirklich zum Affen machen und jede einzelne Seite der Kindergartenbehandlung unterziehen? Sie hebt das Bügeleisen an, stutzt.

Auf dem Vorsatzpapier hat sich etwas Dunkelbraunes abgebildet, Linien, Kurven, Zahlen. Sie zieht den Stecker aus der Steckdose, stellt das Bügeleisen hochkant hin und studiert mit ihrer Lupe die winzigen Krakeleien. Mit einiger Konzentration ergeben sich durchaus lesbare Zeichen, bald eine zusammenhängende Reihe, angeführt von einem stilisierten Totenkopf in einem auf der Spitze stehenden Quadrat. Man könnte es als Gefahrenzeichen deuten. Dann die Ziffernfolge 52.097859 und 9.354894. Telefonnummern? Komische Telefonnummern. Vielleicht aus dem Ausland?

»Na?«, meldet sich Nela. Sie lässt die Kaffeemaschine zischen wie eine Dampflokomotive als Weckruf für duselnde Zeitgenossen. »Hast du Sensationelles entdeckt?« Wenn sie ihre Torten backen würde, wie Kalenberger ihre Ermittlungen führt, käme ein schönes Gemansche dabei heraus, denkt sie. Marike ist sicher noch nicht wieder voll einsatzfähig.

»Ich weiß nicht. Auf alle Fälle ist da etwas, auch wenn ich es nicht deuten kann.«

»Ich komm mal rüber!« Nela lässt die Kaffeemaschine noch einmal kurz zischen. Gleichzeitig ruft sie scherzhaft: »Abfahrt auf Gleis neun. Vorsicht an der Bahnsteigkante!« Ob es die Durchsagen überhaupt noch gibt? Sie wischt ihre Hände an der Schürze ab und setzt sich zu Kalenberger.

Diese dreht das Notizbuch mit der aufgeschlagenen Vorsatzseite und schiebt es Nela über den Tisch.

Die Tortenbäckerin schaut auf die Zahlen, richtet sich auf, schaut noch einmal und blickt dann Kalenberger an. »Ich bin mir nicht sicher, aber es könnten durchaus … Also, ich hatte mal einen Freund, nur kurz, der war ganz verrückt nach Geocaching. Ist er vielleicht heute noch, weiß ich aber nicht, er ist nach Stadthagen gezogen. Du kennst Geocaching?«

»Im Allgemeinen, genau erklären kann ich es nicht.«

»Wie gut, dass es Nela gibt! Geocaching ist eine Art Schatzsuche. Die Verstecke werden anhand geografischer Koordinaten im Internet veröffentlicht und können anschließend mithilfe eines GPS-Empfängers gesucht werden. Die Zahlen hier könnten Koordinaten sein.«

»Hm.« Kalenberger zieht ihr Handy aus der Tasche, tippt »GPS-Suche« ein und klickt auf die Seite »gpskoordinaten.de«. Dort kann man anhand der Koordinaten die dazugehörige Adresse ermitteln.

Kalenberger gibt die Zahlen ein. Sie stutzt, lehnt sich zurück und schaut Nela verblüfft an. »Das sind die Koordinaten der ›Pluto‹ am Weser-Anleger. Wieso hat Morton Dexter die ›Pluto‹ als Gefahrenquelle ausgemacht?«

»Vielleicht war er Pazifist.« Nela grinst und ist begeistert von der Denksportaufgabe, die sie gelöst hat.

# DREIZEHN

Wesemann läuft auf und das mit einem solchen Tempo, dass er fast den Türschließmechanismus des »KaFEEchens« ruiniert. »Oh, what a beautiful day!«

»Es scheint geklappt zu haben«, sagt Kalenberger.

Nela klatscht nachdrücklich in die Hände. Kalenberger hat ihr längst von Wesemanns »Wohnungsbesichtigung« erzählt.

Wesemann strahlt. »Der Mietvertrag läuft ab dem nächsten Ersten. Sollte keine Sintflut oder ein sibirischer Frost dazwischenkommen, kann ich vielleicht schon vorher einziehen.« Er beugt sich zu Kalenberger hinab, minimal und ohne Verrenkung. »Miete: 400«, flüstert er vertraulich, »der Rest wird mit der ›Pluto‹-Chronik verrechnet.«

»Ich habe auch Neuigkeiten, allerdings eher verwirrend als erhellend.« Sie klopft einladend mit der flachen Hand auf die Sitzfläche des nächststehenden Stuhls.

»Keine Zeit, keine Zeit.« Wesemann sucht hektisch seine Lederjacke nach dem Handy ab. »Ich muss Geld verdienen.« Jetzt hockt er sich doch hin. »Habe auf die Schnelle mein Materialarchiv durchstöbert …«, er findet sein Handy und tippt darauf herum, »… und bin darauf gestoßen.« Er hält Kalenberger das Display unter die Augen. »Heißes Thema. Das könnte ich dem Sender und der Zeitungsredaktion gleichzeitig anbieten. Davon könnte ich den Umzug finanzieren und mir ein paar neue Möbel anschaffen. Also keine neuen, eher secondhand, reicht auch noch nicht ganz, wäre allerdings eine beachtliche Anzahlung.« Vor lauter Begeisterung lässt sich sein Redefluss weder durch Eigeninitiative noch durch Fremdeinwirkung stoppen. »Dazu unsere Ermittlungsarbeit. Wenn die erst richtig läuft ...«

»Geeenau. Jetzt halte mal kurz die Luft an und hör zu.« Kalenberger schiebt ihm das ramponierte Notizbuch zu und berichtet von ihren Erkenntnissen dank Jan-Peters Hilfe.

»Wer ist Jan-Peter?«, fragt Wesemann. »Ich glaube nicht, dass unsere zwar aufstrebende, jedoch durchaus entwicklungsfähige Unternehmung drei Mitstreiter ernähren kann.«Nela und Kalenberger lachen. Kalenberger fährt in ihrem Bericht unbeeindruckt fort, ohne Jan-Peters Identität zu lüften, und kommt schließlich auf den Punkt. »Unsere nächstliegende Ermittlungsaufgabe wird also sein, herauszufinden, welches Gefahrenpotenzial die ›Pluto‹ birgt.«

»Natürlich, klar. Übrigens ein wirklicher Schritt vorwärts. Entschuldige mich kurz, ich muss mal telefonieren und meinen Vorschlag dem Sender anbieten.« Er trägt sein Handy in die hinterste Ecke der Küche.

Vier ältere Damen im Flur lassen sich von Nela einen Tisch mit ausreichend Platz zeigen, an dem sie sich alle niederlassen können. Im Schlepptau der Gruppe ein gleichaltriger Mann, dem eine Frauenhand den Hut vom Kopf nimmt und ihm vor die Brust drückt. Sie verschwinden aus Wesemanns Blickfeld, bevölkern aber noch eine ganze Weile seine Gehörgänge. Grundrauschen wie damals beim Röhrenradio, nur aufdringlicher.

»Hallo, ich bin's«, meldet sich Wesemann.

»Sind Sie Geschäftspartner oder Hörer?«

Wieso erkennt ihn Karola nicht? Er hat sie gleich erkannt.

»Ein Hörer am Hörer.« Wesemann findet seinen Joke durchaus gelungen.

»Schildern Sie mir bitte kurz Ihr Anliegen, damit ich Sie an die entsprechende Redaktion weiterleiten kann, oder schicken Sie uns ein Fax oder eine E-Mail.«

»Verstanden. Du kannst nicht frei sprechen.«

»Können Sie Ihren Wunsch präzisieren? Ansonsten schicken Sie uns, wie gesagt, ein Fax oder eine E-Mail.«

»Ich brauche einen Termin beim Chef, um ihm ein paar neue Projekte vorzustellen.«

»Vielen Dank für Ihr Interesse und Ihre Anteilnahme. Hinterlassen Sie für eventuelle Rückfragen bitte Ihre Telefonnummer. Sollten Sie mit gelegentlichen Produktempfehlungen nicht einverstanden sein, drücken Sie bitte die Fünf.«

»Der Termin sollte ohne den Langstreckenschwimmer stattfinden, seine Gegenwart macht mich aggressiv.«

»Verstehe. Dann könnte ich Ihnen morgen zwischen zehn und zwölf anbieten. Da sollte sich ein Fachredakteur um Ihr Anliegen kümmern können.«

Wesemann beendet das Gespräch mit dem Eisberg Karola. »Wenn alles so leicht wäre wie deine ***Limettentorte*** …« Ein wohldosiertes Kompliment an Nela. Muss sein, sie hat ihm das Tortenstück auf einem Teller während seines Telefonats in die Hand gedrückt und lautlos mit den Lippen »umsonst« gesagt!

Also zurück zu Kalenberger und weiter im Text: Wo hat Morton Dexter Gefahr auf der »Pluto« gewittert? Untergehen kann sie schließlich nicht, und explosives Material ist wohl auch nicht an Bord. Wesemann isst den Kuchen und überlegt. Schließlich sagt er: »Ich denke, es geht mehr um den Ort oder die nähere Umgebung als um das Schiff selber. Wir müssen uns genauer umsehen.«

»Gibt es am Anleger einen Tretbootverleih?«, fragt Kalenberger und schaut zuerst Wesemann, dann Nela am Tresen an.

»Woher soll ich das wissen? Ich habe nur Freunde mit Motorboot«, antwortet Nela und lacht spöttisch.

*

»Keine Zeit, keine Zeit.« Nach einigen Tagen Abwesenheit kommt Pia ins Café gestürmt, ihr Schal kann das Tempo kaum mithalten.

»Ich wünsch dir auch einen schönen Tag«, grüßt Nela amüsiert. »Wer ist denn hinter dir her?«

»Leider noch keiner«, antwortet Pia mit einem schiefen Lächeln, »aber das soll sich gerade ändern.«

»Kaffee, Tee, Kakao?«

»Nur einen Espresso, ich habe wirklich keine Zeit, meine ›Seelenkur‹ kann ich nicht so lange geschlossen lassen. Eine Frage: Kannst du für mich …« Sie nippt am Espresso, trinkt die Tasse dann mit einem Schluck aus. »… Glückskekse backen?«

»Die kann man doch billig in einem Onlineshop kaufen.«

»Das passt nicht zu meinem Anspruch! Überhaupt nicht! Ich brauche etwas Exklusives! Kekse aus Meisterhand mit individuellen Glücksprüchen. Nicht so was wie: Hinter Ihrem Bildschirm befinden sich gefährliche Viren. Konsultieren Sie sofort Ihren Arzt oder Apotheker.«

»Haha, sehr witzig.«

»War nicht so gemeint. Die Sprüche werde ich selber zusammenstellen, so was wie: ›Wenn auch alles zerbricht, Scherben spiegeln das Licht.‹«

»Schön!«

»Ich muss noch besser werden. Die Dose mit den Keksen bekommen natürlich nur die vielversprechendsten Kunden angeboten, und die sollen von den Sprüchen auf den richtigen Weg geleitet werden.«

»Also auf deinen.« Nela verteilt liebevoll Sahne auf ihrer Torte.

»Immer locker bleiben, aber zielgerichtet. Mein Job beim Bestatter hat damit nichts zu tun, obwohl man nie weiß, wo man sich noch mal wiedersieht.«

»In deine Fänge möchte ich nicht geraten.«

»Ich sehe das als echte Lebenshilfe. Die Kerle, die zu mir kommen, wissen doch gar nicht mehr, wo es langgeht. Zum Beispiel: ›Dein Lachen glättet alle Falten.‹ Und schon hat er einen Anknüpfungspunkt für ein eigenes Kompliment. Alles bleibt freiwillig, aber mit Liebe gemacht – wie bei deinen Torten.«

»Hattest du es nicht eilig?«

»Oje«, Pia schaut auf ihre Uhr, »ich bin schon überfällig. Also, überleg dir was und setz den Espresso mit auf die Rechnung.« Pia stürmt los, ihr fliegender Schal verfängt sich beinah im Garderobenständer.

»Glückskekse!« Nela schüttelt den Kopf. »Wo bin ich nur gelandet? Aber mit mir kann man es ja machen.«

*

»Ich habe mich erkundigt«, begrüßt Wesemann Kalenberger. »Am Anleger gibt es keinen Bootsverleih, dafür an der Hafenspitze gleich hinter der verrosteten Eisenbahnbrücke.«

»Ich will dich nicht unterbrechen, aber …«

»Keine Sorge, du musst nicht selber treten. Es werden

Boote mit 15-PS-Elektromotor vermietet, für 50 Euro die Stunde. Damit können wir uns die ›Pluto‹ in aller Ruhe von der Wasserseite aus ansehen. Allerdings – der Bootsverleih ist nur in den Sommermonaten geöffnet.«

»Gut so. Ich werde ohnehin leicht seekrank.« Kalenberger zieht aus der Seitentasche ihres Parkas ein kleines Fernglas. Ein feines Fernglas Marke Zeiss. »Ich habe eine andere Idee: Von der Brücke aus kannst du sogar die Farbnasen am Rumpf der ›Pluto‹ sehen.«

Wesemann schaut Kalenberger anerkennend an. »Das Fernglas ist natürlich eine Alternative zum Boot. Außerdem: Ich bin schon lange nicht mehr auf die andere Seite der Weser gekommen.«

»Also los!«

Sie steigen vom Weserufer zur Münsterbrücke hinauf, gehen bis fast zur Mitte der Brücke, dann richtet Kalenberger das Fernglas auf die »Pluto«, lässt sich Zeit, sagt »also doch« und dreht die Schärfeeinstellung des Glases vor und zurück.

Wesemann platzt fast vor Ungeduld.

»Entschuldige, hab ganz vergessen, dass du kein Fernglas dabeihast. Ein guter Ermittler hat immer ein Fernglas …«

So leicht lässt sich Wesemann nicht verunsichern. »Ich habe eben noch gute Augen. An der ›Pluto‹ haben die ›Triton‹ und die ›Neptun‹ festgemacht. Das hätte ich dir auch ohne Fernglas und vor einer Viertelstunde sagen können. Da wäre uns allerdings der schöne Spaziergang über das Wasser entgangen.«

»Ich habe eine Quietscheente für die Badewanne, das reicht mir an Wasserfeeling.«

»War doch schön. Das könnten wir mal ausgiebiger tun, nicht immer nur die berufliche Zusammenarbeit.«

»Ich bin da sehr wählerisch«, sagt Kalenberger. »In meinem Alter hat man nicht mehr allzu viele Versuche frei. ›Triton‹ und ›Neptun‹, sagst du? Da liegt aber noch ein drittes Beiboot. Es heißt ›Kardinal‹, wenn ich den Schriftzug richtig entziffere.«

»Das kenne ich nicht. Vielleicht eine Neuanschaffung der Marinekameradschaft? Die Frage ist, was wir aus unserer Beobachtung folgern.«

»Zunächst einmal, dass Dexter mehr wusste als wir und die ›Pluto‹ als potenziell gefährlich einstufte. Oder eins der Beiboote.«

»Ich denke, wir haben ein paar wichtige Fragen an unseren Freund, den Bootsmann.«

*

Sie melden ihr Kommen telefonisch bei Brockmann an. Er habe nur wenig Zeit, kündigt er an, er feiere demnächst Silberhochzeit. Natürlich auf der »Pluto«. Dafür müsse er noch ein Feuerwerk vorbereiten, für welches noch nicht einmal die Genehmigung des Ordnungsamtes eingetroffen sei.

Er werde sich gleich persönlich um die Genehmigung kümmern, erläutert er Wesemann und Kalenberger, als sie wenig später auf der »Pluto« eintreffen. Auf dem Weg zum Ordnungsamt müsse er auch noch zwei Zimmer im Hotel Christinenhof reservieren, für Bruder und Schwägerin aus Schwerte, die sich kurzfristig zum Mitfeiern entschieden haben, obwohl sich der Bruder den Fuß an der Kellertür gequetscht habe. Natürlich gäbe es Möglichkeiten, die »Triton« und die »Neptun« an die Versorgungseinheiten der »Pluto« anzuschließen, aber genutzt würden die

Boote nur in der warmen Jahreszeit bei schönem Wetter zu kleineren Rundfahrten und Ausfahrten der Marinekameradschaft. Eine zweckentfremdete Nutzung sei ihm nicht bekannt. Die ›Kardinal‹ gehöre nicht zum Verein. Das sei ein privates Boot, das vorübergehend an der »Pluto« festgemacht habe und deren Stromversorgung nutze, bis im Hafen ein dauerhafter Platz frei werde. Der Inhaber habe bei der Kameradschaft angefragt und diese helfe selbstverständlich gerne.

»Ich muss jetzt los, sonst fällt das Feuerwerk zur Silberhochzeit ins Wasser. Bitte vergessen Sie nicht, das Licht zu löschen und alles abzuschließen, wenn Sie von Bord gehen.« Und weg war er.

*

Am nächsten Morgen um halb elf bei radioTOTAL. Ruhige Atmosphäre, kein Gerenne, kein lautes Wort, Kaffeeduft zieht durch die verwaisten Räume, nicht mal der Empfang ist besetzt. Stattdessen ein Schild aufgestellt: »Bin gleich zurück. In dringenden Fällen wählen Sie bitte die 110.«

Na, schmunzelt Wesemann, wenn das mal kein Scherz ist.

»So gut aufgelegt?«

Wesemann hat Karolas Kommen gar nicht gehört. Sie trägt modische Sneakers in Schneeweiß. »Wenn ich dich sehe …«

»Lass es! Was kann ich für dich tun?«

»Hm.«

»Du sollst es lassen!«

Wesemann legt das Exposé zu seinem geplanten Radiobeitrag auf den Empfangstresen. Karola stellt sich ganz dicht neben ihn, um einen Blick in den Entwurf zu werfen.

Ihr Parfüm … Wesemann könnte ausflippen, doch er reißt sich zusammen. Nur die Zeit heilt die Wunden.

Nach ein paar Augenblicken lächelt Karola, gleich darauf wird aus dem Lächeln ein Grinsen. Den Bericht kennt sie. dpa 2011: Wolfssichtung im Weserbergland. Heißt jetzt: »Luchs im Weserbergland«.

*Während Tierhalter Angst um ihre Tiere haben, begrüßen vor allem Tierschützer die Sichtung des Luchses. »Hoffentlich vergreift sich niemand an dem geschützten Tier« trifft auf »Hoffentlich vergreift er sich nicht an den Weidetieren«. Dazu der Wildtierbeauftragte des Landkreises mit seiner Stellungnahme: »Der Wolf folgt nur seinem natürlichen Instinkt, wenn er …«*

»Du musst den letzten ›Wolf‹ noch durch ›Luchs‹ ersetzen.« Die Tür zum Empfang wird aufgedrückt.

Karola blickt auf, erkennt den Besucher in der spiegelnden Scheibe einer Vitrine, grapscht nach einem Zettel, kritzelt hastig zwei Worte aufs Papier und schiebt den Zettel Wesemann unter die Nase. »Nicht umdrehen!«

Wesemann muss sich schwer beherrschen, versucht aus den Augenwinkeln, den Besucher zu erfassen.

»Moin«, sagt der Besucher.

Die Stimme erkennt Wesemann sofort.

»Ich bin dann mal bei der Arbeit.«

Heiko Hahn! Der sollte doch in seinem Handyladen stehen und unwissenden Kunden Mobiltelefone mit teurem Schnickschnack aufschwatzen. Ein Klicken, ein doppeltes Knacken. Wesemann hält es nicht mehr aus, er dreht sich in Richtung der Geräusche und sieht gerade noch, wie Heiko Hahn in einem schummrigen Raum verschwindet.

»Der kommt zwei- bis dreimal pro Woche, verschwindet für fünf, sechs Stunden in der Geheimabteilung, ist immer freundlich und gut gelaunt, aber Fragen beantwortet er nur mit einem Achselzucken und einem gewinnenden Lächeln.«

»Das ist Heiko Hahn. Das aufgesetzte Lächeln und die nichtssagende Gestik sind tagtäglich erprobt an den Kunden in seinem Handyladen.«

»Vielleicht ist er an den Vorbereitungen für Baxmanns Fernsehsender beteiligt.«

»Wie kommst du denn darauf? Allein wegen der Kisten mit dem Huawei-Schriftzug? Ich kann dir erklären, warum Baxmann ganz sicher keinen Fernsehsender plant. Hast du einen Kaffee für mich? Ich würde gerne abwarten, bis Heiko Hahn wieder auf der Bildfläche erscheint. Wenn es länger dauert, spendiere ich einen Apfelkuchen aus dem ›KaFEEchen‹. Holen musst aber du ihn, weil ich mich hier nicht wegbewege.«

»Ich dachte, du wolltest zum Chef und ihm deinen Bericht anbieten? Daraus wird ohnehin nichts, er ist nicht da, kannst also getrost hier sitzen bleiben. Kaffee wird gestellt, das andere wird sich finden.« Karola nimmt die Kanne von der Kaffeemaschine, lotst Wesemann in einen kleinen Besprechungsraum mit bester Sicht auf die Tür zum Geheimbereich.

»Ich habe vor einiger Zeit für den Sender h1 in Hannover was geschrieben und mich ein wenig kundig gemacht, wie kommerzielles Lokalfernsehen produziert. Bin eben ein unverbesserlicher Medienmensch. Bei Rundfunk und Zeitung weiß ich, wie es funktioniert, beim Fernsehen nicht. Also hab ich mir die allernötigsten Schritte erklären lassen.«

Karola schenkt den Kaffee ein, verfeinert ihn mit zwei Stück Zucker und einem guten Schuss Kondensmilch. Wesemanns Gewohnheiten werden ihr nie fremd werden.

»Für eine Fernsehsendung braucht es nicht allzu viel. Als Grundausstattung natürlich ein Thema, Grips und einen PC. Dann muss eine Sendung über Kamera, DVD oder Festplatte erstellt und in einen Transportstream verwandelt werden.« Wesemann trinkt, der Kaffee schmeckt neutral und nicht nach Karola.

»Ist gemahlener aus dem Supermarkt, kein frisch gerösteter von ›Rats Coffee‹ in der Bäckerstraße.«

»Du weißt, ich bin nicht anspruchsvoll.«

Karola schaut Wesemann an, er scheint Widerspruch zu erwarten, aber der kommt nicht.

»Um die Illusion vom eigenen Fernsehsender aus dem Kopf zu bekommen: Die Sendung muss nicht nur produziert, sie muss auch an den Fernsehzuschauer gebracht werden. Dazu muss man einen Kanal im Kabelnetz und/oder einen Satelliten mieten. Der kostet einige zigtausend Euro, wenn es regional begrenzt ist. Für eine bundesweite Ausstrahlung viele hunderttausend Euro. Pro Tag! Wer holt jetzt den Apfelkuchen?«

»Ich frag mal unsere Praktikantin. Wenn du ihr ebenfalls ein Stück spendierst, ist sie so gut wie schon wieder hier.« Karola erhebt sich. »Wozu dann die Gerüchte, die Geheimhaltung und der ganze technische Kram?«

»Bin ich Rupert Murdoch?«

»Schade. Ein bezahlter Arbeitsplatz für dich wär doch schön gewesen.«

*

Die Praktikantin bestellt schöne Grüße im »KaFEEchen«. Apfelkuchen ist aus, sie schwenkt auf Mohnkuchen um, ist sowieso mehr nach ihrem Geschmack. Zwei Stücke sind für die Geheimnisträger im Besprechungsraum, das größte Stück behält sie für sich.

Währenddessen kann Wesemann ein Gähnen nur mühsam unterdrücken, Karola kocht zum dritten oder vierten Mal Kaffee. Es dauert und dauert. Nichts passiert, nicht einmal ein aufgebrachter Hörer stürmt den Sender, um sich zu beschweren. Wäre eine schöne Abwechslung gewesen.

Endlich kommt die Praktikantin mit dem Kuchen. Doch auch der ist schnell gegessen, und irgendwann haben sich Wesemann und Karola über alles ausgetauscht, was es auszutauschen gibt – wobei sie vermintes Gebiet gewissenhaft aussparten. Irgendwann gab es nichts mehr zu bereden, und jetzt starren beide die gegenüberliegende Tür an. Karola rückt etwas vom Tisch ab, bittet Wesemann um Entschuldigung und lackiert sich die Fingernägel.

Gelegentlich treffen sich ihre Blicke, erst für Sekundenbruchteile, dann, als Karolas Fingernägel trocknen, auch mehrere Sekunden lang. Wesemann verfängt sich in seinen Gedanken. Wie schön wäre es … die Zeit verschwimmt, der Ort … Wesemann erhebt sich mit einem wohligen Seufzer aus seinem Lieblingssessel, holt die angebrochene Flasche Rotwein vom Balkon, schenkt Karola und sich ein, sie prosten sich zu …

Karola hüstelt.

Hätte sie lieber ein Gläschen Sekt? Ein neuerliches Hüsteln reißt Wesemann aus seinen Tagträumen.

Mit dem Kopf weist Karola auf die gegenüberliegende Tür. Sie wurde einen Spaltbreit geöffnet, jetzt schwingt sie ganz auf. Heiko Hahn schaut sich vergewissernd um, tritt dann in den Empfangsraum, schließt die Tür zum Geheimzimmer hinter sich, sichert das Schloss mit einem Zahlencode, strafft sich, gibt seinem Gesicht einen alltagstauglichen Ausdruck und will gehen. Doch Wesemann ist schneller, springt auf und stellt sich Heiko Hahn in den Weg.

»Welch eine Überraschung!«, sagt Wesemann.

Augenblicklich hat sich Heiko Hahn gefangen. »Ganz meinerseits.« Er will Wesemann zur Seite schieben.

Da kommt Karola aus dem kleinen Besprechungsraum, auf einer Hand ein Tablett mit dem benutzten Geschirr. »Schönen Feierabend«, wünscht sie Heiko Hahn und verschwindet in einem weiteren Zimmer, wohl um das Tablett abzustellen.

Wesemann fällt auf, dass ihre Fingernägel in einem edlen Burgunderton glänzen. Oder ist es bordeauxrot? Sein Gehirn behält nur die unwichtigen Details, die wichtigen muss er sich aufschreiben.

»Was soll das?«, fragt Heiko Hahn verunsichert. »Lassen Sie mich sofort vorbei, ich habe Termine!«

»Ich rufe Hauptkommissar Bertram von der Kripo an, der wird dann eine offizielle Befragung starten. Ob das allerdings schneller geht, wage ich zu bezweifeln.«

»Was wollen Sie überhaupt von mir? Ich bin Ihnen nichts mehr schuldig.«

»Das sehe ich nicht so.«

Heiko Hahn schaut sich nach eventuellen Mithörern um. »Ich habe Ihnen alles bis auf den letzten Cent zurückgezahlt und bei Nela mehr als genug Abbitte geleistet. Was noch?«

»Fragen. Ein paar ungeklärte Fragen.«

»Na schön«, sagt Heiko Hahn, »damit Sie endlich Ruhe geben.«

Wesemann fasst ihn am Arm und bugsiert ihn in den kleinen Besprechungsraum, schließt die Tür und schaltet unauffällig sein Handy an. »Ich will es zügig erledigen, damit Sie rechtzeitig zu Ihren Terminen kommen.«

»Welche T…? Legen Sie los!«

»Was fällt Ihnen zum Tod von Hiroshi Okazaki ein?«

»Gibt es hier ein Glas Wasser?«

Wesemann sieht sich um, steht unschlüssig auf, steckt sein Handy ein, da es aufgrund des leeren Akkus inzwischen ausgegangen war, und macht zwei Schritte in Richtung Tür.

»Keine Bange«, sagt Heiko Hahn, »ich laufe nicht weg, bin mit meinem Laden ortsgebunden.«

Wesemann will Karola fragen, lässt die Tür zum Besprechungsraum weit auf und flüstert durch die Tür zur Kaffeeküche: »Karola?«

Nichts.

»Karola?« Schon etwas deutlicher.

Sie steht plötzlich vor ihm, er fragt nach Mineralwasser, sie händigt ihm eine Flasche und zwei Gläser aus und signalisiert ihm mit zwei gedrückten Daumen viel Erfolg.

Ermittlungsarbeit ist die schönste Arbeit auf Erden! Schwungvoll betritt Wesemann wieder den Besprechungsraum, stellt die Flasche auf den Tisch und ein Glas vor Heiko Hahn.

»Bedienen können Sie sich wohl selber.«

Heiko Hahn schraubt die Flasche auf.

»Was haben Sie mit dem Tod von Hiroshi Okazaki zu tun?«

»Mit seinem Tod überhaupt nichts. Mit ihm allerdings schon. Ich habe ihm für seinen Kellerumbau das Digitalschloss verkauft. Mit Bedienungsanleitung, er wollte es von Fachleuten seines Vertrauens einbauen lassen. Der Rechnungsbeleg ist bestimmt noch in meinen Unterlagen, bei digitalen Sachen muss alles akribisch festgehalten werden.«

»Gibt es eine Möglichkeit, auf das Programm eines solchen Schlosses sozusagen ferngesteuert zuzugreifen?«

Heiko Hahn muss nicht überlegen. »Mit dem entsprechenden digitalen Equipment schon. Aber da bin ich raus. Der Einbau ist vollständig in Eigenregie gelaufen, ich tippe auf chinesische Geschäftsfreunde. Das wird sich doch nachprüfen lassen?«

»Natürlich«, sagt Wesemann und schaltet dezent sein Handy wieder an. »Bleibt die Cyber-Erpressung.«

»Welche Cyber-Erpressung? Wenn es eine gab, war ich nicht daran beteiligt.«

»Ich sage nur: Nela und 500 Euro.«

Heiko Hahn schüttelt den Kopf. »Nicht schon wieder.«

»Es geht mir nicht um den Schaden, sondern um die Ausführung. Um eine solche Aktion durchzuziehen, muss man doch erhebliches technisches Wissen haben.«

»Das war einfach ein dümmlicher Versuch, mich vor Nela aufzuspielen. So einen Post schreibt dir jeder Zwölfjährige, das ist gängiges Pennälerwissen. Sollte er es selber nicht hinkriegen, kennt er zumindest einen, der es kann. Niemand ist zu Schaden gekommen, und den Rest habe ich beglichen. Ich dachte, wir wären uns einig …«

Es klopft. Die Tür wird einen Spaltbreit geöffnet, Karola reckt ihren Kopf ins Zimmer. »Ich brauche den Raum in zehn Minuten, mein Interviewpartner kommt viel früher als erwartet.«

»Interviewpartner?«, fragt Wesemann.

»Interviewpartner«, bestätigt Karola mit Nachdruck, und beide wissen, wer gemeint ist.

»Dann also Endspurt«, sagt Wesemann und wendet sich wieder Heiko Hahn zu.

»Was wollen Sie noch?« Heiko Hahn wird ungeduldig. »Ich habe keine Zeit mehr, muss noch etwas erledigen.«

»Ich beeile mich. Schließlich sollten Sie Nela tatsächlich nicht allzu lang auf ihre Backzutaten warten lassen.« Wesemann schenkt Heiko Hahn ein feines Lächeln. »Also gut, ich nehme das so hin, aber entlastet sind Sie damit noch lange nicht. Machen wir uns freiwillig auf den Weg in die Wendenstraße, bevor wir rausgeschmissen werden.«

»Wir?« fragt Heiko Hahn abweisend. »Eigentlich bin ich in der Lage, mir meine Begleitung selber auszusuchen.«

»Jetzt ist keine Zeit für eigentlich.« Er fasst Heiko Hahn am Arm, Karola hat vorsorglich die Tür zum Hinterausgang aufgemacht, um mal so richtig durchzulüften.

Wesemann und Heiko Hahn verschwinden in dem Moment in den Bürgerpark, als Baxmann den Sender betritt und ohne ein Wort in seinem Büro untertaucht.

Auf dem Weg die Osterstraße hinunter bleibt Wesemann in Griffweite zu Heiko Hahn, er ist noch nicht fertig mit ihm, denn das Wichtigste ist noch nicht gesagt.

»Haben Sie Angst, dass ich weglaufe?« schnauzt Heiko Hahn Wesemann an. »Guten Tag, Frau Lippmann«, grüßt er eine Passantin. Und wieder an Wesemann gewandt: »Ich soll noch 16 Hussen für die Stühle im ›KaFEEchen‹ bestellen. Nela macht keine Freudensprünge, wenn ich mit leeren Händen komme.«

»Hauptsache, Sie kommen, das reicht zumindest für einen kleinen Hüpfer.«

»Sie nerven allmählich!«

»Das ist nicht meine Absicht. Es sind nur noch wenige Schritte bis zum vollständigen Vertrauen. Lassen Sie uns einen Abstecher in die Marktkirche machen, dann können wir uns reinen Herzens austauschen.«

»Ich habe die Schnauze voll! Lassen Sie mich endlich in Ruhe. Auf Wiedersehen!«

Wesemann bleibt hartnäckig. »Es ist nur zu Ihrem Besten, Sie werden mir noch dankbar sein.«

»Sie klingen wie mein Alter, wenn er mir in den Hintern getreten hat. Aber sei's drum, ich komme mit. Nach der Marktkirche gehen wir jedoch getrennte Wege, damit das klar ist!«

»Versprochen – zumindest bis zur Wendenstraße.«

# VIERZEHN

Ein schlichter Kirchenraum, weiße Wände, goldene Applikationen, schokoladenbraune Kirchenbänke – in einer Bank hocken zwei Männer, dicht nebeneinander wie ein Beichtvater und sein bußfertiger Sünder. Es sind Wesemann und Heiko Hahn.

Die evangelisch-lutherische Marktkirche St. Nicolai ist nach dem Münster St. Bonifatius die zweitälteste Kirche Hamelns und bildet zusammen mit dem Hochzeitshaus das Zentrum der Hamelner Altstadt. In der Marktkirche finden regelmäßig Konzerte statt. Im Früh- und im Spätjahr beispielsweise das große Oratorienkonzert der durch Stefan Vanselow geleiteten Hamelner Kantorei. Zudem gibt es am zweiten Weihnachtsfeiertag einen Kantatengottesdienst.

»In nomine patris et filii et …« Heiko Hahn grinst.

»Lassen Sie die Witze, noch sind Sie nicht aus dem Schneider!«, sagt Wesemann mit sehr, sehr ernstem Gesichtsausdruck. »Ihr Erpresser-Post an Nela ist dokumentiert, Sie haben die 500 Euro angenommen und nichts zur Aufklärung der Irritation beigetragen.«

»Wollen Sie mir das jetzt ewig vorhalten?«

»Ich möchte unsere Ausgangslage klarstellen, um zu einer Einigung zu kommen.«

»Wenn alles so eindeutig und beweisbar ist, warum bringt ihr die Sache nicht zur Anzeige?«

»Spielen wir den Ablauf mal durch: Wir zeigen Ihre Erpressung an, dann gibt es von der Polizei einen freundlichen Handschlag für uns und in den nächsten Tagen einen enthusiastischen Bericht über hervorragende Ermittlungsarbeit der Polizei. Das bringt öffentliche Anerkennung, Pluspunkte auf dem Karrierekonto und ein paar Bonuspunkte für ausstehende Pannen.«

»Ich verstehe: Ihr habt mich in der Hand und wollt etwas Bestimmtes von mir. Ich muss los.«

»Die Jugend ist immer so ungeduldig, im Alter geht dann alles viel zu schnell. Sie haben sicher mitbekommen, dass ich und Kalenberger, oder umgekehrt, ein Ermittlungsbüro für Hameln und das Weserbergland etablieren wollen. Da käme uns ein öffentlichkeitswirksamer Fall wie Ihre Attacke auf das ›KaFEEchen‹ gerade recht, um bekannt zu werden.«

»Hören Sie endlich auf, um den heißen Brei herumzureden.«

»Ich gebe zu, es ist ein wenig heikel. Aber wenn Sie wollen, geht's auch faktischer: Was geschieht hinter den gesicherten Türen bei radioTOTAL? Und kommen Sie mir nicht mit Fernsehsender.«

»Ich weiß es nicht! Baxmann hat mal sein Handy bei mir reparieren lassen. Ich hab mir besonders viel Mühe gegeben und alles zu seiner Zufriedenheit und zu einem guten Preis erledigt. Seither ruft er mich immer wieder, wenn es Probleme mit der Elektronik beim Sender gibt.«

»Sie haben sich hinter der gesicherten Tür also eine Servicestation für Handys, Handrekorder und Druckerreparaturen eingerichtet?«

»Quatsch. In der Geheimabteilung stehen drei Kästen von Huawei, ich vermute, Server für Versandhäuser, Prospektvertreiber, Glücksspielanbieter oder so. Ich bin nur dafür zuständig, dass die Dinger laufen. Und 'ne Sicherung anzuknipsen, wenn sie mal rausgeflogen ist. Staubsaugen muss ich allerdings auch, das frisst die meiste Zeit. Was daran geheimnisvoll sein soll, weiß ich nicht, und von wo die Server betrieben werden, erst recht nicht. Jetzt geh ich los und besorge die Hussen, sonst gibt's tagelang das große Schmollen. Amen.«

»Gottes Segen auf all deinen Wegen! Man sieht sich.« Wesemann beendet sein Konklave mit Heiko Hahn. Zum Durchschnaufen und Runterkommen setzt er sich an die Weser.

Bald ist Ostern, die Innenstadt ist sparsam, aber stimmig dekoriert. Schon wieder fast das erste Viertel des Jahres vorbei. Der Start war eher durchwachsen, um nicht zu sagen katastrophal. Aber er sieht Licht am Horizont …

Wesemann starrt gedankenverloren in die grauen Wellen. Was wäre – nur mal angenommen –, wenn er das nächste Weihnachtsfest nicht mehr erleben würde? Oder wenn er eine Krebsdiagnose erhalten würde und das Osterfest schon fraglich wäre? Einen Großteil seines Lebens hat er vergeudet, ist gependelt zwischen Enttäuschung und Hoffnung, nicht zwischen Hoffnung und Erfüllung. Ist von einer Ausrede in die andere gestolpert. Und als ihm das Glück schließlich doch die Hand reichen wollte, hat er sich auf dem Lokus eingeschlossen. Vielleicht sollte er die Beziehung zu seinem Sohn beleben, sie könnten sich an Ostern treffen, sich ein opulentes Ostermenü kommen lassen, ein feines Fläschchen Wein dazu köpfen und Jazz von seinen Vinyl-Schallplatten hören. Sicher hat sein vernachlässigter Sohn bereits eine andere Verabredung für die Festtage oder würde sie vorschieben, um der Langeweile mit ihm zu entgehen. Wie sehr er Karola vermisst … Für sie wird es keinen zweiten Versuch geben, obwohl sie beim letzten Treffen nicht mehr ganz so abweisend war. Vielleicht hat er doch noch eine Chance?

Vor ihm fischt eine Möwe ein Stück Pizza mit Belag von der Wasseroberfläche. Wesemann erhebt sich von der feuchten Bank. Baxmann ruft an und bestellt drei Berichte mit Originaltönen über den Luchs im Weserbergland. Karola hat ihm die Mappe zukommen lassen. Honorierung: 106 Euro. »Pro Beitrag«, schiebt er hinterher. Damit kann man leben. Die nächste Beitragsreihe sei auch schon angedacht: »Wildkatzen im Weserbergland«.

Wesemann lässt sich zurück auf die feuchte Bank fallen. Karolas verschmitztes Lächeln steht vor seinem inneren Auge.

Zugreifen, Wesemann, zugreifen! Und plötzlich sind da eine Idee und ein Entschluss: Er will Pia in ihrer neuen Praxis anrufen und nach einem beratenden Gesprächstermin fragen, für den allerdings drei Viertel seines Honorars draufgehen würden. Er legt die Idee in seinem Hirn auf Wiedervorlage ab.

*

Pia nimmt sich eine Auszeit in der Praxis. Sie kann sich im Augenblick einfach nicht auf die Probleme anderer konzentrieren, sie hat beim Praxisstart wohl etwas zu viel Gas gegeben. Auch ihren Bestattermeister hat sie schnöde vernachlässigt und er sie. Dabei hat er versprochen, sich bei Bedarf zu melden.

Pia hat die Missachtung hingenommen, noch das Wochenende abgewartet, am Wochenanfang kam ein Wasserschaden in der Praxis dazwischen. Ende der Woche war sie gekränkt, weil sie noch immer nichts von ihm gehört hatte, schließlich wurde sie unruhig. Hatte er einen anderen, billigeren Trauerredner engagiert? Sie hat sich überwunden und des Öfteren seine Nummer gewählt. Ohne Erfolg. Schließlich ist sie sogar zum Geschäft gegangen, fand aber nur eine verschlossene Tür vor.

Jetzt überlegt sie, sich vorsichtig bei der Polizei nach dem Verbleib von Bosé zu erkundigen. Vorher startet sie jedoch noch einen Versuch und wählt erneut die Nummer des Bestattungsunternehmens. Dieses Mal geht der Anrufbeantworter dran.

»Sie sind verbunden mit dem Anrufbeantworter des Beerdigungsinstituts Tom Bosé. Aus persönlichen Gründen musste ich mein Unternehmen kurzfristig an einen Nachfolger übergeben. Ich bedanke mich für das Vertrauen, das unserem Unternehmen über Jahrzehnte entgegengebracht wurde, und bitte Sie, dieses Vertrauen auch meiner Nachfolgerin zu schenken. Wenden Sie sich bitte zur Kontaktaufnahme rund um die Uhr an ›Beate Moos Bestattungen‹. Telefon: 05151 … oder über das Internet an …«

Am Telefon will Frau Moos keine Auskunft geben. Die Angelegenheit sei heikel. Also gibt sich Pia einen Ruck und geht bei strömendem Regen hinüber zur Marktstraße.

Frau Moos begrüßt sie persönlich, ist freundlich, fragt nach ihrem Begehr.

Als sich Pia zu erkennen gibt und sich nach Bosé erkundigt, geht so etwas wie ein eiserner Vorhang zwischen ihnen herunter. Frau Moos will sich nicht in »ein schwebendes Verfahren« einmischen, nicht einmal grob erläutern, was los sei. Bosé habe ihr einen Brief zukommen lassen, den sie nur persönlich an Pia aushändigen dürfe, was sie hiermit vollziehe.

Pia wundert sich über Inhalt und Wortwahl der Aussage.

Frau Moos fischt einen verschlossenen Briefumschlag aus einer Urne neben dem Gladiolenstrauß, überreicht ihn Pia und komplimentiert sie gleichzeitig aus dem Bestattungsinstitut hinaus.

Es regnet noch immer »cats and dogs«. Hameln war bis 2014 britischer Garnisonsstandort, wovon sich Reste an britischer Lebensart erhalten haben.

*

»So«, sagt Pia, »was sagst du dazu?« Sie zieht ein eng beschriebenes kariertes Blatt Papier aus einem braunen Umschlag und schiebt es Nela über die Theke. »Lies bitte selber, aber vorher hätte ich gern noch einen kleinen Espresso und einen großen Cognac.

Nela starrt Pia an, zieht das Schreiben in Leseabstand zu sich heran und überfliegt die ersten Zeilen. Gleichzeitig murmelt sie: »Cognac ist aus, ich könnte dir einen ›Chateau du Breuil Calvados‹ anbieten.«

»Egal, Hauptsache Prozente.«

»40«, konkretisiert Nela. Sie serviert den Calvados, vergisst den Espresso und vertieft sich in das Schreiben, das mit »Meine liebste Herzensfreundin« beginnt.

*Ich bin zutiefst betrübt, dass ich Sie enttäuschen muss. Die Bestattungsbranche lebt von Vertrauen, Seriosität, Verlässlichkeit. Und jetzt bin ich mit meinem Institut öffentlich in die Fänge der Justiz geraten.*

*Morgens um sechs klingelte es an meiner Haustür, zwei müde und verdrossen dreinblickende Polizeibeamte erklärten, dass ich zur Polizeiwache mitzukommen habe. Meine*

*Knie zitterten, ich hatte Schweißausbrüche, und einer der Beamten stank gotterbärmlich nach Knoblauch und Pfefferminze.*

*Auf der Wache wurde mir als Haftgrund schwerer Betrug eröffnet. Ich musste meine Personalien angeben und wurde in die JVA Rosdorf bei Göttingen überstellt. Bereits hinter Gittern musste ich warten, wurde in die Kleiderkammer geführt und bekam meine »Ausrüstung« an Klamotten, Besteck und Bettdecken. Dann ging es ab zum Arzt, der stellte einen gefährlich hohen Blutdruck fest, 220 zu 120, und fand das bedenklich. Ich nicht, nach dem ganzen Stress.*

*Sollte Sie mein Lamentieren langweilen, einfach ab mit meinem Schreiben in die Tonne. Trotz des Risikos schreibe ich weiter, ich weiß nicht, was ich sonst machen soll. Außerdem kann ich die Situation durch das Schreiben auch besser begreifen.*

*Nach der ärztlichen Untersuchung sah ich zum ersten Mal eine Zelle von innen. Der Justizbeamte half mir, das Laken über das Bett zu spannen, und ging danach. Die Tür schloss sich, und ich war allein. Gegenüber meiner Zelle hämmerte jemand ununterbrochen an die Tür und schrie irgendwas in einer fremden Sprache. Die Zelle sah nicht sehr gepflegt aus.*

*Es wurde schon dunkel, als sich die Tür wieder öffnete und das Abendessen, Papier, Stift und Briefumschläge gebracht wurden.*

*Am nächsten Morgen war ich früh wach und hörte durch die Tür, wie einige der Häftlinge den Flur reinigten. Einer kam an meine Zellentür und sprach mich an, die üblichen Fragen: Wer bist du? Was hast du gemacht? Wie lange musst du noch? Wo kommst du her? Danach erzählte er mir von sich. Er kommt aus Bückeburg, ist 19 Jahre alt und hat noch ein Jahr wegen eines »krassen Fehlurteils« in Sachen schwerer Einbruch vor sich.*

*Meine Zeit teilte ich mir bald nach den »besonderen Ereignissen« ein: Früh kommt ein Sani zum Fiebermessen, gegen halb elf eine Stunde Ausgang im Hof, kurz danach Mittagessen, um 17 Uhr Abendessen und danach duschen, wer will. Das Mittagessen besteht zumeist aus gekochten Nudeln mit einer Gemüsesoße, in seltenen Fällen mit angebratenem, zerkleinertem Mett. Als Nachtisch irgendeine Süßspeise im Becher oder Obst, meistens Äpfel oder Bananen. Zum Abendessen gibt es aus einem Päckchen Toastbrotscheiben, dazu manchmal eine kleine Leberwurst in der Pelle und ebenfalls Obst oder einen Becher Konfitüre. Ich kann die Gemüsesoße nicht mehr riechen und das Toastbrot nicht mehr sehen.*

*Auf Wunsch wird weiteres Briefpapier ausgeteilt, deshalb schreibe ich Ihnen wieder, wenn ich darf. Sie können mir natürlich auch schreiben, allerdings werden alle eingehenden Briefe geöffnet und nur Fotokopien an die Häftlinge ausgehändigt. Bei den Originalbriefen hatten einige helle Köpfe mit Marihuana und sonstigen Drogen präpariertes Papier in die JVA geschickt, das dann geraucht wurde.*

»Das ist ja fürchterlich!« Nela dreht den karierten Bogen um und schiebt ihn Pia wieder zu. »Was hat er bloß angestellt?«

»Genau weiß ich das auch nicht. Ich wollte mich erkundigen, zuerst bei der Polizei, dann bei der Staatsanwaltschaft. Aber außer dummen Bemerkungen kam nichts heraus. Dann ist mir der Ausgangspunkt des Schreibens eingefallen. Bosé hat den Brief ja Frau Moos zukommen lassen, die ihn mir geben sollte. Ich habe meinen grundsoliden Trenchcoat angezogen, mir die Augen rot gerieben, bin bei Frau Moos aufgekreuzt und habe einen melodramatischen Auftritt hingelegt. Unter Tränen habe ich ihr gesagt, wie besorgt ich sei und dass ich mir einfach nicht erklären könne, wie dieser aufrichtige Mann in diese verfängliche Situation geraten sei. ›Aufrichtig?‹, hat sie mit einem höhnischen Lächeln gefragt. Da seien die Kollegen in der Bestattungsbranche aber übereinstimmend anderer Meinung. Natürlich wisse keiner genau, was diesem Belami vorgeworfen wird, aber es werde einiges gemunkelt. Ich versuche wiederzugeben, was sie mir erklärt hat. Also: Bestatter verkaufen Särge oft pro forma. Da wird ein Sarg als echter massiver Eichensarg ausgegeben, in Wirklichkeit wird ein wesentlich wertloserer verwendet, der nur oberflächlich wie Eiche aussieht. Teure Polsterung und Schaumstoffkissen werden vor der Verbrennung aus dem Sarg genommen und gegen billigen Schund ersetzt. ›Umpacken‹ nennt man das im Fachjargon. Dann soll der Tote in einem der umliegenden Krematorien eingeäschert werden. Das ist in Städten teurer als auf dem Land und in Deutschland teurer als in manchen Nachbarländern, erheblich teurer. Es wird also woanders billig verbrannt und teuer berechnet. So kommt einiges an Schwarzgeld zusammen. Aber so genau wisse sie das nicht, sie habe damit nichts zu tun. Frau Moos ist überzeugt, dass sich die Vorwürfe, die Tom Bosé gemacht werden, bewahrheiten werden. Sie kann sich eine Wiederaufnahme seiner Geschäftstätigkeit nicht vorstellen. Und ich soll ihm schöne Grüße bestellen.«

Pia schaut Nela an. Nachdenklich. Nela ist mit ihren Gedanken bei Tom Bosé, wie selbstsicher er das erste Mal in ihr »KaFEEchen« kam, wie er die Küche charmant zu seinem Stammplatz erklären wollte, wie er … Aber man sieht dem Menschen immer nur vor den Kopf.

Pia seufzt. »Vergiss den Espresso, bring mir lieber noch einen Calvados! Ich bin mir nämlich ziemlich sicher, dass Frau Moos recht hat.«

*

Wesemann und Kalenberger wollen sich an ihren diskreten Besprechungsort zurückziehen, um ihre Standpunkte und Standorte in Übereinstimmung zu bringen.

»Vergessen!« Wesemann schlägt sich mit der Hand gegen die Stirn.

»Was?«, fragt Kalenberger.

»Den Schlüssel.«

Sie stehen vor der verschlossenen Gittertür auf dem Landesteg zur »Pluto«. Kalenberger tritt Steinchen vom Steg ins graue Wasser.

»Ich könnte Brockmann anrufen.« Wesemann sucht nach seinem Handy. »Mist, es muss noch im Škoda liegen.«

»Kein Problem«, sagt Kalenberger ohne irgendeine Gefühlsäußerung, zieht ihr Handy aus der Tasche und wählt Brockmanns Nummer.

»Ich bin gleich da«, verspricht der Bootsmann, nachdem Kalenberger ihm ihre Lage geschildert hat. Es dauert wirklich nur einen Augenblick, bis er erscheint. Er schließt die Tür auf, und die beiden Ermittler wollen sich an ihm vorbei auf die »Pluto« drücken, doch Brockmann weicht keinen Zentimeter.

»Äh«, entfährt es Wesemann.

»Es ist nicht persönlich gemeint.« Brockmann windet sich. »Aber … es gab Bedenken, dass Ihnen freier Zutritt zur ›Pluto‹ gewährt wird. Weil doch momentan das private Boot an der ›Pluto‹ festgemacht hat.«

»Das soll heißen?«, schaltet sich Kalenberger ein.

»Klipp und klar, so sind wir nun mal bei der Marine: Ich muss Ihnen leider den Schlüssel wieder abnehmen und Ihnen den Zutritt außerhalb der öffentlichen Zeiten und Veranstaltungen verwehren. Das mit der Chronik ist dadurch selbstverständlich auch hinfällig.«

»Ach«, sagt Wesemann. Er hat sein Handy inzwischen doch in seiner Jacke gefunden. Und in der Hülle des Handys auch den Schlüssel zur »Pluto«, der wohl irgendwie da reingerutscht ist. »Müssen wir uns nach einem neuen Treffpunkt für unsere kleine Arbeitsgruppe umsehen?«

»Sieht so aus.«

»Unangenehm«, sagt Wesemann, »sehr unangenehm. Zumal wir mitten in einer Arbeitsphase stecken, die einer gewissen Geheimhaltung bedarf.« Er hält den Schlüssel hoch, händigt ihn aber nicht Brockmann, sondern Kalenberger aus.

»Sie können sich doch jetzt auf Ihr Hausboot zurückziehen, die Renovierung ist abgeschlossen, wie ich gehört habe. Dort sind Sie auch größtenteils ungestört. Und wie ich gesehen habe, sind Sie bereits dabei, sich häuslich einzurichten. Zur Übernahme von Morton Dexters Einrichtungsgegenständen will ich kein Scharmützel eröffnen, Sie können sie gegen eine Entrümplung der überflüssigen Gegenstände kostenfrei übernehmen.«

»Großzügig, sehr großzügig«, sagt Wesemann.

Brockmann grinst. »Und damit das nicht in Vergessenheit gerät, habe ich gleich den Mietvertrag mit den Kontodaten für die Überweisung mitgebracht.« Er zieht eine prall gefüllte Plastikhülle aus der Innentasche seiner Weste, übergibt sie Wesemann und fordert gleichzeitig mit einer eindeutigen Geste die Herausgabe des »Pluto«-Schlüssels.

Kalenberger sieht Wesemann an, der zuckt mit den Schultern, und sie reicht Brockmann den Schlüssel.

»Ich hätte anders entschieden«, sagt der Bootsmann, »aber in diesem Fall bin ich nicht weisungsberechtigt. Nichts für ungut, ich hoffe, dass wir uns im Sommer auf dem Sonnendeck mal wiedersehen. Ansonsten ... Sie haben meine Handynummer.«

»Und nun?«, fragt Kalenberger, als sie wieder auf der Promenade stehen.

»Wir könnten zu meinem neuen Zuhause hinuntergehen, kann ich dir allerdings nur in Arbeitsklamotten empfehlen. Die Renovierungsarbeiten sind zwar erledigt, aber Carmen hat noch keine Zeit gefunden, aufzuräumen und sauber zu machen.«

»*Die* Carmen?«

»*Die* Carmen mit den roten Stiefelchen!«

»Dann also ab ins ›KaFEEchen‹.«

*

Nelas Café ist gut besucht. Drei der fünf Tische sind besetzt. Charme und Qualität der Inhaberin sowie ihrer Kuchen und Torten sprechen sich eben rum.

Wesemann und Kalenberger lassen sich an ihrem Stammplatz nieder.

»Was darf ich euch bringen?«, fragt Nela.

»Was großes Heißes!« Kalenberger steht nochmals auf, hängt ihren Parka über die Stuhllehne. »Schon irgendwas für die Feiertage geplant?«, fragt sie Wesemann.

»Das Übliche«, antwortet er, »nichts und fernsehen.«

»Fernsehen ist auch nichts!«

Nela bringt zwei Kaffees. »Kommt ihr voran mit euren Ermittlungen?«

»Wie man es nimmt.« Kalenberger wärmt ihre Finger an der Kaffeetasse.

Wesemann erweitert auf der Tischplatte einen Wasserfleck zu einer Sonne mit wärmenden Strahlen. »Wir fangen ganz vorne mit dem Todesfall im China-Restaurant an und werden dann alle Ermittlungsergebnisse durchgehen. Da sollten sich hoffentlich Zusammenhänge ergeben. Und dein Backbuch?«

Nela seufzt. »Im Augenblick habe ich keinen Freiraum, da bleibt nicht mal Zeit zum Durchatmen. Aber ...«, sie beugt sich vertraulich über den Tisch, »... bei mir hat sich ein Schriftsteller aus Salzdetfurth gemeldet. Er plant einen Kriminalroman und würde mir Platz für ein paar Rezepte in seinem Buch einräumen.«

»Ich hätte noch Berichte über Wölfe, Luchse oder Wildkatzen.«

Die Tür fliegt auf, ein Junge, gerade dem Grundschulalter entwachsen, stürmt herein, auf den Schultern ein Rucksack, ein zweiter baumelt an seiner linken Hand. Er sieht sich um, rennt hinter die Kuchentheke und will sich verstecken.

Ein zweiter Junge, etwa im gleichen Alter, knallt die Tür erneut auf, schreit »Komm raus, Alter, oder ich schick dir meinen Bruder!«

Der Junge hinter der Kuchentheke zögert, checkt einen Fluchtweg, erkennt die Sinnlosigkeit und richtet sich auf. »Du hast mich gebasht! War doch alles nur Fun!« Er gibt seinem Kumpel den Rucksack zurück, beide verlassen das Café.

Als die Tür zufällt, lassen sie nur Ratlosigkeit und ihre nassen Fußtapser zurück. Durch das Fenster sehen Nela, Kalenberger und Wesemann dem kleinen Gerangel zwischen den beiden zu. Einer fällt gegen ein abgestelltes Fahrrad, scheint für einen Moment benommen zu sein. Nela will ihm helfen, eilt zur Tür, doch bevor sie auf der Straße ist, machen sich die beiden lachend davon.

Zerstreut kehrt Nela ins »KaFEEchen« zurück, will in die Küche, macht dann aber einen Schlenker zum Stammtisch. Sie wirkt nachdenklich, schüttelt leicht den Kopf. »Merkwürdige Situation.« Mit einer Papierserviette aus dem Spender wischt sie die Sonne vom Tisch. »Ich hatte es längst verdrängt, aber eigentlich hat damit alles angefangen.« Und sie berichtet von Herrn Okazakis Zusammenstoß mit einem Radfahrer und seiner anschließenden Weigerung, sich helfen zu lassen. »Obwohl er verletzt war, ist er so schnell wie möglich davongehumpelt. Ich glaube, er hatte richtig Angst.«

»Trink aus«, sagt Kalenberger zu Wesemann, »es ist so weit.«

»Wie kommst du darauf?«

»23 Jahre Erfolg und Irrtum.«

Sie machen sich auf den Weg zum Restaurant »Mayflower«, Kalenberger mit Schirm und Wesemann mit Furchtlosigkeit. Unter die feinen Regentropfen mogeln sich einzelne Schneeflöckchen. Fängt es etwa jetzt im April noch an zu schneien?

»Was machst *du* eigentlich an Ostern?«, fragt Wesemann.

»Ich weiß es noch nicht. Die ersten Einladungen aus Hannover sind schon eingetroffen. Wenn du willst ...«

»Kann ich gern drauf verzichten.«

»Ich auch«, sagt Kalenberger.

»Ach?«

Der Rattenfänger steht im »Wurst-Basar« und gönnt sich eine Currywurst, kann auch eine Hausmacher Fleischwurst sein.

Wesemann freut sich auf den Besuch im China-Restaurant.

# FÜNFZEHN

Sie hinterlassen nasse Fußspuren und Abtropfpfützen im Eingangsbereich. Lian Okazaki begrüßt sie mit ihrem melancholischen Jadelächeln. Sie nimmt Kalenberger den Schirm ab, streckt den Arm nach Wesemanns Jacke aus, doch Wesemann will sich nicht helfen lassen, streift die Jacke ab und bedankt sich bei Lian Okazaki.

Nur ein Tisch ist in der hintersten Ecke des Gastraums vergeben, an ein sehr junges Paar, das einzig Augen füreinander hat. Lian Okazaki deutet ihren neuen Gästen mit einer Geste freie Tischauswahl an. Wesemann und Kalenberger lassen durch wenige Worte keine Zweifel an ihrem Aufenthalt aufkommen, denn sie sind nicht zum Essen da, setzen sich aber dennoch auf die ersten beiden Stühle am Gangtisch rechter Hand. Lian Okazaki legt ihnen trotzdem zwei ledergebundene Speisekarten vor. Kalenberger schenkt ihr ein entschuldigendes Lächeln, doch Wesemann denkt an die Currywurst des Rattenfängers. Er überlegt sich einen Kompromiss und lädt Kalenberger zu einer Eierblümchensuppe mit Hühnerfleisch für zwei Personen ein. Kalenberger übernimmt zwei Mineralwasser. Lian Okazaki bedankt sich und zieht sich zurück.

Schon ein paar Minuten später bringt sie die Suppe und danach die Getränke. Bevor Kalenberger die Hand nach Glas oder Löffel ausstreckt, rutscht sie einen Stuhl zur Seite.

»Dürfen wir Sie etwas zu Ihrem Vater fragen?«

Wesemann wäre das zu direkt.

Lian Okazaki zögert, setzt sich dann aber auf die Kante des freigegebenen Stuhls.

Kalenberger lässt sich nicht aus dem Konzept bringen. »Wir haben versucht, uns ein Bild von Ihrem Vater zu machen. Sie haben berichtet, dass er sich nicht erpressen lassen wollte. Außerdem gab es einen Zwischenfall in der Wendenstraße, bei dem sich Ihr Vater sogar verletzt hat.«

Lian Okazakis Jadelächeln verfinstert sich um Nuancen. »Shānzhōng wú lǎohǔ, hóuzi chēng dàwáng …« Sie schaut auf die blank polierte Tischplatte, als wolle sie sich darin spiegeln. »Ist kein Tiger in den Bergen, nennt sich der Affe König. – Nach dem ersten Schock hat sich herausgestellt, dass mein Vater bei dem Unfall mit dem Radfahrer mehr an seiner Seele als am Körper verletzt wurde.« Sie erhebt sich.

»Einen Augenblick bitte noch!« Wesemann hat eine Idee.

»Warten Sie nicht so lange, bis die Suppe kalt ist.«

Wesemann findet sein Handy fast auf Anhieb, er blättert sich durch Fotos der Hamelner Geschäftswelt, steht ebenfalls auf und hält Lian Okazaki das Display vor die Augen. »Könnte es sein, dass dieser Mann etwas mit dem Ärger Ihres Vaters zu tun hat?«

Lian Okazaki verliert nur kurz die Kontrolle, ihre Hand auf der Stuhllehne zittert leicht. »Gù qián, bù gù hòu.« Sie nimmt ihre Hand von der Lehne. »Schau nach vorne, nicht nach hinten! – Essen Sie Ihre Suppe, Sie sind eingeladen.« Sie geht, das Gespräch ist beendet. Am hinteren Ecktisch küsst sich das junge Paar.

Wesemann setzt sich, füllt die Suppenschalen mit der appetitlich duftenden Suppe. »Herr Okazaki hat also mit Heiko Hahn Ärger gehabt, als ob ich es geahnt hätte.«

»Sie musste nicht lange hinsehen, um ihn zu erkennen. Ein Mann fürs Ärgernis.«

»Dann wollen wir *ihn* mal ärgern!«

»Lass es dir schmecken!«

*

Hätte man feste Arbeitszeiten, würde sich die Tat nahtlos an den Vorsatz anschließen. Aber so? Wesemanns roter Flitzer braucht eine neue Batterie. Auf Kulanz natürlich. Und Kalenberger hat einen Podologietermin.

Deshalb erklingt erst am übernächsten Tag »Auferstanden aus Ruinen« beim Öffnen der Tür zu Heiko Hahns Handyladen. Der Inhaber telefoniert, testet wohl ein repariertes Handy, scheint überrascht, greift unter die Verkaufstheke.

Wesemann ist ohne Aussetzer präsent. »Mach jetzt keinen Fehler, wir können über alles reden!«

Heiko Hahn schaut wie Lieschen Rose vom Blumenstand. Er beendet das Gespräch, legt das Handy in eine Schublade und wendet sich mit einem freundlichen Lächeln an die beiden Ermittler.

»Wenig los«, meint Wesemann mit gequältem Gesichtsausdruck. »Lohnt sich das Geschäft denn überhaupt?«

»Eigentlich schon, wenn mir nicht nervige Querulanten die Verkaufsatmosphäre verhageln. Neuanschaffung oder Reparatur?«

»Für die Atmosphäre in seinen vier Wänden ist jeder selbst verantwortlich. Aber nun mal Butter bei die Fische – Sie stecken ziemlich tief in der …«

»Wesemann!«, ermahnt Kalenberger.

Der findige Glatzenträger Wesemann denkt, Karola stehe neben ihm.

Kalenberger schiebt sich vor Wesemann. »Wir haben in Erfahrung gebracht, dass Sie vor einiger Zeit mit ihrem Rad absichtlich Hiroshi Okazaki angefahren haben. Dafür gibt es Zeugen.«

Heiko Hahn lehnt sich an die Vitrine mit den Sonderangeboten, Xiaomi, Nokia, Olympia, Blackview, Huawei. Er scheint zu überlegen, was er preisgeben oder für sich behalten soll. Plötzlich klatscht er beide Handflächen auf die Theke. »Ihr werdet wohl keine Ruhe geben, und eure ständige Schnüffelei ruiniert mir meinen Ruf und das Geschäft.«

Wesemann will etwas sagen, doch Kalenberger stößt ihm ihren Ellbogen in die Seite. Wesemann macht den Mund zu und hält sich zurück.

»Die Arbeit im Sender hat mir Baxmann vermittelt, wie es dazu kam, habe ich Ihnen schon erzählt. Eines Tages im Sender kam André Schmitz auf mich zu. Er fragte erst ganz freundlich, ob mir die Arbeit Spaß mache. Dann sagte er, ich hätte wohl eine besondere Affinität zum Internet und zu hübschen Frauen. Ich war überrascht und habe entsprechend geantwortet. André Schmitz hat nur gelacht: ›Und bist du nicht willig, so brauch ich Gewalt.‹ Da sei wohl das Temperament mit dem kleinen ›Ersatzerlkönig‹ durchgegangen. Offensichtlich meinte er mich damit, er hat mich richtig fertiggemacht. Dann war er wieder freundlich, hat mir seinen Arm um die Schulter gelegt – ekelhaft – und gesagt, er habe seine Informanten in der Weser-Community. Die hätten ihm geflüstert, dass ich vor längerer Zeit einmal einen Erpressungsversuch unternommen hätte. Das war vor Nela, ein Test sozusagen, auch mit einer kleinen Summe und der Angabe meines Bankkontos. Ist schon eine Weile her. Ein Grinsen hat sich auf Schmitz' Gesicht ausgebreitet wie beim kitzeligen Gibbon im Tierpark Pyrmont. Ich weiß selber, dass ich da Mist gebaut habe. Wie mir sicher bekannt sei, verfüge er über eine unmittelbare Beziehung zum Chef eines Radiosenders, da würde ein Bericht genügen, um ganz Hameln über mich zum Lachen zu bringen. Jedenfalls wollte er die Sache vergessen, wenn ich ihm einen Gefallen täte. Ich sollte Hiroshi Okazaki auflauern und ihm ein bisschen Angst machen, eine persönliche Fehde. ›Bestell ihm schöne Grüße vom Karneval, mach ein bisschen Wind, aber lass dich nicht erwischen.‹«

»Blöd nur«, sagt Kalenberger, »dass Herr Okazaki jetzt tot ist.«

»Ich wollte ihn nur erschrecken, dicht mit dem Rad an ihm vorbeifahren und ihm die Grüße ins Ohr raunen. Ich kann ja nichts dafür, wenn der mir direkt ins Rad springt. Die Grüße habe ich ihm dennoch ausgerichtet.«

»Und Sie sind sicher, dass Sie ›vom Karneval‹ sagen sollten?«

»So habe ich es jedenfalls in Erinnerung.« Heiko Hahn gewinnt Oberwasser. »Ich habe mir gedacht: André Schmitz, Rheinland und Karneval, das könnte zusammenpassen.«

»Hört sich nicht nach Drohung an«, überlegt Kalenberger. »Eher nach einem regionalen Jux.«

»So weit, so schlecht«, versucht Wesemann, das Thema zu beenden. »Wo wir schon mal beim Eingemachten sind: Was hat es mit den Servern im Sender auf sich?«

»Ich weiß es wirklich nicht, ich habe mich nicht drum gekümmert, wollte nicht noch mehr auf die Schnauze bekommen. Aber eins ist sicher: Bei der Geheimhaltung muss da ein ganz dickes Ding laufen.«

»Und bei der Aufdeckung werden Sie uns helfen, oder?« Wesemann ganz vertraulich.

»Würde ich«, ereifert sich Heiko Hahn, »doch da muss

einer ran, der am großen Rad dreht, sich mit Cyberattacken, Darknet und Bitcoins auskennt. Ich wüsste nicht mal, wen man da fragen kann.«

*

Kurz darauf dann die Eröffnung des Ostereiermarktes. Künstler aus der ganzen Welt bieten Eier in allen Größen, Materialien und Farben mit allerlei Verzierungen an.

Nela hat sich Zeit und Kundengeschmack angepasst und einen großen Osterstrauß mit zahlreichen handbemalten Vogeleiern auf die Kuchentheke gestellt. Jeden Tisch ziert ein kleines Weidenkränzchen, das auf etwas Moos liegt. In jedes Kränzchen hat Nela jeweils zwei ovale flache Steine gelegt, die von der Form her an Eier erinnern.

Momentan ist sie in der Küche und kreiert eine Osterüberraschung.

Pia nutzt ihre Mittagspause, um mal rauszukommen aus ihren belastenden Patientengesprächen. Sie hat ihre Arbeit in der Praxis wieder aufgenommen. Man glaubt ja nicht, wie viele Menschen ihren Stress bewältigen wollen. Zumindest mehr als solche, die eine gehaltvolle Trauerrede benötigen.

»Bist du eigentlich glücklich mit deinem Leben?«, fragt Pia nach einer halben Tasse »Pharisäer« und hätte sich am liebsten auf die Zunge gebissen. Eine solche Frage führt direkt dahin, wo sie gerade hergekommen ist – ins nächste Patientengespräch. Schnell ein Fangnetz druntergeschoben: »Vergiss es. Sag einfach nichts.«

»Nichts.«

Der Rest vom »Pharisäer« folgt der ersten Hälfte. »Ich hasse es, abends allein zu Hause zu hocken und Trübsal zu blasen, dazu bin ich als Rheinländerin nicht geboren.«

»Ich bin auch schon lange nicht mehr abends ausgegangen, jetzt, wo du es sagst.«

»Lass uns doch mal was zusammen machen. Essen gehen oder so.«

»Nur wir beide? Ist das nicht zu öde?«

»Andere Idee: Wir trommeln die ›KaFEEchen‹-Clique zusammen, gehen nett essen und feiern anschließend irgendwo bei einem Gläschen Muntermacher.«

Einen Augenblick Stille. Pia nickt Nela aufmunternd zu.

Nela scheint nicht begeistert, doch kurz darauf lächelt sie. »Wir könnten chinesisch essen gehen und anschließend im ›KaFEEchen‹ meine neu kreierte ***Ostertorte*** mit Eierlikör verkosten.«

»Eine geniale Idee!«, findet Pia. »Ich steure ein stimmungsvolles Gesellschaftsspiel bei: die Reise nach Jerusalem.«

»Das meinst du nicht im Ernst!«

»Doch! Und es wird sagenhaft lustig, du wirst sehen. Lass uns rasch noch überlegen, wen wir ansprechen wollen. Ich muss zurück in die Praxis.«

»Also, ich, Nela. Du, Pia. Wesemann, Kalenberger. Heiko Hahn? Heiko Hahn! Wollen wir Wesemanns Ex auch einladen?«

»Einen Versuch ist es wert. Ich werde Karola fragen, wozu bin ich eine allseits geschätzte Konfliktberaterin?«

Karola Weber zeigt sich über Pias Anruf sehr überrascht, will keine direkte Zusage geben, sich alles in Ruhe überlegen.

Aber Pia hört mehr Interesse als Desinteresse heraus. Da sie keine Zeit hat, sich auch noch um das chinesische

Essen zu kümmern und eine persönliche Absprache nötig erscheint, wird Heiko Hahn ins China-Restaurant »Mayflower« geschickt: fünf, sechs Essen, festlich, kommenden Samstag, 18 Uhr.

Heiko Hahn hat zwar keine besonders große Lust, einen Abend mit Wesemann und Kalenberger zu verbringen. Da aber Nela auch dabei sein wird, beißt er in den sauren Apfel und sagt zu – auch für den Reservierungsauftrag im »Mayflower«. Dorthin macht er sich gleich auf den Weg.

Zuerst entschuldigt er sich bei Lian dafür, dass er ihren Vater mit dem Rad angefahren hat. Dann fragt er wegen der Tischreservierung nach. Lian sagt, sie müsse sich vor einer definitiven Zusage noch mit ihrem Koch und den beiden Küchenhelfern besprechen, und bietet Heiko einen Platz sowie die Speisekarte an.

Das sieht Heiko Hahn ein. Er macht es sich im Gastraum bequem und bestellt sich einen Pflaumenschnaps, ein chinesisches Bier und vier Frühlingsrollen mit Hähnchenfleisch. Insgesamt werden es vier Pflaumenschnäpse, vier Bier und acht Frühlingsrollen, weil die Acht in China als Glückszahl gilt. Steht jedenfalls auf der Speisekarte.

Als Lian Okazaki schließlich mit der Rechnung erscheint, kann sie von der Zusage des Küchenpersonals berichten und die Reservierung von sechs festlichen Menüs zusagen. Vom Erfolg beschwingt erhebt sich Heiko, ihm ist leicht schwummerig. Lian Okazaki lächelt, und er nimmt sich fest vor, sie am Samstag aus dem »Mayflower« zu entführen und zu der anschließenden Festlichkeit in Nelas »KaFEEchen« mitzunehmen.

*

Telefonisch vereinbart Wesemann einen verbalen Austausch in Pias Räumen, Sprechstunde in ihrer Praxis mag er es nicht nennen. Er kann gleich am Nachmittag kommen, so kurz vor den Festtagen würden sich alle mächtig zusammenreißen, sagt Pia. Danach würde die Nachfrage nach Mediationsterminen sicher exponentiell in die Höhe schießen.

Wesemann fühlt sich befangen, als er die Stufen zu Pias Beratungsräumen hinaufsteigt. An der Tür ein edles Messingschild, im Flurbereich zwei Stühle, ein Philodendron und eine gerahmte Urkunde mit der Ernennung von Pia Parasoli zum »Doctor honoris causa« der Fachrichtung »Doctor of Motivation« durch die Prixton Church & University.

Beeindruckend!

Pia empfängt ihn in ihrer lockeren rheinländischen Art und bietet ihm einen schweren Ledersessel als Sitzgelegenheit an. Entweder sehr alt oder sehr gut auf alt gemacht.

»Was führt dich zu mir?«, fragt sie in ihrer direkten Art, die Wesemann die Möglichkeit zu eleganten Umwegen und Ausflüchten gibt.

»Du weißt doch sicher von dem Missgeschick anlässlich meiner geplanten Hochzeitsreise nach Las Vegas.«

»Sollte ich?«

»Würde mir einiges erleichtern.«

»Dann weiß ich es.«

»Das kommt mir sehr entgegen«, sagt Wesemann. »Schauen wir also direkt in die Zukunft: Hast du ein Mittelchen gegen meine vermaledeite Flugangst?«

Pia öffnet eine Schublade an ihrem Schreibtisch und nimmt einen Flyer heraus. Sie grinst. »Ich wollte schon gelegentlich mit dir darüber reden.« Sie schiebt ihm das bunte Blatt zu. »Ich sollte mir ernsthaft überlegen, meine hellseherischen Fähigkeiten anzubieten. Lies und dann sprechen wir über mein Honorar. Freundschaftshonorar natürlich …«

Wesemann schaut sich den Flyer über eine Flugsimulation am Flughafen Hannover an. Man sitzt dabei im Cockpit, das demjenigen einer Boeing 737 oder eines Airbus A320 nachempfunden ist. Nach einer Einweisung, der Auswahl des Start- und Zielflughafens und den Wetterbedingungen geht's los und man übernimmt für 90 Minuten das Steuer. Anschließend folgt eine Nachbesprechung. Kosten: 149 Euro.

# SECHZEHN

Dann ist endlich Samstag. Man hat sich mehr oder weniger festlich gekleidet, eine gewisse Nervosität liegt in der Luft, und Wesemann fragt sich: Kommt sie oder kommt sie nicht?

Lian Okazaki begrüßt jeden Gast an der Eingangstür. Heiko Hahn will sie umarmen, doch Lian Okazaki tritt zur Seite und Heiko fällt in den Garderobenständer.

Lian fragt nach dem Begrüßungsgetränk. Wesemann ordert eine Flasche Sekt, und als Kalenberger ihn spöttisch ansieht, gleich zwei. Mit Karola kann er nicht anstoßen, sie ist nicht da. Noch nicht?

Da wird die Eingangstür aufgezogen und herein kommt ... ein junger Mann, der seine telefonische Bestellung abholen will.

Am Tisch prostet man sich zu und einigt sich auf einen schönen Abend.

Wesemann behält die Eingangstür im Blick und Lian Okazaki ihre Gäste, sie wird nicht servieren, bis die Runde vollständig ist. »Wir wollen noch ein wenig warten«, meint Kalenberger.

Wesemanns Meinung ist gespalten. Einerseits will auch er nicht ohne Karola anfangen, andererseits sind schon einige Sektgläser leer. Und wer bezahlt die nächste Flasche?

Im Eingangsraum schlägt das Telefon an, bestimmt die nächste Bestellung. Nach ihrem kurzen Gespräch kehrt Lian Okazaki zurück zur erwartungsvollen Tischrunde.

»Frau Weber ist untröstlich, sie wird nicht zum Essen kommen, weil sie ihren Chef vom Forsthaus Finkenborn abholen muss. Das Kolloquium Hamelon habe seinen Festkommers beendet, und Herr Baxmann fürchte die vielen Kurven der Rückfahrt vom Klüt nach Hameln. Vielleicht schaffe sie es später noch ins Café.«

»Dieser Menschenschinder!«, ereifert sich Wesemann.

Doch Pia schaut recht optimistisch. »Jetzt ist sie in der Bringschuld und wird alles daransetzen, zu kommen.«

Wesemann schließt den Mund und bewahrt die Hoffnung in seinem Herzen.

Da niemand Lian Okazaki bittet, mit dem Servieren zu beginnen, sagt diese: »Ich wünsche allseits einen schönen Abend«, dreht sich um und enteilt in Richtung Küche.

Endlich kann das Festmenü serviert werden:

San-Sin-Suppe und Krabbenchips als Vorspeise, zum Hauptgang mehrere Fleischgerichte zur Auswahl – knusprige Ente nach Peking-Art, acht erbauliche Kostbarkeiten in scharfer Hon-Sin-Soße, üppig gebratenes Schweinefleisch mit Paprika, Bambussprossen und Champignons in kometenscharfer Curry-Soße, Rindfleisch mit chinesischen Pilzen und Bambussprossen, gebratenes Hühnerfleisch mit Brokkoli, Schweinebällchen mit Ananas in süß-saurer Soße – und als Dessert einen bunten Obstsalat.

Jeder probiert von allem – und alle sind begeistert und sprechen ihr Lob mehrmals aus. Lian Okazaki freut sich, die Feuertaufe für ihre alleinige Geschäftsführung scheint bestanden.

Nach einiger Zeit leeren sich die Platten und die Gespräche verebben. Lian Okazaki bietet zur Verdauung einen Hirseschnaps an. Schließlich drängt Pia zum Aufbruch. Aus ihren Augen spricht der Schalk.

Die Runde lädt Lian Okazaki zum geselligen Abend bei Nela ein. Lian willigt nach kurzem Zögern ein, sagt aber, sie komme nach. Die Runde bricht auf, Lian Okazaki verabschiedet sie an der Tür.

Nur Heiko Hahn schließt sich dem allgemeinen Abmarsch nicht an. Er vermutet, dass Lian in Wirklichkeit gar nicht zu Nela kommen wolle, sich aber nicht getraut habe, die Einladung auszuschlagen. Er wird warten, bis sie mit ihm das Restaurant verlässt. Vorher will sie sich noch mit der Küche austauschen und um Übernahme der zusätzlichen Arbeit bitten.

Eine Weile hockt Heiko Hahn noch an seinem Platz, die Musik verstummt, gelegentliches Geschirrklappern aus der Küche, dann kehrt Stille ein im Restaurant.

Hat sich Lian etwa heimlich durch die Hintertür verdrückt? Nicht mit ihm, er kennt die Innenstadt besser als Google Maps. Nach einem kurzen Blick in die Küche – Lian ist tatsächlich weg – steht er auf der Straße. Wie von Geisterhand wird hinter ihm die Tür abgeschlossen. Heiko Hahn läuft um ein paar Ecken und Lian Okazaki ihm direkt in die Arme. Eine leichte Röte verzaubert ihren Teint. Heiko will sie an die Hand nehmen, doch Lian macht sich los und geht resolut voraus. Auf direktem Weg zu Nelas »KaFEEchen«. Heiko kann nur noch hinterhereilen.

Im »KaFEEchen« stellt man die runden Tische zusammen, es entstehen Yin- und Yang-förmige Aussparungen zwischen den Tischen. Man wertet es allgemein als gutes Zeichen.

Wesemann beteiligt sich nicht am Tischerücken, er hat nur noch Augen für Karola, die vor ein paar Minuten gekommen ist und etwas abgespannt aussieht. »Wie schön!«, ist Wesemann nun schon mehrmals über die Lippen gekommen. Zu mehr ist sein Gehirn nicht mehr fähig.

Nela will Kaffee und Kuchen servieren. Kaffee wird gerne genommen, doch Kuchen …

»Heben wir uns den Kuchen als Mitternachtsimbiss auf«, sagt Kalenberger. »Wir könnten unsere Spielrunde vorziehen, das bringt Bewegung in die müden Knochen.«

Keine große Ablehnung, nur Gemurmel, weder hü noch hott. Niemand will als Spielverderber gelten.

Nela holt die ersten beiden von Pia deponierten grünen Flaschen aus dem Kühlschrank; Pia lässt fünf Stühle paarweise Lehne an Lehne in einer Reihe aufstellen, eine etwas abgewandelte »Reise nach Jerusalem« beginnt. »Der Akku-Lautsprecher auf dem Tisch kann mit der Fernbedienung willkürlich gestoppt werden und startet nach wenigen Augenblicken wieder die Endlosschleife«, weist sie an.

Kalenberger mag die rosa Wölkchen nicht mehr sehen, die zwischen Wesemann und Karola herumirren. Sie richtet ihre Aufmerksamkeit auf die grasgrünen Flaschen auf der Kuchentheke. »Nordbrand Nordhausen«, steht darauf, »Heimat bester Spirituosen«. Der Aufkleber des Pfefferminzlikörs ist dezent illustriert mit einem feinen Minzsträußchen. Kalenberger schwant nichts Gutes, sie wird sich raushalten. Das ist also der »Pfeffi«, von dem die Zeitschriften berichten, die sich für jung halten. Früher gab es wilde Partys bei Wodka Lemon unter der Discokugel. Waren das auch nur 18 Prozent?

Sie schaut sich um, trifft auf Lian Okazakis panischen Blick. Die weiß mit Sicherheit nicht, worum es bei dem Spiel geht, und Alkohol trinkt sie schon gar nicht.

Pia hingegen ist ganz in ihrem Element und erklärt: »Beim Stopp des Musikstücks versucht jeder, einen freien Stuhl zu besetzen. Da mehr Spielteilnehmer als Stühle aufgestellt sind, bleibt immer ein Teilnehmer ohne Sitzgelegenheit und bekommt zum Trost ein Gläschen des köstlichen Pfeffi-Pfefferminzlikörs. Die ersten Runden sind schon vorbereitet.« Sie weist auf die aufgereihten Schnapsgläschen auf der Kuchentheke. »Ich hoffe, es sind keine Spielverderber unter uns.«

Ein Schlagzeugsolo erklingt und »Little Drummer Boy« marschiert voran. Ratatatam, ratatatam, ratata…

Pia wird am Ärmel gezupft. Lian Okazaki. »Ich habe etwas im Restaurant vergessen, ich muss sofort gehen.«

Pia stellt den Lautsprecher leise. »So eilig kann das doch nicht sein, spiel wenigstens ein, zwei Runden mit, du wirst sehen, es macht Spaß. Und wir freuen uns, dass du dabei bist.«

»Ich kann nicht«, Lian Okazaki windet sich, »ich vertrage keinen Alkohol!«

Pia denkt kurz nach und reicht Lian Okazaki die Fernbedienung. »Dann bedienst du eben den Lautsprecher, und ich übernehme deinen Platz in der Marschkolonne.«

Lian Okazaki nimmt zögernd die Fernbedienung, startet den »Drummer Boy«, der marschiert los, und die aufgekratzte Spielrunde setzt sich in Bewegung, immer um die Stuhlreihe herum. Lian lässt ein paar Sekunden verstreichen und drückt danach den kleinen roten Knopf auf der Fernbedienung. Dem »Drummer Boy« verschlägt es Trommel und Gesang, jeder versucht überfallartig, eine Sitzgelegenheit zu ergattern. Wesemann ist »neben der Kapp«, findet keinen freien Platz, darf oder muss als Erster ein Gläschen probieren und den anderen mit einem Prosit für die milde Gabe danken.

In der nächsten halben Stunde folgen viel Gelächter, Schreckensrufe, ein Straucheln, auffangende Hände und dazwischen ein Schluckchen von der grünen Hölle. Kalenberger verzieht das Gesicht, wenn sie mal wieder dran ist, andere scheinen nach dem nächsten Schluck zu lechzen.

Wesemann verfolgt mit aller Konzentration einen Plan: Wie kann er Karola dazu bringen, sich auf seinen Schoß zu setzen? Mit Blicken versucht er, Lian Okazakis Entscheidung zu beeinflussen. Erst schaut sie nur verständnislos, dann scheint sie zu verstehen. Als Karola fast auf Wesemanns Höhe ist, drückt Lian den Knopf, Wesemann besetzt einen Stuhl, nutzt das Chaos, um Karola ins Straucheln zu bringen, und sie lässt sich tatsächlich auf seine Oberschenkel fallen.

Erst jetzt realisiert Karola, auf wen sie sich da gesetzt hat. »Bilde dir bloß nichts ein«, raunzt sie Wesemann an. »Ich habe mich nur auf diesen Spieleabend eingelassen, um Baxmann zu entkommen. In seinem beduselten Kopf ist er keinen Schritt mehr von meiner Seite gewichen, hat mir auf der Heimfahrt einen Porsche, eine Handtasche und zehn Paar Schuhe versprochen, außerdem drei Heiratsanträge gemacht.«

In Wesemanns rechter Wade deutet sich ein Krampf an. Und wenn schon, er wird sich um keinen Millimeter bewegen, nicht mal zucken, da können seine Beine in Tiefschlaf fallen.

»Wenn sich Baxmann betrinkt, ist er nicht mehr zu bremsen. Er hätte mich die ganze Nacht verfolgt, meine Wohnung belagert, die Nachbarn herausgeklingelt, randaliert. Da bin ich lieber hier.«

»Ruh dich einfach ein wenig aus«, sagt Wesemann, »ich beschütze dich!«

»Du nicht auch noch!« Karola springt auf. »Männer!«

Wesemann ist enttäuscht, seine Beine zittern, sein Herz flattert und Karola nimmt sich einen Pfeffi, freiwillig. Ein verführerisches Grünzeug mit Tiefenwirkung.

Der Abend schreitet voran, der kleine Drummer wird immer unwichtiger. Unermüdlich und hoch konzentriert organisiert Lian Okazaki auch weiterhin den Spielablauf. Eine Aufgabe, eine Frau, konzentrierte Power. So geht Weltmacht!

Bald ist kein Tropfen Pfeffi mehr vorhanden. Pia rafft sich auf, um aus der Praxis Nachschub zu holen, Heiko Hahn bietet ihr seinen Geleitschutz an. Nachts seien viele merkwürdige Gestalten unterwegs, sagt er. Auch in Hameln.

Nela versucht sich sängerisch an der Marseillaise, sie setzt auf Kultur. »Schreibt man das wie Mayonnaise oder wie …? Ich hätte im Französischunterricht besser … Ach, ist auch egal.« Sie singt weiter.

Kalenberger hakt sich bei ihr unter und stimmt mit ein: »Marchons, marchons!«, dann beide: »God save the Queen!« Dass beide schon ordentlich intus haben, wissen alle spätestens, als sie sich zu »Auferstanden aus Ruinen« in die Arme fallen und einen persiflierenden Tango versuchen.

Pia und Heiko Hahn kehren zurück. Sie haben ihren Ausflug genutzt, um ihre Sympathiewerte zu aktivieren. Nachdem der Nachschub-Pfeffi im Kühlschrank verstaut ist, verziehen sie sich dahinter und knutschen intensiv.

Nela schlägt eine Polonaise um die Marktkirche vor, kann damit aber kein Osterlamm gewinnen und bringt deshalb noch einmal ihr Kuchenangebot ins Gespräch.

Kalenberger rettet sich auf die Toilette, Lian Okazaki dirigiert noch immer den kleinen Drummer und lässt sich ein Stück von der *Ostertorte* abschneiden. Sie taut langsam auf, nimmt ihr Handy aus der Tasche, wählt eine Nummer und führt ein langes, sehr langes Gespräch.

Wesemann quatscht Karola voll, bis diese auf die Toilette verschwindet. Kreidebleich kehrt sie zurück, nimmt sich ihren Mantel, muss an die Luft. Wesemann begleitet sie natürlich, ist ihr Halt, Stütze und Orientierung.

Der Pferdemarkt ist belebt, soweit Wesemann das noch überblicken kann. Die Glocken der Marktkirche beginnen zu läuten. Was für eine schöne Nacht, wäre ihm bloß nicht so schlecht.

Karola kämpft mit ihrem Schluckauf. Normalerweise würde sie jetzt mit Hingabe dem festlichen Klang lauschen, doch sie gibt Wesemann zu verstehen, dass sie zurück ins »KaFEEchen« und sich setzen, irgendwo hinsetzen müsse. Wenn es geht die Augen schließen und sich fallen lassen in die schwarzen Tiefen des Schlafs.

Als sie ein paar Stunden später aufwacht, fällt ihr zuerst der schale Geschmack nach bitterem Mageninhalt im Mund auf, dann das fahle Licht vor dem Café und die Glocken – noch immer oder schon wieder? Sie muss sich keine Sorgen machen, sie ruht sicher in Abrahams Schoß, auch wenn der Abraham Wesemann heißt und muffig riecht. Egal, er hat sich um sie gekümmert, als sie es nicht selber konnte.

Jetzt lächelt er sie müde an, hilft ihr auf, erhebt sich auf die Knie, stützt sich auf einen Stuhl, lehnt sich an den Kühlschrank. Nela hat wohl heute Nacht noch grob aufgeräumt.

Pia und Heiko Hahn schlafen auf dem Boden, eng umschlungen und zugedeckt mit Mänteln und Jacken.

Kalenberger zieht gerade ihre Schuhe an. »Moin!« Belegte Stimme. Sie besteht darauf, alleine nach Hause zu schleichen.

Keine Spur von den anderen. Waren da noch welche?

*

Der Sonntag wird ein stiller Tag. Noch immer regnet es. Hameln ist erstarrt, und die Clique aus Nelas »KaFEEchen« scheut sich, sich ihrer Vergangenheit zu stellen. Eine bleierne Schwere legt sich in der neuen Woche über Land und Leute.

Wesemanns endgültiger Auszugstermin rückt näher. Heiko Hahn hilft ihm – nicht ganz freiwillig –, die wenigen Möbel von A wie »Alte Adresse« nach B wie sein »Bescheidenes Bootshaus« – Schlafzimmer, Arbeitsraum, Kochnische und Toilette – zu transportieren. Heiko trägt die schweren Teile wie Drucker, TV und Bücherkisten. Carmen hat ihre Hilfe angeboten bei der dekorativ gestalterischen Ausschmückung mit Vasen, Katenhockern und Tischläufern, nicht allerdings für lustvolle Gefälligkeiten. Wesemann lässt die situationsbedingten Gelegenheiten ungenutzt vorüberziehen. Wenn es in den Nächten jedoch so richtig vom Himmel schüttet, dass man keinen Hund vor die Tür jagen mag, vergessen beide ihre guten Vorsätze und finden unter Wesemanns Kuscheldecke zusammen.

Wesemann ist fast pleite. Carmen würde ihn ohne große Worte mitversorgen, doch als Wesemann erkennt, welchen Weg er einzuschlagen beginnt, kommt es zu einem klärenden Gespräch zwischen ihm und Carmen. Was von dem Gespräch bleibt, ist die Freundschaft, alles andere wird verschweißt, eingepackt und in die unterste Schublade ihrer Beziehung eingeschlossen. »Putzen macht zehn Euro pro Stunde«, sagt Carmen, »nur Liebe ist umsonst.«

Wesemann ruft Baxmann an und bittet ihn um ein Gespräch. Dann geht er zu Nela, er braucht jetzt ein Quentlein Seelennahrung, das er in Nelas köstlichem ***Ziegenkäse-Amarettini-Kuchen*** findet.

# SIEBZEHN

Kalenberger will dem Frühjahrsputz entgehen, ersatzweise das Durcheinander in ihrem Berufsleben in Ordnung bringen. Sie denkt an vorzeitige Pensionierung, dann hätte der ganze Spuk endlich ein Ende. Aber geht das so einfach? Kalenberger hat keine Ahnung, welche Voraussetzungen dafür zu erfüllen sind, und wendet sich deshalb per Mail an eine kampferprobte Freundin bei der Dienstleistungsgewerkschaft ver.di. Diese schreibt ihr umgehend zurück:

*Deine Frage ist gar nicht so leicht zu beantworten. Wenn man aus gesundheitlichen Gründen vorzeitig in Pension gehen will oder muss, dann hat man auf jeden Fall Abzüge bei den Versorgungsbezügen zu erwarten. Die Dienstunfähigkeit oder Polizeidienstuntauglichkeit ist durch einen Amtsarzt festzustellen. In der Regel will das der Beamte aber nicht. Die Verfahren mit Gutachten und Gegengutachten können sich Jahre hinziehen. Außerdem ist eine vorzeitige Pensionierung nur begrenzt möglich. Grundsätzlich kann man aber als Polizeibeamter vier Jahre vor dem 60. Geburtstag einen Antrag auf vorzeitige Pensionierung stellen, allerdings mit Abzügen. Es besteht auch die Möglichkeit, sich nach Erreichen des 50. Lebensjahres ohne Dienst- und Sachbezüge beurlauben zu lassen. Dann bekommst du jedoch kein Geld bis zum Erreichen der Pensionsaltersgrenze, eignet sich also nur für gut versorgte Beamte (reicher Lebenspartner o. ä.) oder Millionäre.*

*Vielleicht machst du ein unerwartetes Erbe in beträchtlicher Höhe oder kommst anderweitig an Geld? Da sollte einer Frau wie dir doch etwas einfallen!*

Bevor sich Kalenberger im Kampf mit der Bürokratie wieder ihre Nerven ruiniert, wird sie das Aufräumen ihres Kellerraums vorziehen. Da steht noch alles so, wie sie es beim Umzug hat abstellen lassen.

Nach dem ersten Sondieren und Entsetzen entschließt sie sich, gleich Hilfe zu holen. Freunde und Bekannte sind ihr zu neugierig, besser, sie sucht nach Entrümplern in den örtlichen Kleinanzeigen. Und sie wird fündig:

*Bob, die helfende Hand beim Bäumefällen, bei Garten-, Pflaster-, Entkernungs-, Abriss- und Renovierungsarbeiten, beim Heckeschneiden, Rasenmähen und Winterdienst. 0172/…*

Schnell ist man sich über Stundenlohn und einen Termin einig, und Kalenberger kann sich dem neu erworbenen 1.000-Teile-Puzzle »Der Rattenfängerbrunnen in der Osterstraße« zuwenden.

*

Wesemann ruft im Sender an.

Karola nimmt ab, abgekühlte Gefühlslage. »Ach, du!«

Wesemann: »Entschuldige, wenn ich störe.«

Karola: »Hm.«

Wesemann: »Ich müsste mal den Chef sprechen.«

Karola: »Der Chef ist nicht da, und du hast auch schon mal freundlicher geklungen.«

Wesemann: »Der Blick auf meinen Kontoauszug hat mir die Laune verhagelt.«

Karola: »Ich bin die falsche Adressatin.«

Wesemann: »Entschuldige!«

Karola: »Du suchst also Aufträge?«

Wesemann: »Kann man so sagen.«

Karola: »Ein Tipp von mir: 5G Mobilfunkabdeckung im Weserbergland. Wenn du dich da reinfuchst, hast du für Jahre Arbeit.«

Wesemann: »Werde ich gleich unserem Chef vorschlagen.«

Karola: »Geht nicht. Der hat sich mit André Schmitz auf Dienstreise nach Düsseldorf zu Huawei Technologies begeben.«

Wesemann: »Mit dem Zug?«

Karola: »Die Herren haben Ansprüche und reisen im firmeneigenen Mercedes.«

Wesemann: »Seit wann hat radioTOTAL einen Firmenwagen?«

Karola: »Der ist mit André Schmitz gekommen. Wie weit bist du mit deinem Hausboot?«

Wesemann: »Fehlen nur noch die Blumen auf dem Tisch und eine Flasche Sekt für die Schiffstaufe.«

Karola: »Wie soll es denn heißen?«

Wesemann: »Natürlich ›Karola‹!«

Karola: ---

Wesemann: ---

Karola: »Übernimm dich nicht.«

Wesemann: »Magst du die Taufpatin sein?«

Karola: »Ich überlege es mir.«

Wesemann: ---

Karola: ---

Wesemann: »Entschuldige meine Neugier: Was für ein Mercedes-Modell ist euer Firmenwagen?«

Karola: »Moment, ich hab es aufgeschrieben für die Inspektion.«

Pause, Papierrascheln, Schubladengeschiebe, Papierrascheln.

Karola: »Mercedes-Benz SUV GLC 250 4matic.«

Wesemann: »In Schwarz?«

Karola: »In Schwarz!«

Wesemann: »Das haut mich um: Bei meinem Unfall bin ich von einem schwarzen SUV in den Graben gestoßen worden.«

Karola: »Du arme, geschundene Kreatur.«

Wesemann: »Ich habe eine ganz große Bitte: Kannst du feststellen, ob der SUV in den letzten Wochen eine Reparatur hatte und wenn ja, wann genau?«

Karola: »Ich freue mich so auf den ersten Erdbeer-Joghurt-Eisbecher in diesem Jahr.«

Wesemann: »Den bekommst du, ob mit oder ohne Auskunft.«

Karola: »Ich rufe dich in zehn Minuten wieder an.«

Wesemann nutzt die Zeit, um mit Pia zu telefonieren. Er hat sich ein besonderes Geburtstagsgeschenk für Karola überlegt. Von Pia braucht er eine Urkunde über seine bestandene Flugtauglichkeitsprüfung. Die hofft er genau so zu erlangen wie Pia ihren Ehrendoktortitel.

Pia ist entrüstet. Sie habe so etwas noch nie gesehen geschweige denn gemacht, wolle sich aber erkundigen, ob einer solchen Urkunde rechtliche Hindernisse im Wege stünden. Wenn nicht, dann …

radioTOTAL meldet sich. Karola. Sie nuschelt, er versteht sie fast nicht. »… merkwürdig, sehr merkwürdig …«

Wesemann muss die Lautstärke an seinem Handy erhöhen. »Hast du was über eine Reparatur an eurem Firmenwagen herausgefunden?«

Karola nachdenklich: »Ja, ja.«

Wesemann: »Und was?«

Karola: »Einen Tag nach deinem Unfall.«

Wesemann: »Und weiter?«

Karola: »Was weiter?«

Wesemann: »Was wurde repariert?«

Karola: »Ach so.« Sie scheint neben sich selbst zu stehen. »Ich mache jetzt Mittag, wir könnten uns auf einen Salat im ›Monopol‹ treffen.«

»Einver...«

*

Deisterstraße. Von der »Monopol«-Terrasse aus kann man dem Sender beinahe auf das Flachdach spucken. Bei Ostwind natürlich nicht.

»Du hast dich aber beeilt«, begrüßt Wesemann Karola nur wenig später.

»Ich fühle mich irgendwie bedrängt, verfolgt.«

»Warum?«

»Weiß nicht. Als läge eine Bedrohung in der Luft. Drückend, wie vor einem Sommergewitter.«

»Und?«

»Was und? – Ach so.« Karola bestellt einen Monopol-Salat, Wesemann ein Thai-Curry.

Ein paar Augenblicke nichts.

Karola schaut sich um, niemand scheint sie zu beachten. »Vorne rechts, Scheinwerfer ersetzt. Rechter Kotflügel gespachtelt, lackiert und poliert.«

»Yes«, bricht es aus Wesemann heraus, er fängt sich aber sofort wieder. »Hab ich dich also doch noch erwischt!«

»Mich?«

»Du gehst mir nicht durch die Lappen!«

»Ich?«

»Nein, nicht du. Schmitz natürlich! HK Bertram wird sich freuen, einen Fall so mundgerecht gelöst serviert zu bekommen. Ich brauche den ersten freien Termin beim Chef.«

»Ich werde sehen, was sich machen lässt.«

Das Essen kommt, bleibt jedoch erst einmal unbeachtet.

Karola sagt verwirrt: »Mir ist noch etwas Merkwürdiges unter die Finger geraten. Die Kfz-Versicherung ist auf den Chef ausgestellt.«

»Nichts Ungewöhnliches bei einem Firmenwagen.«

»Daneben ist ein weiterer Fahrer berechtigt, das Auto ohne Versicherungseinbußen zu fahren.«

»Du vielleicht?« Wesemann leicht erschreckt. »Wie kommst du zu der Ehre?«

»Spinn nicht rum. Eingetragen ist ein …«, Karola schaut sich erneut um, »Andreas Schmieder.«

»Andreas Schmieder?«

»Wir wissen wohl beide, wer das ist. Wieso nennt er sich im normalen Leben André Schmitz?«

»Keine Ahnung und davon ganz viel.«

»Du Genie! – Aber zur Abwechslung was Erhellendes: Baxmann hat mal zur vorgerückten Stunde erzählt, dass ihm Schmieder vor Jahren in einem Steuerprozess den Arsch gerettet und dafür als Ausgleich ein ordentliches Schmerzensgeld verlangt habe. Als Schmieders Schmerzensgeld aufgebraucht war, soll er eines Tages im Empfang des Senders gestanden und Baxmann mit dem Ständchen ›Wir sind alle kleine Sünderlein‹ begrüßt haben.«

Wesemann und Karola überlegen. Dem Salat hat die Wartezeit nur wenig geschadet, Wesemanns Thai-Curry aber ist kalt und klebt an den Stäbchen.

»Da ist noch etwas.« Karola spießt ein Bröckchen Ziegenkäse auf einer Kirschtomate auf.

Wesemann spürt eine Berührung auf seinem linken Knie. Endlich! Alles wird gut! Dann wird auf dem Knie etwas hin und her geschoben. Wesemann ertastet ein Papier, zwei Blätter, legt sie auf die Reisschale. Fotokopien. Ein Artikel aus der Dewezet und eine Todesanzeige. Beides von vor seiner Zeit bei der Zeitung. »Überraschung im Steuerprozess. Insider entlastet den Hauptangeklagten Baptist B., junger Journalist und umtriebiger Gründer eines Hamelner Radiosenders. B.'s Geschäftspartner wird zu hoher Haftstrafe verurteilt.«

»Da war ich noch Lehrer an einer Schule in Hannover-Sahlkamp, das ist völlig an mir vorbeigegangen«, sagt Wesemann.

»Bitte ...«

Wesemann realisiert die Brisanz des Artikels, faltet die Fotokopie zusammen und steckt sie mit den an- und eingeklebten Reiskörnern in seine Jackentasche. Es ist noch recht frisch im Freien, keine gute Entscheidung, auf der Terrasse zu speisen, aber weniger mögliche Mithörer. Bleibt die zweite Fotokopie.

Eine Todesanzeige: Name – Lebensdaten – »Er hat seine Entscheidungen stets selbst getroffen, wobei die Ereignisse der letzten Zeit seine Kräfte überfordert haben.« – Auflistung der Hinterbliebenen. Statt freundlich zugedachter Blumen und Kränze wird um eine Spende an den Verein »Justiz-Opfer e. V. – gegen Justizwillkür« gebeten. Die Urnenbeisetzung erfolgt in aller Stille.

»Puh«, sagt Wesemann, »das war Baxmanns Geschäftspartner, der verurteilt wurde. Richtig?«

»Korrekt. Schmieder alias Schmitz hat Baxmann damals entlastet – fragt sich, zu welchem Preis. Dessen Kompagnon hat die volle Strafe abbekommen und sich daraufhin das Leben genommen.«

»Das sind eine Menge Details, die wir zusammenfügen müssen. Ich fühle es, wir stehen ganz kurz vor dem erhellenden Durchbruch. Wir müssen nur noch herausfinden …«

Die Fotokopie eines Bildes findet den Weg zu Wesemann. Typisches Klassenfoto der 70er/80er-Jahre, darunter die Rückseite mit den Namen der Abgebildeten. Zweite Reihe, Dritter von rechts: Baptist Baxmann. In der nächsten Reihe schräg rechts hinter Baxmann steht grinsend Andreas Schmieder. »Allgemeinbildende polytechnische Oberschule Heiligenstadt.«

»Sie kennen sich also schon aus der Schule. Von der habe ich allerdings noch nie etwas gehört, und der Zusammenhang erschließt sich mir auch nicht.«

»Finde es heraus, ich melde mich hiermit ab. Meine Nerven halten die ständigen Überforderungen einfach nicht aus.«

»Wie soll ich denn ohne deine Hilfe weiterkommen?«

»Das musst du selbst herausfinden. Ich jedenfalls habe fristgerecht bei radioTOTAL gekündigt und fange am nächsten Ersten bei der ›Hameln Marketing und Tourismus GmbH‹ an. Nach einer gewissen Einarbeitungszeit übernehme ich eventuell einen Teil der Stadtführungen. Darauf freue ich mich richtig.«

»Auf einen gelegentlichen Kaffee können wir uns aber noch treffen?«

»Gib dem guten Willen eine Chance.«

Sobald Wesemann alleine ist, befragt er sein Handy nach der polytechnischen Oberschule Heiligenstadt. Im 16. Jahrhundert gegründet als Jesuitenkolleg, königliches Gymnasium von 1774 bis 1918, nach dem Zweiten Weltkrieg polytechnische Oberschule mit exklusiver Bildungseinrichtung, heute Lingemann-Gymnasium Heiligenstadt. »Heiligenstadt im Landkreis Eichsfeld«, murmelt Wesemann. »Da ist es politisch so schwarz, dass du dir an Fronleichnam nicht mal ein Pfund Butter kaufen kannst, geschweige denn ein Fläschchen Bier.«

Wesemann verlässt das »Monopol« und schlendert ziellos durch die Innenstadt. Seine grauen Zellen bersten beinahe vor Denken und Kombinieren. Er muss seine Gedanken dringend mit jemandem besprechen und ruft Kalenberger an.

Ihr Anrufbeantworter lässt ihn stoisch abblitzen: »Der Teilnehmer ist im Augenblick nicht …«

In der Apotheke kauft er ein Nasenspray. Vielleicht hilft ihm das, sein Hirn durchzulüften?

Wieder und wieder versucht er, eine telefonische Verbindung mit Kalenberger herzustellen – erfolglos. Endlich entschließt er sich, die telefonische durch die persönliche Verbindung zu ersetzen. Er wendet sich in Richtung Gartenstraße. Falsche Richtung, er macht kehrt und geht Richtung Hafen. Da klingelt sein Handy. Bevor er es jedoch aus der Jacke geholt hat, springt sein Anrufbeantworter an. Als er ihn abhört, beschwert sich Kalenberger, warum er den Anruf nicht angekommen habe.

»Wir müssen uns treffen und eine Bestandsaufnahme bei unseren Ermittlungen erstellen.«

»Ich habe erst neulich wieder daran gedacht«, frotzelt Kalenberger. »Wo waren wir noch mal stehen geblieben?«

»Kannst du zum Hafenparkplatz kommen? Dann können wir auf meinem Boot ungestört sprechen.«

»Was hältst du vom ›Pfannekuchen‹? Ich habe Hunger und richtig Appetit auf einen Pfannkuchen mit Ziegenkäse und Feigen. Auf den drei Etagen finden wir sicher auch ein stilles Eckchen für uns.«

»Einverstanden. Bring bitte was zu schreiben mit.«

»Wenn du das Protokoll übernimmst …«

*

Es ist wirklich nicht schwer, im urgemütlichen Restaurant »Pfannekuchen« in der Hummenstraße ein verborgenes Eckchen für Genuss und Arbeit zu finden. Kalenberger bleibt bei ihrem Pfannkuchen mit Ziegenkäse, Feigen und Lauch, Wesemann steht der Sinn eher nach Süßem. Er wählt die Variante mit Quark und Rumrosinen.

Kalenberger entnimmt ihrer kofferähnlichen Handtasche einen Block und einen Kugelschreiber und legt beides vor sich ab.

»Sollte ich nicht das Protokollieren übernehmen?«

»Lass stecken«, sagt Kalenberger. »Du redest, ich schreibe. Was haben wir also?«

Wesemann fasst zusammen, wobei sich Fakten und Vermutungen vermischen.

»Offiziell: Hiroshi Okazaki am Herzinfarkt gestorben, Vermutung: Mord – digitales Kellerschloss wurde mit einer Fernbedienung aktiviert, Hiroshi Okazaki ist über Nacht erfroren.

Dexter Morton muss an Informationen zur Manipulation des Kellerschlosses gekommen sein. Bevor er die Kripo einschalten konnte, wurde er ins Hafenbecken gestoßen und ist ertrunken.

Carmen hat ein Notizbuch in unmittelbarer Tatortnähe gefunden, das vermutlich Dexter Morton zuzuschreiben ist. In kindlicher Geheimschrift sind die Koordinaten der ›Pluto‹ eingetragen, sonst nichts.

Die Marinekameradschaft wurde vermutlich vom Besitzer der ›Kardinal‹ unter Druck gesetzt, um uns den ungehinderten Zutritt zur ›Pluto‹ zu verwehren.

Karola hat herausgefunden, dass mein Unfall an der Alpakawiese mit dem Firmenwagen von radioTOTAL herbeigeführt wurde.

Mein Nachfolger bei radioTOTAL gibt sich als ›André Schmitz‹ aus, heißt mit amtlichem Namen jedoch Andreas Schmieder. Er fürchtete die Enttarnung durch den findigen Journalisten Hubert Wesemann …«

Kalenberger übergeht die Lobhudelei.

»… und startet einen 200 PS starken Einschüchterungsversuch.

Nelas Cyber-Erpressung durch Heiko Hahn ist ein aus dem Ruder gelaufener Dummejungenstreich. Durch ihn allerdings Hinweis auf die Serverstation bei radioTOTAL. Heiko Hahn ist als kleines Licht zu vernachlässigen, wohingegen im Sender Größeres laufen muss. Mit hoher Wahrscheinlichkeit hat das mit Cyberkriminalität zu tun.

Ein älterer Zeitungsartikel lässt eine Erpressung Baxmanns durch Andreas Schmieder vermuten. Baxmann wird vor Jahren in einer Steueraffäre seinen mitangeklagten Geschäftspartner ans Messer geliefert haben. Der Mitangeklagte beging Selbstmord.

Unklarer Zusammenhang besteht zwischen Andreas

Schmieder und der Person hinter dem Tarnnamen ›Karneval‹.«

Wesemann dreht an seinem Jackenknopf. Nur noch wenige Umdrehungen und ... »Für mich deutet alles darauf hin, dass wir die Unterstützung von einem IT-Nerd brauchen, vorzugsweise mit fundierten Darknetkenntnissen. Du kennst da doch jemanden aus Hannover, oder?« Peng, der Knopf ist ab.

Kalenberger schaut Wesemann an, drei Sekunden, fünf Sekunden, gefühlte Stunden. »Nein! Ich sage Nein. Aus der Nummer bin ich raus.«

»Deine Beziehungen sind unsere letzte Chance.«

»Auf keinen Fall rufe ich Harryboo an. Eher ...«

»Wir können unsere Überlegungen natürlich auch HK Bertram vorlegen, dann sind wir raus und er ist drin.«

»Das ist Erpressung.«

»Da siehst du mal, wie das ist.«

»Du hast eine erstaunliche kriminelle Energie.«

Wesemann grinst. »Würde dich vielleicht ein Walnusseis mit Birne und Schokoladensoße versöhnlicher stimmen?«

»Nein! Niemals! – Ich brauche einen doppelten Cognac!«

# ACHTZEHN

Kalenberger mag Harryboo nicht anrufen. Sie schätzt seine IT-Kenntnisse, aber menschlich ist er bei ihr unten durch. Und trotzdem schwingt unter dem Ärger eine Anziehung mit, über die sie sich noch mehr ärgert. Morgen wird sie ihn anrufen, oder übermorgen, auf keinen Fall wird sie sich mit ihm treffen. Sie wird ihn um eine Recherche im Internet bitten und dafür bezahlen. Mit Geld!

Es klingelt an der Wohnungstür. Vor ihr steht ein Mann von vor der Zeitenwende, ganz in Schwarz, mit rot gefärbten Haaren. Aha, Bob, die helfende Hand. »Schön, dass Sie da sind. Kommen Sie rein, kann ich Ihnen einen Kaffee anbieten?«

»Da sag ich nicht Nein.« Bob betritt die Wohnung, schaut sich diskret um, folgt Kalenberger in die Küche. Kalenberger füllt zwei Kaffeetassen aus der Thermoskanne.

»Wo haben Sie denn Ihren Arbeitsplatz?«

War das eine anzügliche Bemerkung? Männer sind doch sehr eindimensional. »Wir sollten im Keller anfangen und uns dann nach oben vorarbeiten.«

Jetzt liegt es an Bob, dumm zu schauen. Plötzlich grinst er, verzieht das Gesicht. »Sie haben meine Anzeige im Lokalblättchen gelesen?«

Kalenberger nickt.

»Dann haben Sie sich in der Spalte vertan.« Sein Lachen klingt offen und herzlich. »Ich bin der ›PC-Probleme? IT-Profi hilft!‹. Sie sind nicht die Erste, die falsch abgebogen ist.«

»Tut mir leid«, sagt Kalenberger.

»Macht nichts, Sie brauchen auch nichts zu bezahlen. Den Kaffee darf ich aber trotzdem noch austrinken?«

Man kommt ins Gespräch. Bob, er findet es spaßig, bei dem Namen zu bleiben, hat bis vor einem halben Jahr in der Softwareentwicklung eines großen IT-Konzerns gearbeitet. Als sich das Unternehmen neue Bürostühle angeschafft hat, wurden diese, wie Bob sagt, mit jugendlich runden statt platt gesessenen Hintern besetzt. Sein augenblicklicher Privatjob sei zwar lächerlich, bringe jedoch ein paar Euro ein und er komme in der Gegend rum.

Kalenberger schaut ihn sehr intensiv an, erstens, weil er ihr gefällt, und zweitens, weil sie vielleicht einem Anruf bei Harryboo entgehen kann.

»Ich geh dann mal.« Bob checkt sein iPhone, er scheint es nicht besonders eilig zu haben. »Mittags ist nicht viel los, gegen Abend knubbelt es sich. Ich mach mich aber nicht mehr verrückt. Die Zeiten sind vorbei.«

»Das trifft sich gut. Noch einen Kaffee?« Kalenberger serviert ihn mit Mürbeteighasen von der Bäckerei Göing in der Beneckeallee. »Man hört und liest in letzter Zeit so viel von Cyberkriminalität und Darknet. Kennen Sie sich damit aus?«

»Ich hab als kleiner Hacker angefangen und war sogar eine Zeitlang Mitglied im Chaos Computer Club.«

»Hm.« Kalenberger denkt mit. Sie lächelt ihr 80er-Jahre-Lächeln und lässt ihn aus der ruchlosen Cyberwelt berichten.

»Die Anfänger versuchen es mit Betrug auf eher niedrigem Niveau, zum Beispiel in Onlinecasinos. Die größeren Kaliber greifen die Finanzdienstleister und Banken direkt an, etwa in Südostasien, Bangladesch, Mexiko, Europa oder

Südamerika. Andere Gruppen sind spezialisiert auf Geldautomaten und Bezahlsystem im Handel.«

»Für den normalen Bürger eine Parallelwelt.«

»Läuft alles unter dem Deckmäntelchen ›normaler geschäftlicher Tätigkeit‹. In München wurde in teuerster Lage eine TV-Firma ausgehoben, mit Büros, Castingabteilung und Sekretärinnen, sogar Steuern haben sie bezahlt. Die eine Hälfte der Firma agierte wie ein legales Unternehmen, die andere hat an lukrativen Cyber-Erpressungen verdient.«

»Bedrohlich, aber auch spannend. Immer her mit den Informationen, ich lerne gern dazu.«

»Ich hätte noch das Thema Kryptowährungen anzubieten. Dabei rauben Hacker Bitcoins und manipulieren die Börsen. Eigenes Kryptogeld wird geschürft, wie Insider sagen, auch wird eine Technik angewandt, die sich ›Cryptojacking‹ nennt. Dabei wird Schadsoftware auf dem Computer eines Opfers installiert, um seine Rechnerleistung zu nutzen. Wissensdurst gestillt?«

»Schon, obwohl ich noch nicht alles einordnen kann.«

»Beim nächsten Mal mehr, Frau Hauptkommissarin.«

Kalenberger schaut überrascht.

Bob grinst. »In Hameln stehen die Häuser sehr eng beieinander, sagt man.«

»Dann muss ich wohl die Katze aus dem Sack lassen: Wir sind der Überzeugung, dass hier in Hameln eine illegale Serverstation betrieben wird, die zum Netz der internationalen Cyberkriminalität zu zählen ist. Alles noch ungeprüft und inoffiziell.«

»Sie meinen die ›Geheimabteilung‹ im Radiosender?«

»Davon wissen Sie?«

»Und Wesemann ist mit von der Partie?«

»Sie verblüffen mich.«

»Wie schön! Meine Freunde und ich haben bloß noch nicht herausgefunden, wer hinter dem gesamten Projekt steckt.«

»Da könnten wir eventuell weiterhelfen, wir würden Sie auch in unserer abschließenden Presseerklärung lobend erwähnen.«

»Auf Öffentlichkeit legen wir keinen Wert, Hameln ist im gesamten Puzzle nur ein kleines Teil.«

»Sagt Ihnen der Name ›Karneval‹ etwas? Wahrscheinlich hier aus Hameln oder dem Weserbergland. Vielleicht lässt sich im Darknet eine Spur zur Identifikation finden.«

»Ich könnte mich mal umsehen und umhören.«

»Bis wann?«

»Nächste Woche?«

»Wenn die Enttarnung morgen auf dem Tisch liegt, steht ein Kuchen daneben und Kaffee ›all you can drink‹.«

»Käsekuchen vielleicht?«

»Hm, wenn mir einfällt, wo ich das Rezept habe. Entweder im Sockenfach vom Kleiderschrank oder in der Werkzeugtasche am Fahrrad?«

Bob lacht. Er lacht noch, als ihn Kalenberger an der Wohnungstür verabschieden will, sich dann aber entschließt, sogar bis zur Haustür mitzugehen. Sie reichen sich die Hand, keiner will die erste Umarmung wagen.

Bob knufft sie in die Seite, bevor er losmarschiert: »Verlieben Sie sich bloß in keinen anderen.«

»Strengen Sie sich an«, sagt Kalenberger. Der könnte passen, hoffentlich auch morgen noch und übermorgen und überübermorgen.

*

Wesemanns großer Tag ist gekommen. Eigentlich ist es nicht sein Tag, sondern der von Karola, aber das weiß sie noch nicht.

Er wartet in der Allee-Apotheke, von hier hat er einen guten Blick auf den Eingangsbereich von radioTOTAL. Er studiert die Auslagen, die Prospekte, stellt die eine und andere Frage. Wenn die Inhaberin ihn nicht kennen würde, wäre sie schon vor einiger Zeit misstrauisch geworden. Vorsichtshalber liegt das Blutdruckmessgerät griffbereit.

Wesemann hat vor ein paar Stunden im Sender angerufen, Karola in ein Gespräch verwickelt und ist geschickt auf ihren Feierabend gekommen. Sie meinte: »In drei Stunden.« Seither sind, Wesemann schaut auf seine Uhr, fast drei Stunden und sieben Minuten vergangen. Sie wird doch nicht den hinteren Ausgang benutzt haben? Sie könnte natürlich auch … Da kommt sie, sieht sich um, steuert die Osterstraße an. Heute hat sie es nicht eilig, heute hat sie Geburtstag.

Wesemann schlendert hinter ihr her, er hat die Situation im Griff. Ihm fallen die Blumen ein. Mist! Die liegen im Fußraum seines Fabia. Auf dem Absatz kehrt und losgesprintet. Zum Glück hat er einen Parkplatz direkt an der Apotheke gefunden.

Es dauert keine fünf Minuten, bis Wesemann zurück in der Osterstraße ist und nach Karola Ausschau hält. Sonnenschein kann manchmal sehr störend sein, viel zu viele Touristen unterwegs. Endlich findet er Karola, sie sitzt vor dem Museumscafé und wärmt ihre Hände an einer großen Tasse. An Ostern soll es Sonnenschein mit Temperaturen von zwölf Grad geben.

Wesemann versucht erst gar nicht, sich Karola unauffällig zu nähern. Nur den Blumenstrauß versteckt er hinter seinem Rücken. Mit einem breiten Grinsen gratuliert Wesemann, er will ihr einen Kuss auf die Wange drücken, zögert, doch Karola kommt ihm sogar entgegen.

»Haben Sie schon gewählt?«, fragt die Bedienung, noch ehe er sich am Tisch niedergelassen hat.

»Aber sicher«, säuselt Wesemann.

Die Bedienung wird beim nächsten Gast die Frage anders formulieren.

Trotz der übergroßen Ablenkung bleibt Wesemann ganz bei der Sache. »Einen Milchkaffee, bitte – aber einen heißen! Und dazu ein Stück von dieser appetitlichen Torte.« Er zeigt auf Karolas Teller, auf dem ein Himbeerkuchen mit dicker, weißlich-grüner Buttercreme ihm das Wasser im Mund zusammenlaufen lässt.

»Milchkaffe und ***Himbeer-Marshmallow-Torte***, kommt sofort.«

»Darf ich mich setzen?«

Karola macht eine einladende Handbewegung.

Wesemann holt den Blumenstrauß schwungvoll hinter seinem Rücken hervor und legt ihn, mangels einer anderen Ablagemöglichkeit, Karola direkt in den Schoß.

»Was für schöne Tulpen«, sagt Karola nach einem Blick in die Verpackung.

»Tulpen? Ich bin mir sicher, ich habe Rosen bestellt.«

»Danke!«, sagt Karola grinsend. »Alles gut.«

Wesemann setzt sich zu ihr an den Tisch. Eine Weile genießen sie schweigend den Sonnenschein und sich selber.

»Ich habe eine überraschende Überraschung als Geburtstagsgeschenk für dich, du wirst überrascht sein.« Wesemann ist mächtig durcheinander. Er greift in die Innentasche seiner Lederjacke und zieht einen Briefumschlag heraus. Unten links prangt ein kleines rotes Logo, das Karola auf

Anhieb nicht identifizieren kann. Auch sie ist ein wenig aufgeregt, öffnet aber entschlossen den Umschlag.

Auf dem obersten Blatt steht: »Ihre Reiseunterlagen. Zwei Personen, Flug von Paderborn/Lippstadt nach Westerland/Sylt.«

»Sag mal, willst du mich ver…?«, begehrt Karola auf.

»Psst«, versucht Wesemann sie zu besänftigen, »psst.« Aus einer anderen Tasche zieht er die mühsam erarbeitete und schwer bezahlte Urkunde über seine bestandene Flugtauglichkeitsprüfung, geschmackvoll gestaltet und schwungvoll unterschrieben von Pia Parasoli. »Mit verlängertem Wochenende im Fährhaus Sylt«, murmelt er verlegen.

»Über Ostern bin ich allerdings vergeben …«

Wesemann merkt auf.

»Da fahre ich mit meiner Freundin Conny zur Kirchberg-Therme im Harz, mit Spa und Fitness und Prosecco zum Frühstück.«

»Bei mir gibt es sogar Sekt am Abend und freie Terminwahl.«

Karola lacht. »Du steckst wirklich voller Überraschungen.« Sie beugt sich zu ihm und haucht ihm ein Küsschen auf den Mund. »Das liebe ich so an dir!«

»Kannst du das noch mal sagen?«

»Ach, vergiss es!«

*

»Rezept gefunden?«, fragt Bob am Telefon.

»Leider nicht, aber einen Gutschein fürs Café am Pferdemarkt.«

»Ein gemeinsamer Besuch des ›KaFEEchens‹ steht noch nicht zur Debatte?«

»Erst kommt das Du, dann die Bewährung und danach ist der offizielle gemeinsame Besuch im ›KaFEEchen‹ vorgesehen.«

»Also in einer halben Stunde im ›Café am Brunnen‹, ich hab bloß nicht ewig Zeit.«

»Das klingt ja sehr galant.«

»Bekommen Sie das bloß nicht in den falschen Hals. Ich trainiere die Hockey-Kids vom Post-Sportverein Hameln, und die zählen auf mich. Da kann ich nicht wegbleiben.«

»Verstanden und akzeptiert!«

Fast eine Dreiviertelstunde später treffen sich beide vor der Tür zum »Café am Brunnen«, keiner wollte ungeduldig erscheinen und früher da sein.

»Und?«, fragt Kalenberger.

»Ich wäre für einen Campari Soda.«

»Na schön, ich auch. Und sonst?«

»Wollte ich mit der interessantesten Frau zwischen Minden und Salzhemmendorf auf das Du anstoßen.«

»Angenommen. UND SONST?«

»Bist du immer so ungeduldig?«

»Nicht immer, nur wenn es passt.«

»Passt es jetzt?«

»Jaaa!«

»Um das Ergebnis vorwegzunehmen, ein eindeutiges Resultat habe ich nicht vorzuweisen.«

Der Campari wird gebracht, man stößt miteinander an und sieht sich einen Tick länger in die Augen, als es für ein normales Prosit üblich wäre.

»Ich und du und Müllers Kuh …«

»Ich merke schon, das wird ein hartes Stück Arbeit mit uns«, meint Bob grinsend. »Zurück zum Ernst des Lebens:

Eine Person hinter ›Karneval‹ habe ich nicht ausmachen können. Allerdings lässt sich die Suche lokal begrenzen, indem man ›Karneval‹ zusammen mit Hameln, Weserbergland und Hannover eingibt. Dabei bin ich auch von verschiedenen Schreibweisen des Suchworts und ähnlich klingenden Wörtern ausgegangen. Vielleicht wurde der Name ja nicht richtig verstanden.«

»Die Kids vom Sportverein finden dich sicher sehr lustig.«

»Bleiben wir mal bei der Sache, ich muss los. Hier sind alle Stichwörter, nach denen ich gesucht habe.« Bob steht auf, legt Kalenberger einen Zettel auf den Tisch und verabschiedet sich wie selbstverständlich mit einem Küsschen. Kalenberger registriert, dass er beim Hinausgehen die Getränke beim Kellner bezahlt.

Sein Zettel ist fein säuberlich in Druckbuchstaben beschrieben: »Karneval, Karnewal, Carneval, Digital, Parzival, Intervall, Hannibal, Kardinal, Kastanienwall.« Kardinal? Da war doch was ... Richtig, das private Beiboot an der »Pluto«. Hat sich Heiko Hahn tatsächlich verhört und Herrn Okazaki Grüße vom »Karneval« statt vom »Kardinal« ausgerichtet? Kalenberger lächelt vor sich hin. Sie liebt Disziplin – vor allem gepaart mit gelegentlichem Übereifer und amüsanten Purzelbäumen.

*

Sie treffen sich am Hamelner Anleger. Bevor Wesemann sein Handy zückt, vergewissert er sich, dass Andreas Schmieder sein rubinrotes Peugeot Cabrio auf dem angrenzenden Parkplatz abgestellt hat.

Er nickt Kalenberger zu, als er zu ihr zurückkehrt, ruft Bootsmann Brockmann an und verlangt Einlass.

Kalenberger spickt ihn mit ihren Informationen. »Übrigens hat auf der ›Kardinal‹ des Öfteren die ganze Nacht hindurch Licht gebrannt. Ich habe bei der Feuer- und Rettungswache dort drüben angefragt, ob denen während ihrer Dienste etwas Merkwürdiges an der ›Pluto‹ oder ihren Beibooten aufgefallen ist. Da habe wohl regelmäßig jemand durchgemacht oder vergessen, das Licht auszuschalten.«

»Energieverschwendung!«, murmelt Wesemann im gleichen Augenblick, als Brockmann missmutig oben am Landungssteg erscheint.

»Sie wissen doch, dass …«

»Ich könnte auch meine Kollegen von der Kripo anrufen«, trumpft Kalenberger auf. »Die kommen allerdings gleich mit großem Besteck. Ein solches Gerede wäre Ihnen sicher nicht recht. Sie wissen ja, wie schnell sich unangenehme Neuigkeiten in Hameln herumsprechen.«

»Wir haben nichts zu verbergen!«

»Und warum ist er dann so nervös?«, flüstert Wesemann Kalenberger zu, als sich Brockmann in Bewegung setzt.

»Wir wünschen eine kleine Flottenführung«, sagt Kalenberger.

Brockmann schließt die Gittertür auf.

»Unser besonderes Interesse gilt dabei der ›Kardinal‹.«

»Ich könnte Sie auf der ›Pluto‹ herumführen und Ihnen dabei die Besonderheiten eines der wenigen noch gut erhaltenen Minensuchboote der Schützenklasse erläutern. Unsere gastronomischen Angebote zum Oktoberfest liegen auch schon aus.«

»Wie kommen wir auf die ›Kardinal‹?«

»Da müsste ich mich erst mit dem Besitzer …« Er greift nach seinem Telefon.

»Nicht nötig«, sagt Kalenberger und nimmt ihm das Handy ab.

»Aber ... Tun Sie das nicht, ich bitte Sie!« Brockmanns Stimme zittert.

»Warum haben Sie so große Angst?«, fragt Wesemann.

Brockmann schüttelt stumm den Kopf, woraufhin sich Kalenberger und Wesemann in Bewegung setzen und das Deck überqueren. An der Reling der Steuerbordseite bleiben sie stehen und schauen zur »Kardinal« hinüber. Mit einem gewagten Schritt könnte man von dem einen aufs andere Deck gelangen, wenn da bloß nicht der Spalt zwischen den Booten wäre, der sich ständig verschiebt, da die »Kardinal« im Gegensatz zur festliegenden »Pluto« dem Wellengang der Weser unterworfen ist.

»Bitte nicht!«, wiederholt Brockmann, seine Stimme nur noch ein Krächzen.

»Sollen wir etwa springen?«, fragt Wesemann an Kalenberger gewandt.

»Da Herr Brockmann vermutlich jeden Augenblick in Ohnmacht fällt, wird uns nichts anderes übrig bleiben.« Kalenberger schmunzelt. »Schon gut«, sagt sie zu Brockmann. Machen Sie sich keine Sorgen. Sie werden von Andreas Schmieder oder André Schmitz bedroht, richtig?«

Zaghaftes Nicken.

Kalenberger klettert etwas schwerfällig über die Reling, fokussiert das Deck der »Kardinal«.

Als sie gerade zum Sprung ansetzt, hält Wesemann sie zurück.

Kalenberger rutscht ab, kann sich aber gerade noch festhalten und zischt: »Willst du mich umbringen? Finger weg!« Mit einem neuerlichen Sprung setzt sie auf die »Kardinal« über.

»Trau dich endlich!«, ruft sie Wesemann zu, »oder soll ich dir ein paar Schwimmflügelchen besorgen?« Plötzlich kriecht ihr ein beklemmendes Gefühl den Körper hinauf, angefangen bei den Zehen. Bei dem Lärm, den sie hier machen, sind sie vermutlich längst bemerkt worden. Ruckartig dreht sie sich um, vor ihrem inneren Auge sieht sie schon eine fette Heckler & Koch auf sich gerichtet. Schmieder wird sich, sollte er wirklich in internationale Cyberkriminalität verwickelt sein, nicht widerstandslos ergeben. Vielleicht wird er sogar von Bodyguards mit Bazooka im Anschlag geschützt. Jetzt hat die Angst bereits ihren Bauchnabel erreicht und hangelt sich höher.

Endlich steigt auch Wesemann über die Reling. »Nie nach unten schauen, nie nach unten …«, hat ihm Pia in einer ihrer ersten Übungsstunden eingetrichtert. »Nie nach …« Da steht er schon auf dem Deck der »Kardinal«. Ein Held!

»Dann mal los!« Kalenberger hat Übung darin, ihre Angst zu besiegen, und Wesemann will ihr zeigen, dass er durchaus vorangehen kann. Doch kaum machen sie die ersten Schritte in Richtung Heck, hören sie von der »Pluto« einen dumpfen Aufprall.

»Brockmann ist umgekippt«, schnauft Kalenberger. »Warte hier.« Mit einem Sprung ist sie zurück auf der »Pluto« und beugt sich zu dem bewusstlosen Bootsmann hinunter.

Der kommt wieder zu sich, setzt sich auf und reckt den Daumen nach oben.

Nach einem weiteren Sprung steht Kalenberger wieder neben Wesemann. »Wir greifen an!«

Durch eine Tür im Heck des Aufbaus gelangen sie ins Innere des Schiffs. Niemand zu sehen, alles ruhig. Nach wenigen Schritten versperrt eine Stahltür das weitere Vorankommen. »Zurück!«, flüstert Kalenberger. »Wir versuchen es über die Tür am Bug!« Ihre Knie schmerzen und Wesemann japst wie der letzte Kohlenschlepper.

Über das Oberdeck erreichen sie die Stufen zum Deckaufbau. Wieder versperrt eine Tür den Zutritt ins Innere. Von dort dringt eine leise Stimme zu ihnen heraus. Kalenberger und Wesemann stocken, halten den Atem an, so gut es geht.

»Die Tür ist offen«, glaubt Kalenberger zu verstehen. Seitlich nähert sie sich der Tür. Es könnte durchaus eine Falle sein, zumal keinerlei mechanischer Schließmechanismus zu erkennen ist, nur eine Bedienbox für eine digitale Signalsteuerung.

»Die Tür ist offen, kommen Sie rein!«

Kalenberger streckt ihre Hand aus, beugt sich dann aber zurück und versetzt der Tür einen Schubs mit ihrem Schuh.

Die Tür schwingt langsam auf und gibt den Blick frei auf eine skurrile Inszenierung: ein Raum ganz in Kardinalsfarbe, bordeauxrot, am Ende sechs aktive Bildschirme im Halbkreis um eine dunkel gekleidete Person gruppiert. Die Person dreht sich um. Andreas Schmieder. Die Raumbeleuchtung flammt auf, Schmieder lächelt entspannt. »Guten Abend. Ich habe Sie erwartet.«

»Sie sind also der ›Kardinal‹!«

»Eine kleine Reminiszenz an glorreiche Zeiten. Ora et labora. Womit kann ich dienen?«

»Mit einem Geständnis?«, probiert es Kalenberger direkt.

Schmieders Lächeln wird keineswegs getrübt. »Sie haben sich wirklich ins Zeug gelegt und mehr aufgedeckt, als ich verborgen habe. Hut ab! Ich gestehe alles, nur …«

»Nur?« Wesemann hat gleich vermutet, dass sich Schmieder nicht so leicht geschlagen geben würde. Es sei denn, er hätte Krebs im Endstadium oder hohe Gönner mit Einfluss.

»Ich habe keine Lust mehr, mich zu verstecken. Ich lasse Ihnen den gesamten Ruhm der Aufklärung, bitte nur darum, mir Zeit zu geben, um mich selbst zu stellen. Ich bin allergisch dagegen, Handschellen in der Öffentlichkeit zu tragen. Das finde ich irgendwie pervers.«

Stil hat er, muss Wesemann anerkennen.

»Sie werden sich bei der Polizeiinspektion Hameln-Pyrmont/Holzminden stellen. Ihre Ansprechperson ist HK Bertram. Bis morgen früh werden wir die Füße stillhalten. Morgen wird die bundesweite Fahndung der Öffentlichkeit bekannt gegeben – trotz Karfreitag.«

»Lassen Sie mir bitte Zeit bis Ostersonntag. Ich würde mich gerne im Rahmen einer kleinen Feier hier auf dem Boot von meiner Familie verabschieden. Das Boot muss ich dazu nicht verlassen.«

Eine Hand wäscht die andere, und Wesemann greift zu: »Eine gute Antwort. Wir könnten es uns überlegen, wenn auch Sie etwas für uns tun: Musste Herr Okazaki sterben, weil er das Schutzgeld nicht mehr bezahlen wollte? Und Dexter?«

»Eventuell eine Bewährungsprobe für irgendeine eingeflogene ›Honorarkraft‹ mit IT-Kenntnissen – da bin ich überfragt.«

»Für diese Antwort gibt es keine Fristverlängerung. Etwas genauer, wenn ich bitten darf.«

»Okazaki«, Schmieder schaut in eine imaginäre Ferne, »wurde geizig und war dabei, die Hamelner Geschäftswelt gegen uns aufzubringen. Das wurde zu gefährlich! Dexter Morton kam hinter das Geheimnis der ›Kardinal‹ und wollte darüber in der Zeitung berichten.«

Drei Tage, überlegt Wesemann. Mit heute vier Tage, in denen sie Schmieder nicht aus den Augen verlieren dürften. Müsste machbar sein. Er ist mit dem Kompromiss zufrieden, zumal Andreas Schmieder seinen Arbeitsplatz bei radioTOTAL mit Sicherheit räumen muss. Wesemann wird ihm zu jedem Osterfest eine schöne bunte Frühlingskarte mit besten Grüßen ins Gefängnis schicken.

»Abgemacht«, sagt Kalenberger. »Stichtag Ostersonntag, 20 Uhr. Grüßen Sie HK Bertram, ich gebe Ihnen seine private Handynummer.«

*

Der Ostersamstag ist da, das Wetter spielt mit, das Fest kann beginnen. Karola ist mit ihrer Freundin Conny in den Harz gefahren, Bob feuert seine Hockey-Jungs bei einem Hockeyturnier in Buchholz an. Wesemann und Kalenberger haben die »Kardinal« samt ihrem Bewohner fest im Blick. Um ihren Fahndungserfolg zu genießen und sich das spektakuläre Osterfeuer der DLRG auf der Schleuseninsel anzusehen, haben sie sich mit Nela und Pia auf ein Gläschen Sekt am Torbayufer verabredet. Ihre Ferngläser haben sie dabei, um die »Kardinal« am gegenüberliegenden Ufer zu beobachten. Von der anderen Seite aus wacht Bootsmann Brockmann zusammen mit mehreren Mitgliedern der Marinekameradschaft auf der »Pluto« und gäbe ihnen sofort telefonisch Bescheid, sollte Schmieder an Land gehen wollen. Nachdem der Bootsmann zufällig das illegale Treiben auf der »Kardinal« entdeckt hatte, hat Schmieder ihm gedroht, seiner Familie etwas anzutun, wenn er jemandem etwas erzählen würde. Schmieder konnte Brockmann – im Gegensatz zu Dexter – noch gebrauchen, indem der dafür sorgte, dass keine ungebetenen Gäste auf die »Kardinal« kamen. Das hat ihm wohl das Leben gerettet.

Es wird ein gigantisches Feuer, sogar einige Feuerwerksrestbestände kommen zum Einsatz. Plötzlich löst sich am gegenüberliegenden Weserufer die »Kardinal« von der »Pluto«, treibt mit kreisenden Bewegungen in die Strommitte und wird im Lichtschein des Osterfeuers von einer gewaltigen Explosion zerrissen.

Begeisterung, Jubel, Applaus von den Zuschauern für den vermeintlichen Höhepunkt des Osterfeuers. Wesemann macht Fotos für die Presse und Tonaufnahmen für seinen Radiosender. Kalenberger ahnt ein Desaster und will die Feuerwehr alarmieren. Doch zu spät. Die Reste der »Kardinal« versinken mit gurgelndem Geräusch in einem gewaltigen Strudel mitten auf der Weser.

»Dann eben so«, sagt Kalenberger und wählt die allseits bekannte 110.

Nela wirkt nachdenklich. Auf einmal zieht ein Lächeln über ihr Gesicht. »Das ist die Idee! Meine neue Kuchenkreation wird ›***WeserStrudel***‹ heißen! Den gibt es nämlich nur in meinem ›KaFEEchen‹ hier in Hameln!«

»Ein Prosit auf unser ›KaFEEchen‹ und unsere digitale Welt«, sagt Wesemann, schenkt Kalenberger, Nela und Pia nach und prostet ihnen zu. »Ab Montag geh ich wieder auf Sendung.«

ENDE

# REZEPTE

## Zwiebeltarte

*Zutaten Teig:*
225 g Mehl
1/2 TL Salz
125 g kalte Butter, in Würfel geschnitten
3–4 EL kaltes Wasser

*Zutaten Füllung:*
25 g Butter
1 mittelgroßer Apfel
3 große rote Zwiebeln
1 TL Zucker
2 TL Balsamico- oder Rotweinessig
2 Zweige Thymian
1 Prise Muskatnuss

*Zubereitung:*
Mehl und Salz in eine Schüssel sieben, die Butterwürfel unterheben und mit kalten Fingern mit dem Mehl verreiben. 3 EL Wasser dazugeben und rasch zu einem glatten Teig verarbeiten. Den Teig zu einer flachen dicken Scheibe formen, in Frischhaltefolie wickeln und mindestens 1 Stunde im Kühlschrank ruhen lassen.

Ofen auf 200 Grad vorheizen. Die Zwiebeln in Spalten schneiden. Butter in einer Pfanne schmelzen und die

Zwiebeln darin glasig dünsten. Den Apfel schälen, in Spalten schneiden und zu den Zwiebeln geben. Mit Zucker bestreuen und weitere 8–10 Minuten garen, bis der Zucker karamellisiert ist. Balsamico und einen Zweig Thymian unterrühren, leicht abkühlen lassen.

Die Apfel-Zwiebel-Mischung in eine ofenfeste Form (Ø 24 cm) geben. Den Teig auf einer leicht bemehlten Arbeitsfläche zu einem 26 cm großen Kreis ausrollen, mit einer Gabel ein paarmal einstechen, über die Füllung legen und am Rand leicht eindrücken. Die Tarte für 15–20 Minuten goldbraun backen. Etwa 10 Minuten abkühlen lassen und auf eine Platte stürzen. Etwas Muskat darüberstreuen und mit einem frischen Thymianzweig garniert servieren.

*

**Whiskey-Trüffel-Torte**

*Zutaten Biskuit:*
6 Eier
240 g Zucker
180 g Mehl
1 TL Backpulver
2 gehäufte EL Backkakao

*Zutaten Ganache:*
600 ml Sahne
750 g Zartbitter-Schokolade
180 g Butter
140 ml Whiskey
Abrieb von 1 ½ Orangen

*Zutaten Tränke:*
Saft von 1 ½ Orangen
80 ml Whiskey
100 ml Rotwein

Zusätzlich 1 Glas Johannisbeergelee

*Als Deko:* Whiskey-Trüffel

*Zubereitung Biskuit:*
Für den Biskuit die Eier mit dem Zucker 10 Minuten schaumig schlagen. Das Mehl mit dem Backpulver und dem Kakao mischen und in drei Schritten unter die Eimischung sieben. Den Backofen auf 170 Grad Ober-/Unterhitze vorheizen. Den Teig in eine 26er-Form füllen und 35–45 Minuten backen. Abkühlen lassen und zweimal waagrecht durchschneiden, sodass 3 Tortenböden entstehen.

*Zubereitung Ganache:*
Die Schokolade sehr fein hacken, die Sahne erhitzen und über die Schokolade geben. 140 ml Whiskey und den Orangenabrieb dazugeben. Die Butter sehr schaumig schlagen und löffelweise unter die Schokomasse heben. Zur Seite stellen, bis die Ganache eine streichfähige Creme ist. Ein Drittel der Ganache wird für die Zwischenschichten, zwei Drittel werden zum Einstreichen der Torte benötigt.

*Zubereitung Tränke:*
Orangensaft, Whiskey und Rotwein miteinander vermengen.

*Fertigstellung:*
Um den ersten Boden einen Tortenring stellen und mit einem Teil der Tränke beträufeln. Danach mit Johannisbeergelee bestreichen und einen Teil der Ganache darauf verteilen. Nächsten Kuchenboden auflegen und wie beim ersten verfahren. Zum Schluss den dritten Boden auflegen und ca. 1 Stunde kalt stellen.

Die Torte nach dem Kühlen aus dem Tortenring lösen und mit der restlichen Ganache rundherum einstreichen. Mit den Whiskey-Trüffeln garnieren und servieren.

*

## Chai-Kuchen

*Zutaten:*
75 ml Milch
6 g Chai-Tee-Pulver
175 g Mehl
100 g Mandeln
1 Päckchen Backpulver
1 Prise Salz
225 g Zucker
Saft und Abrieb von einer Zitrone
60 ml Pflanzenöl
150 g Naturjoghurt
2 Eier
Mandelblättchen

*Zubereitung:*
Die Milch erwärmen und das Chai-Tee-Pulver darin auflösen. Mehl, Mandeln, Backpulver, Salz und Abrieb der

Zitrone miteinander mischen. In einem zweiten Gefäß Zitronensaft, Öl und Naturjoghurt mit einem Stabmixer zu einer homogenen Masse vermengen. Anschließend die Eier mit dem Zucker schaumig aufschlagen. Die Hälfte der Joghurtmasse zu dem Ei-Gemisch geben, danach die Hälfte der trockenen Zutaten. Umrühren. Anschließend dasselbe mit den jeweils zweiten Hälften. Nur so lange verrühren, bis ein homogener Teig entsteht. In eine ausgefettete und leicht bemehlte oder mit Backtrennspray ausgesprühte 26er-Springform füllen und mit Mandelblättchen bestreuen. Im vorgeheizten Backofen bei 175 Grad Ober-/Unterhitze ca. 45–55 Minuten backen, kurz vor Ende der Backzeit eine Stäbchenprobe machen.

*

**Pavlova-Torte**

*Zutaten Baisermasse:*
ca. 150 ml Eiweiß (5 Eier Größe M)
200 g feinster Zucker
2 TL weißer Essig
2 EL Maismehl

*Zutaten Joghurt-Creme:*
150 g griechischer Joghurt
150 g Quark
3–4 EL Honig
2 Maracujas
2 Päckchen Sahnesteif

*Zubereitung Baiser:*
Für die Baisermasse Eiweiß steif schlagen, währenddessen den Zucker langsam einrieseln lassen. Die Masse muss glänzende Spitzen ziehen. Das Maismehl sieben und mit einem Schneebesen vorsichtig unterheben. Den Essig dazugeben und vermischen. Ein Backblech mit Backpapier auslegen, den Ofen auf 150 Grad Ober-/Unterhitze vorheizen. Auf das Backpapier Kreise in gewünschter Form spritzen, dazu einen Spritzbeutel mit Sterntülle verwenden oder mit einem Löffel die Masse auftragen. Den Ofen auf 100 Grad herunterschalten und das Baiser nun 55–60 Minuten im Ofen »trocknen«. Den Ofen ausschalten und die Baiser-Kreise bei leicht geöffnetem Ofen auskühlen lassen. Die Baiser-Kreise müssen von außen eine Kruste haben und von innen weich sein.

*Zubereitung Joghurt-Creme:*
Für die Joghurt-Creme alle Zutaten bis auf die Maracujas gut miteinander verrühren. Die Maracujas halbieren, Fruchtfleisch aus der Schale kratzen und durch ein Sieb streichen. Wer mag, kann auch die Kerne dazugeben, knacken schön beim Draufbeißen. Creme kalt stellen.

Die Creme auf die ausgekühlten Baiser-Kreise geben und mit Früchten, zum Beispiel Ananas, Feigen oder Pfirsichen, dekorieren.

*

## Beschwipster Paradieskuchen

*Zutaten Teig:*
80 g Haselnüsse grob gehackt
150 g Butter
100 g Zucker
1 Prise Salz
3 Eier
200 g Mehl
1 Päckchen Backpulver
700 g Äpfel

*Zutaten Guss:*
80 g Haselnüsse grob gehackt
75 g Zucker
40 g Butter
4 EL Rum

*Zubereitung:*
Butter mit Zucker und Salz schaumig rühren. Eier nach und nach dazugeben und verrühren. Das Mehl mit dem Backpulver mischen und unter den Teig heben. Zum Schluss die Haselnüsse dazugeben und alles gut vermengen. Eine 26er-Springform einfetten und den Teig einfüllen. Die Äpfel schälen, vierteln, entkernen und an der gewölbten Seite mehrmals einschneiden. Mit der eingeschnittenen Seite nach oben in den Teig drücken. Bei 175 Grad Ober-/Unterhitze 30–35 Minuten backen.

In der Zwischenzeit den Guss zubereiten. Den Zucker in einer Pfanne goldbraun schmelzen, von der Herdplatte nehmen und die Butter, den Rum und die Haselnüsse einrühren. Den Kuchen aus dem Ofen nehmen, den Guss darauf verteilen und für weitere 10–15 Minuten backen. Dazu geschlagene Sahne reichen.

*

**Limettentorte**

*Zutaten Tortenböden:*
375 g weiche Butter
325 g Zucker
6 Eier
30 ml Kokosmilch
370 g Mehl
4 TL Backpulver

*Zutaten Füllung:*
150 g Mascarpone
150 g Frischkäse
4 EL Kokosmilch
80 g Puderzucker

*Zutaten Lime Curd:*
115 g Zucker
25 g Butter
2 Eier, verquirlt
Saft von 2 Limetten
abgeriebene Schale einer Limette

*Zutaten Buttercreme:*
100 g weiche Butter
400 g Puderzucker
1 TL Limettensaft

etwa 4 EL Milch
Abrieb einer halben Limette
optional: Lebensmittelfarbe in Grün

*Zubereitung Lime Curd:*
Zucker, Butter und den Limettensaft in einen Topf geben und bei niedriger Hitze kurz aufkochen. Topf von der Kochstelle nehmen und die Eier unterrühren. Topf zurück auf die Kochplatte stellen und unter ständigem Umrühren weitere 10–15 Minuten kochen, bis es angedickt ist. Zum Schluss die abgeriebene Schale unterrühren und den Curd in ein Glas füllen.

*Zubereitung Teig:*
Ofen auf 180 Grad Ober-/Unterhitze vorheizen. Boden von drei Springformen mit Backpapier auslegen und einfetten.

Butter und Zucker in einer großen Rührschüssel cremig schlagen. Nach und nach die Eier dazugeben und verrühren. Kokosmilch hinzufügen und durchmischen. Zum Schluss Mehl und Backpulver unterheben.

Den Teig durch drei teilen und auf drei Springformen verteilen. Böden für etwa 35 Minuten backen. (Stäbchentest nicht vergessen!) Die Tortenböden auskühlen lassen und eventuell begradigen.

*Zubereitung Füllung:*
Für die Füllung den Mascarpone kurz cremig schlagen, dann die restlichen Zutaten unterrühren.

Um die Torte »zusammenzubauen«, den ersten Tortenboden auf eine Tortenplatte o. ä. legen und die Hälfte der

Füllung darauf verteilen. Darüber etwa 3 bis 4 Esslöffel des Lime Curd streichen. Den zweiten Boden darauflegen und wieder Füllung und Curd darauf verteilen. Dritten Boden auflegen.

*Zubereitung Buttercreme:*
Die Butter sehr schaumig aufschlagen. Restliche Zutaten dazugeben und so lange schlagen, bis eine geschmeidige homogene Konsistenz entsteht. Nach Belieben mit Lebensmittelfarbe einfärben.

Die Torte mit der Buttercreme ummanteln und kalt stellen. Mit Kokosraspeln und Limettenzesten dekorieren.

*

**Ostertorte**

*Zutaten Teig:*
125 g Butter
125 g Zucker
2 Eier
250 g Mehl
1½ Päckchen Backpulver
¼ l Milch

*Zutaten Creme:*
400 g Schmand
250 g Sahne
6 Blatt Gelatine
50 g Vanillezucker
200 ml Eierlikör

*Zutaten Krokant:*
50 g Walnüsse
½ TL Zimt
50 g Zucker

*Zubereitung Teig:*
Die Butter mit dem Zucker aufschlagen und die Eier nach und nach dazugeben. Trockene Zutaten vermengen und abwechselnd mit der Milch zu dem Butter-Ei-Gemisch geben. Alles so lange verrühren, bis ein homogener Teig entsteht. Eine 26er-Springform einfetten, mehlen und den Teig einfüllen. Bei 170 Grad Ober/Unterhitze ca. 25–30 Minuten backen. Komplett auskühlen lassen.

*Zubereitung Creme:*
Die Gelatine in kaltem Wasser für 10 Minuten einweichen, ausdrücken und in einem kleinen Topf bei niedriger Temperatur schmelzen lassen. Sahne steif schlagen und zur Seite stellen. Den Schmand mit dem Zucker und dem Eierlikör glatt rühren, ein Viertel davon mit der Gelatine vermengen. Topf vom Herd nehmen und die Gelatinemasse zum restlichen Schmand-Gemisch geben. Die steif geschlagene Sahne unter die Schmandcreme heben und alles auf der Torte verteilen. Für mindestens 4 Stunden im Kühlschrank kalt stellen.

*Fertigstellung:*
Den Zucker für den Krokant schmelzen, bis er eine leicht goldene Farbe hat. Gehackte Walnüsse und Zimt dazugeben, gut verrühren und auf ein Backpapier zum Abkühlen schütten. Nun in beliebig große Stücke oder zu Krokant verarbeiten und auf der fertigen Torte verteilen.

*

## Ziegenkäse-Amarettini-Kuchen

*Zutaten Keksboden:*
200 g Amarettini
5 EL gemahlene Pistazien (auch gesalzene, gibt einen interessanten Geschmack)
1 EL Zucker
90 g geschmolzene Butter

*Zutaten Füllung:*
500 g Ricotta
300 g Ziegenfrischkäse
5 Eier
Mark einer Vanilleschote
150 g Zucker
Abrieb 1/2 Limette
2 TL Speisestärke mit 1 EL Wasser verrührt

*Zutaten Topping:*
200 g Sahne
100 g Ziegenfrischkäse
150 g Sauerrahm
Abrieb 1/2 Limette
2–3 EL Puderzucker

*Zum Garnieren:*
5–7 frische Feigen
gehackte Pistazien
3 EL Honig

*Zubereitung:*
Eine 26er-Springform mit Backpapier auslegen. Die Amarettini mit einem Mixer oder in einem Beutel mit einen Nudelholz zermahlen, die Butter schmelzen und mit den restlichen Zutaten für den Keksboden vermischen. In die Form geben und festdrücken. Für die Füllung die Eier mit dem Zucker schaumig aufschlagen. Die restlichen Zutaten dazugeben und auf dem Keksboden verteilen. Den Kuchen bei 150 Grad ca. 60–70 Minuten backen. Ofen ausschalten und den Kuchen im leicht geöffneten Backofen auskühlen lassen, danach im Kühlschrank kalt stellen.

Vor dem Servieren das Topping zubereiten. Dazu Ziegenfrischkäse, Sauerrahm, Limettenabrieb und Puderzucker verrühren, die Sahne aufschlagen und unterheben. Für mehr Stand 1–2 Beutel Sahnesteif in die Sahne geben. Das Topping auf den kalten Kuchen geben. Die Feigen vierteln, auf dem Kuchen verteilen, mit Honig beträufeln und mit Pistazien bestreuen.

*

## Himbeer-Marshmallow-Torte

*Zutaten Biskuit:*
6 Eier
200 g Zucker
1 Prise Salz
180 g Mehl
1 TL Backpulver

*Zutaten Füllung:*
500 g Magerquark

250 g Sahnequark
12 Blatt Gelatine
100 g Zucker
500 g Himbeeren

*Zutaten Creme:*
6 Eier
1 Glas Pistazien-Creme
250 g Butter
1 Glas Marshmallow Fluff
Pistazienkerne

*Zubereitung:*
Als Erstes wird der Biskuit zubereitet, damit dieser auskühlen kann. Die Eier mit dem Zucker und einer Prise Salz auf der höchsten Stufe aufschlagen, bis sich das Volumen verdoppelt oder verdreifacht hat. Mehl und Backpulver mischen und in ca. 3 Arbeitsgängen über die Eimasse sieben und vorsichtig unterheben, damit der Biskuit schön locker bleibt. Eine 26er-Form mit Backpapier auslegen und den Teig einfüllen. Bei 160 Grad Umluft für ca. 35 Minuten backen. Aus dem Ofen nehmen und abkühlen lassen.

Für die Füllung die Gelatine 10 Minuten in kaltem Wasser einweichen, währenddessen die restlichen Zutaten bis auf die Himbeeren miteinander vermengen. Die Gelatine auf kleiner Stufe in einem Kochtopf schmelzen und ca. ein Drittel der Quarkmasse dazugeben, miteinander verrühren. Die Gelatinemasse nun zügig in die restliche Quarkmasse rühren und die Himbeeren unterheben.

Um den abgekühlten Biskuit einen Tortenring legen und die Quark-Himbeer-Masse einfüllen. Mindestens 6 Stunden, am besten über Nacht, kalt stellen.

Wenn die Torte gut durchgekühlt ist, kann die Creme zum Einstreichen zubereitet werden. Die Butter auf höchster Stufe ein paar Minuten aufschlagen, bis sie weißlich und cremig ist. Das Marshmallow Fluff dazugeben und weitere 5 Minuten aufschlagen. Zum Schluss die Pistaziencreme unterheben und aufschlagen, bis alles eine homogene Masse ist.

Die Torte mit der Creme einstreichen und mit ein paar frischen Himbeeren und Pistazienkernen verzieren.

*

**WeserStrudel**

*Zutaten Teig:*
500 g Mehl
80 g Butter
70 g Zucker
1 Würfel Hefe
300 ml Milch

*Zutaten Füllung:*
200 g Maronen
100 g Walnüsse
70 g Puderzucker
200 g Sahne
100 g Preiselbeeren

*Zutaten Guss:*
300 ml Sahne
100 g Zucker

*Zubereitung:*
Alle Zutaten für den Teig, bis auf das Mehl, in einem Topf bei mittlerer Hitze erwärmen. Mehl in eine Schüssel geben. Lauwarmes Butter-Zucker-Hefe-Milch-Gemisch dazugeben und zu einem geschmeidigen Teig verkneten. Den Teig mit einem Geschirrtuch abdecken und an einem warmen Ort für 1 Stunde gehen lassen.

In der Zwischenzeit Maronen und Walnüsse im Mixer zerkleinern und mit Sahne und Puderzucker vermischen.

Den Teig dünn ausrollen, mit der Maronen-Nuss-Mischung bestreichen, die Preiselbeeren in Klecksen daraufgeben und alles aufrollen. In ca. 0,5–1 cm dicke Scheiben schneiden. Eine Form oder ein Backblech ausbuttern und eine Schicht Teigschnecken darauf verteilen. Bei 180 Grad Ober-/Unterhitze 30 Minuten backen.

Für den Guss Sahne und Zucker in einen Topf geben und bei mittlerer Hitze erwärmen. Der Guss dickt durch das Köcheln ein und wird nach dem Backvorgang direkt über die Schnecken gegossen.

Am besten schmeckt der WeserStrudel, wenn er noch warm ist.

# DIE NEUEN Lieblings-plätze

ISBN 978-3-8392-0154-1

ISBN 978-3-8392-2730-5

ISBN 978-3-8392-0155-8

ISBN 978-3-8392-0158-9

ISBN 978-3-8392-0160-2

ISBN 978-3-8392-0159-6

ISBN 978-3-8392-0161-9

ISBN 978-3-8392-0163-3

ISBN 978-3-8392-0164-0

ISBN 978-3-8392-2626-1

ISBN 978-3-8392-0156-5

ISBN 978-3-8392-0157-2

ISBN 978-3-8392-0166-4

ISBN 978-3-8392-0166-4

ISBN 978-3-8392-2838-8

ISBN 978-3-8392-0168-8

GMEINER KULTUR

**WWW.GMEINER-VERLAG**

*Mensch, Kultur, Reg*